Das Kapverdenhaus

Das Kapverdenhaus

Ursa Koch

Roman

Albas Literatur

»Die kleinen Sterne leuchten immer
während die große Sonne untergeht«
Sprichwort aus dem Senegal

Für Gert und Kai

1

Tiefenreise

»Pesch!« Pfeilschnell, wie ein Geschoss, reißt der schrille Ruf schneeweiße Wolken in Fetzen. Und, als wäre es nicht genug, der gleiche Schrei nochmals: »Pesch!« Eine Sequenz höher, lauter, drängender noch, gefolgt von Faustschlägen an die Tür. Der Widerhall schier unerträglich, ein dumpf hämmerndes Echo zwischen den Schläfen. Etwas in mir zuckt zusammen. Es schmerzt. Überall. Ich halte die Augen geschlossen, ganz fest. Höre eine Salve Gewehrschüsse. Ist Krieg? Es gelingt mir nicht, die Gedanken zu ordnen. Da geht die Knallerei in ein gleichmäßiges Geklapper über. Mir dämmert, dass dies Geräusche von Absätzen auf einem Steinboden oder auf Treppenstufen sind. Harmlos, rhythmisch. Klack, klack, klack. Bruchstücke tauchen auf, aus den Tiefen des schwammigen Grunds, wo das Gedächtnis schlummert. Es knarrt laut. Eine Tür ächzt in ihren Angeln. Dann eine Stimme, gedämpft, fast flüsternd, unverständliche Worte. Amelie. Die Nebelschwaden huschen in eine andere Ecke des Gehirns. Das taube Gefühl, diese Ahnung, gelähmt zu sein, lässt nach. Ich wage es zaghaft, die Lider anzuheben, ganz leicht, nur einen kleinen Spalt weit, vor Angst, gleißend helles Licht könnte mich blenden und in eine andere Sphäre tragen. Funkelnde Sterne, Punkte, Kreise blitzen in Lichtgeschwindigkeit auf und brennen in den Augen. Das Pochen zwischen den Schläfen wird zu einem Stechen. Messerscharfe Stiche, die tief in den Kopf eindringen. Vielleicht gibt es doch die Hölle im Jenseits, an die ich nie geglaubt habe. Die Schmerzen und die unsägliche Hitze sprechen dafür. Die Blitze werden schwächer. Kreise und Punkte weichen Konturen, noch undeutlich, verschwommen. Allmählich zeichnen sich die Umrisse scharf ab. Alles sehr begrenzt. Ich versuche, den Kopf zu heben. Es gelingt nicht. Schon die geringsten Muskelanspannungen in Bauch und Nacken tun weh. Ein penetranter Geruch nach rohem Fisch macht sich breit. Er reizt den Magen und dehnt die Augen. Soweit das Blickfeld reicht, ein kleiner, geschlossener Raum. Die Zimmerdecke makellos, in zartem Beige, eine Gardinenstange über dem geöffneten Fenster, hauchdünne, hellgrün gemusterte Vorhänge, die sich seidenleicht im Wind wiegen und das schwache Schattenspiel eines Baums, das graue Muster auf eine altrosa Bordüre zeichnet, alles pastellmatt, rund und weich. Mir wird übel. Die Wahrnehmung verschwimmt.

Geigenmusik und Gitarrenklänge von weit her, Vogelgezwitscher, Meeresrauschen. Amelies Parfüm. Keine himmlische Verheißung. Ich schlage die Augen auf, ganz weit, und erfasse, weshalb auch immer, sekundenschnell meine Lage. Das menschliche Gehirn ist rätselhaft, oder der Instinkt oder beides. So, als wäre ich schon zeitlebens an dieses fremde Bett gefesselt, ist mir augenblicklich klar, wo ich bin, und vor allem, was ich nicht mehr bin und nicht mehr kann. Nicht einmal die Finger lassen sich bewegen und das Gesicht gleicht einer pelzigen Masse. Die agile Franka mit ihrem sportlichen Körper und der flinken Zunge ist begraben, beinahe jedenfalls. Ganz sicher eine lange Weile lang. Langeweile. Das Gehirn scheint zu funktionieren. Bildet schon wieder Wortspielereien. Und der Rest? Ich könnte heulen. Da laufen sie auch schon in Strömen, die Tränen, benetzen das ganze Gesicht, sammeln sich an der Ohrmuschel, kriechen über den Hals in die Nackengegend und bilden dort irgendwo am Haaransatz und auf dem Kissen einen See.

Ein feuchtes Tuch berührt mein Gesicht. Vorsichtig versuche ich den Kopf in Richtung Körper zu drehen, zu der die Hand gehört, die meine Wange ganz sanft streichelt. »Schscht. Ganz ruhig.« Behutsam tupft Amelie meine schweißnasse Stirn ab. In einem ungewohnten Tonfall, so als spräche sie mit einem Kleinkind, das sich gegen eine Untersuchung sträubt, sagt sie: »Schön, dass du aufgewacht bist. Du hast lange geschlafen, Franka. Nach der Untersuchung hattest du kurz das Bewusstsein verloren. Dann haben wir dich hierher gebracht. Erinnerst du dich? Kannst du dich an irgendetwas erinnern?« Dabei beugt sie sich über mein Gesicht und blickt mir so intensiv in die Augen, als fände sie dahinter, auf dem Grund meiner

Seele, eine Erklärung. Ich möchte antworten, aber es geht nicht. Mein Kiefer schmerzt. Ich glaube, er ist geschwollen. Auch die Lippen scheinen dick zu sein, wie nach einer Operation beim Zahnarzt. Der rechte Arm, den ich anzuheben versuche, um die Stellen im Gesicht zu betasten, fühlt sich bleiern an. Panik steigt in mir auf, ein Hitzeschwall jagt das Blut durch die Adern, lässt Schweiß aus allen Poren treten.

Meine Schwester versteht. Amelie sieht die stumm schreiende Ohnmacht, die Hilflosigkeit, das Unverständnis in meinem Blick. Sie spürt das Zittern in meinem Innern, fühlt die Angst, kennt die Fragen, die sich nicht aussprechen lassen. Sie lässt sich Zeit, badet das Tuch in Wasser, wringt es aus, sodass es laut plätschert, und wischt die Tränenspur von meinem Hals. »Es fühlt sich schlimmer an, als es ist, Franka. Der Arzt, der dich untersucht hat, konnte Knochenbrüche und innere Verletzungen ausschließen. Es sind heftige Prellungen. Vielleicht auch eine leichte Gehirnerschütterung. Du brauchst jetzt vor allem Ruhe. Es war purer Zufall, dass gerade ein Arzt im Posto Sanitario war. Du hattest großes Glück, alles in allem.« Amelie schiebt ganz vorsichtig ihren Arm unter mein Kopfkissen, hebt es leicht an und versucht, mir einen Strohhalm zwischen die Lippen zu schieben. »Franka, trink etwas. Es sind Enzyme und Pflanzenextrakte. Das wird dir gut tun. Ich habe eine gute Freundin angerufen. Sie ist Heilpraktikerin und kommt so schnell wie möglich von der anderen Seite der Insel. Bis dahin ruh dich aus. Und mach dir keine Gedanken. Schlaf ist der beste Weg zur Heilung. Ich schau immer wieder zu dir rein.«

Leichter gesagt, als getan. Das Denken lässt sich nicht einfach ausschalten wie elektrisches Licht. Schon gar nicht in dieser wehrlosen Lage, völlig hilflos, ausgeliefert, der Bewegung und der Erinnerung beraubt. Ich weiß nicht, was geschehen ist. Mir fällt nichts dazu ein. Es ist eine Form der Folter, hier zu liegen, mutterseelenallein, zurückgelassen, mit drängenden Fragen. Ich will wissen, wie es um mich bestellt ist, was ich habe, ob ich vollständig gesund werde, ob sichtbare Spuren zurückbleiben und vor allem, was passiert ist. Es ist grauenvoll. Abwarten, Hoffen, Nichtstun, Geduld aufbringen, das alles sind Fähigkeiten, die ich so schlecht beherrsche. Immerhin erkenne ich Amelie und dieses Zimmer hier. Eine Amnesie kann sich auf ein Schockerlebnis beziehen. Die Betroffenen haben lückenlose Erinnerungen an die Zeit vor und nach dem Ereignis, das den Gedächtnisverlust ausgelöst hat. Das schilderte einmal ein Neurologe im Rahmen einer Reportage. Hofer hieß er. Daran kann ich mich genau entsinnen. Vielleicht fällt mir auch wieder ein, was geschehen ist, wenn ich nur weit genug zurückgehe, in die Vergangenheit.

Der Flughafen. Die Abschiedsszene. Viel länger als gewollt. Die Kinder waren dabei. Und Arne. Die Abfertigung in der Abflughalle, professionell und rasch, ohne die üblichen gepäcküberladenen, lästigen Touristenschlangen. Reichlich Zeit nach dem Check-in. Den Jungs wurde es langweilig. Sie wollten hinauf auf die Aussichtsterrasse. Dort standen wir dann kurz darauf im Lärm und Gestank der Fahr- und Flugzeuge. Mick und Ole waren gerade mit dem Zählen der startenden und landenden Maschinen beschäftigt, als Arne mich in den Arm nahm und mir zuflüsterte: »Sei nicht zu hart mit dir.« Behauptete er anschließend. Ich hatte *ihr* verstanden. Wäre der heftige Windstoß nicht dazwischengefahren, hätte ein einziger, winziger Buchstabe einen Streit entfacht. Dir oder ihr. Lächerlich, eigentlich. Bedenkt man allerdings die Tragweite der Geschichte, lastet auf diesem kleinen *d* ein enormes Gewicht. Ich frage mich, ob Arne wirklich nachvollziehen kann, was sich zwischen meiner Schwester und mir abspielt. Seit Jahren. Schon immer. Versteht er meine Empfindungen oder sieht er die Einladung von Amelie nach zwei Jahren der absoluten Funkstille wirklich nur als gut gemeinte Idee? Einem Außenstehenden würde ich nicht verübeln, einen Urlaub auf einer zauberhaften Insel mitten im Atlantik als wunderbares Geschenk zu betrachten. Beim eigenen Ehemann ist das anders. Er sollte eigentlich wissen, dass diese versöhnliche Geste, wie er es nannte, einen unkalkulierbaren Konfliktstoff beinhaltet.

Amelie betreibt solch einen Riesenaufwand nicht nur, um ein Missverständnis zu klären, eine Meinungsverschiedenheit aus der Welt zu räumen und über den letzten Willen unserer Mutter zu sprechen. Das war bereits kurz nach der Beisetzung vor zweieinhalb Jahren erledigt. Ich hatte akzeptiert, dass sie als Lieblingstochter bevorzugt wurde. Daran hatte ich mich im Laufe der bald fünfzig Jahre längst gewöhnt. Auch daran, dass Amelie dazu schwieg, kein einziges Wort über das Testament unserer Eltern verlor und nicht einmal einen Hauch von schlechtem Gewissen zu haben schien, als Haupterbin eines beträchtlichen Vermögens, samt Segelyacht und Haus an der Alster.

Seither hatte sie überhaupt keinen Gesprächsbedarf mit mir gehabt. Es gibt also keinen nachvollziehbaren Grund, so weit zu reisen, um sich auszutauschen. Es verbarg sich etwas anderes hinter diesem Ansinnen. Meine Vorstellungskraft reichte nicht aus, eine plausible Erklärung dafür zu finden. Merkwürdig war das alles. Verstörend beinahe, so wie die überraschende Nachricht, die samt Einladung als Brief ins Haus geflattert kam. In wenigen Sätzen hatte sie mitgeteilt, auf der kleinen, unwegsamen kapverdischen Insel ein Haus gekauft zu haben, in dem sie jetzt lebe. Ausgerechnet dort, wo Arne, die Kinder und ich mit unserer Freundin Karen zusammen jenes dramatische, außergewöhnliche Weihnachtsfest erlebt hatten. In diesem einfachen, schwer zugänglichen Fischerdorf, von dem wir so begeistert erzählt hatten. Weshalb musste es gerade dieser Ort sein? Was bezweckte sie damit? Vielleicht war es nur ein neues Hirngespinst einer gelangweilten, verwöhnten Frau, deren Ehemann in seinem Beruf und seinen Hobbys aufging und deren Kinder beide studierten und fern von zu Hause ein selbstständiges Leben führten. Möglich, dass Amelie sich oder anderen mit diesem Schritt, der so ganz und gar nicht zu ihr passte, irgendetwas beweisen wollte. Um das herauszufinden und um meine Empfindungen zu prüfen hatte ich mich entschlossen, zwei Wochen Urlaub zu nehmen und die Reise ins Ungewisse anzutreten. Es waren elementare Fragen, die mich beschäftigten und die tief in die Vergangenheit zurückreichten.

Das hätte Arne eigentlich wissen müssen, dachte ich, als diese heftige Windböe unsere Emotionen und die Wochenzeitung durcheinanderwirbelte. Wie von einer Last befreit, rannte er im Zickzack hinter den umherfliegenden Zeitungsseiten her. Mick und Ole jauchzten vor Vergnügen. Sie waren gerade mit einem jungen pechschwarzen Hund beschäftigt, der heftig an der Leine zerrte und Ole übermütig das Gesicht ableckte, als ihr Vater losspurtete und mit einem zerknüllten Packen Papier zurückkam. Seine schlaksige Art zu gehen, die leichte Andeutung eines Achselzuckens und das jungenhafte Lachen, waren so entwaffnend, dass es unwillkürlich mein Herz kitzelte, wie damals in Südfrankreich am Strand von Gruissan, als der Mistral das Zeitunglesen im Freien zum absurden Unterfangen machte. Diese Szene sah ich plötzlich bildlich vor mir. Es schien, als lösten kreischende Möwen das Geheul der Turbinen ab, als legte sich der Geruch nach Fisch und

Algen über den Gestank nach Kerosin, sodass die Augen ganz feucht wurden vom Salz und den feinen Sandpartikeln, die der Wind mit sich trug.

Ob er sich noch daran erinnert? An unseren ersten gemeinsamen Sommer, dem viele folgen sollten. An jene unbeschwerten Tage und Nächte, in der solch begrenzende Worte wie die Zeit *le temps* für uns bedeutungslos waren. Das ist lange her und gleichzeitig so präsent, als wäre es gestern gewesen. Vielleicht empfindet er ähnlich. Gut möglich, dass er manchmal die Augen schließt und die Gegenwart für eine Weile ausblendet. Vielleicht lässt er dann die Bilder von damals aufleben und denkt dabei an diese besonderen Momente, die so wertvoll sind, weil sie im Leben viel zu selten vorkommen. Ob er noch weiß, wie wir ganze Haufen voller Unrat in den Stunden der Dämmerung zusammentrugen, eifrig und selbstvergessen wie Kinder, auf der Suche nach dem geheimnisvollsten Strandgut, dessen Herkunft wilde Spekulationen entfachte, und das wir dann kunstvoll zu bizarren Gebilden auftürmten, damit die Kinder am nächsten Tag etwas zu lachen hätten. Ich kann den kühlen Sand noch fühlen, die salzige Abendbrise riechen, das Geschrei der Möwen hören und unseren Hunger nach Unsinn spüren. Meist endeten diese warmen Sommernächte mit erfundenen Geschichten und Phantastereien, mit Gedankenspielen und Reimen ohne Sinn und Zweck, unter dem sternenbestückten Firmament, das in nichts dem heimischen zu gleichen schien, und wo es so naheliegend war über das Universum, das Woher und Wohin, das Karma, den Zufall, dass wir uns begegnet waren, nachzudenken.

Irgendwann in jenem Jahr oder im folgenden Spätsommer hatten wir nur wenige Kilometer von Narbonne Plage entfernt, wo sich Heerscharen von Einheimischen und Touristen tummelten, hinter den Dünen unseren menschenleeren Lieblingsplatz entdeckt, der viel zu unwegsam und steinig für den Massengeschmack war. Einmal, ohne darauf zu achten, dass sich hinter uns schwere, dunkle Wolken über den Bergen auftürmten, saßen wir wieder dort auf einem dieser mannshohen Felsbrocken, der aussah wie ein umgedrehter, zerbeulter Kochtopf von Obelix, beobachteten die Fische oder was wir sonst unter den Schaumkronen vermuteten, tranken herben Rotwein aus der Flasche und kauten trockenes Baguette, als der Platschregen von einer Sekunde auf die andere über uns hereinbrach. Laut lachend flüchteten wir vor den heftig prasselnden Tropfen unter das kleine Vordach einer windschiefen Fischerhütte. Es war plötzlich kühl geworden und wir fröstelten in unseren klammen Sachen auf den morschen, vergrauten Holzplanken. Ein Wimpernschlag genügte und die Hitze kam zurück. Das war einer dieser innigen, einzigartigen Momente der absoluten Übereinstimmung, in denen der Körper mit Glücksgefühlen überschwemmt und der Geist beflügelt wird. Warme Wellen, nicht berechenbar, diese Flut der Emotionen.

Dort, in dieser verträumten, maroden Gegend, nahe der Muschelbänke und Sümpfe, wo sich die Flamingos ihre rote Farbe holten, saßen wir auch stundenlang in Straßencafés und dunklen Kneipen, hatten nichts mehr mit unserem früheren Leben zu tun, fühlten uns als Teil dieses Mikrokosmos, irgendwie dazugehörig, fanden zwischen dem Gebimmel der Spielautomaten selbst schnulzige Chansons nicht mehr kitschig, scherzten mit Fischern, Arbeitern und Tagträumern und freuten uns über ein vertrautes »Salut« oder eine geschenkte Gauloise aus einer zerknitterten Schachtel. In einer der schummerigen Bars, »Chez Ninette«, gab es die für die Region so typischen fetten Eintöpfe aus Bohnen, undefinierbarem Gemüse, Fisch oder Schwein, nach denen mir regelmäßig schlecht wurde und ich reichlich Pastis trinken musste, weil es kein besseres Magenmittel als Anisschnaps gab, und dessen Geruch nüchtern betrachtet eigentlich abscheulich war.

Die Sartre-Zeit, wie Arne sie nannte, war eine ganz besondere, prägend, sich einprägend. Ungezählte Tage, an denen wir uns intellektuell gaben und die Köpfe über die Werke der großen Romanciers und Philosophen heiß redeten, aufgewühlte Nächte, in denen keine Sekunde zum Schlafen blieb. Erschöpft und gleichzeitig merkwürdig aufgedreht, beinahe beflügelt, schlichen wir leise, um keinen zu wecken, aus dem schmalen, hohen Altstadthaus, das durch seinen architektonischen Charme den fehlenden Herbergsstandard wettmachte, flanierten als erste Besucher durch die herrschaftliche Markthalle von Narbonne, kauften bei Michel, dem Fischhändler so viel ein, als gelte es eine Großfamilie zu versorgen, und wunderten uns über das Durchhaltevermögen der ergrauten, stoppelbärtigen Stammkunden, die sich bereits an den Theken auf ein Gläschen *Rosé* oder *Vin Rouge* trafen oder mit einem klaren *Eau de vie* Last und Laster des Lebens für kurze Zeit loszuwerden versuchten.

Den betörend herben Geruch der Garriguekräuter und Piniennadeln der Hochebene von La Clape noch in der Nase, genossen wir es wenig später, eindrückliche Spuren zu hinterlassen. Barfuß liefen wir über den kalten, harten Sandstrand, dessen obere Schicht sich anfühlte wie eine Betondecke, die zu dünn aufgetragen worden war und manchmal einbrach, oder auch nicht, je nachdem, wie hart man auftrat. Akrobaten gleich balancierten wir zwischen Glasscherben, Muscheln und stacheligen, silbern glänzenden Pflanzen hindurch, frühstückten an unserer steinigen Bucht, und schwammen mit Meeresfrüchten, Croissants und einem wohligen Prickeln im Bauch nackt ganz weit hinaus. Dieses Glück in seiner reinsten Form, dieses Gefühl von Freiheit und Freude, war durch nichts zu ersetzen gewesen.

Wenn die Sonne dann ihre wärmenden Strahlen übers Meer gleiten ließ und das vertraute Bild in ein anderes Licht rückte, küssten wir uns das trockene Salz von der Haut, unersättlich, mit dem Heißhunger der Verliebten. Um diese Zeit tauchte dann meistens Barbe auf. Der Voyeur. Saß plötzlich da. Hatte uns wieder genau beobachtet.

Mit seinen treuen, sehnsüchtigen Augen zugesehen, was jungen Menschenpärchen so einfällt, und stumm gewartet. Er kannte ihn genau, den entscheidenden Moment, wusste, wann das Herz weich wird und die Menschenseele sich öffnet, bereit, alles herzugeben, selbst die letzten, zuckersüßen Kuchenstücke. Barbe, der Bärtige, der Stolze, der wunderbare Charakter, unser Charmeur, wie wir ihn liebevoll nannten. Was wohl aus ihm geworden ist, aus dem hageren Strandhund mit dem zielstrebigen Gang, dem zerzausten, räudigen schwarzen Fell und diesem unvergleichlich rührenden Blick, den man auf der Stelle ins Herz schließen musste, und nach dem wir noch Jahre später vergeblich suchten.

»Barbe«, sagte ich. Nur dieses eine Wort. Arne hatte es nicht vergessen. Er lächelte, zog mich an sich. Wir küssten uns wie schon lange nicht mehr, beinahe wie früher, und plötzlich war die Welt in Ordnung, vollkommen. Am liebsten hätte ich die Zeit angehalten. Dieser Abschied war so ungewöhnlich. Wie alles in diesen Tagen.
Die unsanfte Landung auf dem Boden der Tatsachen traf mich schon vor dem Abflug mit der wiederkehrenden Erkenntnis, nicht normal zu sein. Alle plappern, quasseln, lachen, während ich sichtlich in mir zusammenschrumpfe. Es raubt mir die Luft zum Atmen und erfordert ein hohes Maß an Konzentration, die Antennen einzufahren, das Gemüt auf immun zu schalten und zu ignorieren, wie Menschenmassen auf engem Raum sich anfühlen. Nicht

nur im Shuttle, auch im Bauch der Boeing stets dasselbe. Es wird gequetscht und gedrückt, manche rücksichtslos und rigoros gegen menschliche Weichteile oder fragile Gepäckstücke, als ginge es um einen Wettlauf. Handgepäck, so ausladend wie mein ganzes Reiseutensil für zwei Wochen, muss in die Ablagefächer, wenn nötig mit Gewalt. Vielleicht leide ich an Klaustrophobie und erwarte zu viel, keine Sonderbehandlung, nur ein bisschen Gelassenheit und Rücksichtnahme.

Ich schnappte nach Luft, wie ein Fisch auf dem Trockenen, und schluckte leer. Die unausweichliche Tatsache, die folgenden Stunden als Sardine in Menschengestalt verbringen zu müssen, waren schwer zu verdauen. Das bemüht eifrige Bordpersonal konnte daran auch nichts ändern. Eingeklemmt zwischen all diesen fremden Leuten, Plastiktischchen, nestelnden Damen und raschelnden Herren, quengelnden Kindern und überlagert von Gerüchen, deren Palette ein reiches Repertoire zu bieten hatte, von Crème,- Deo- und Parfumwolken über Essensdämpfe aus heißen Aluschalen, bis hin zu allerlei aufdringlichen Duftproben, die Frauenzeitschriften entsprangen, von Angstschweiß und sonstigen menschlichen Ausscheidungen ganz zu schweigen, war mir der Appetit ohnehin längst vergangen.

So ganz anders meine Nachbarin, die mit beleidigter All-inclusive-Miene die Stewardess beschäftigte. Überlaut meinte sie: »A Glaserl Sekt zum Dessert bräucht i schon no« und kauend setzte sie in gedämpftem Tonfall hinzu:

»Dann bezahl i des halt, wenn des hier alles extra kostet.« Unzufrieden stopfte sie nach der süßen Creme oder was immer sich in dem Plastikbecher verbarg einen Schokoriegel und Kekse in sich hinein, damit der üppige Umfang während des Flugs nicht zu leiden hatte. Stumm wie ein Fisch, starr ausharrend, mehr tot als lebendig, den Blick stur geradeaus gerichtet, um möglichst nicht angesprochen zu werden – »Ist Ihnen nicht gut?« oder »Sind Sie zum ersten Mal auf den Kanaren?« – legte ich mir schon mal eine Antwort auf Französisch zurecht, für den Fall der Fälle, denn Fremdsprachen traute ich den Damen rechts und links von mir nicht zu. Dann redete ich mir still und beharrlich ein: »Stell dich nicht so an, es gibt Schlimmeres.«

Und das gab es, tatsächlich. Der Zwischenstopp auf Gran Canaria , mittlerweile zur Drehscheibe internationaler und nationaler Airlines geworden, potenzierte das alles um ein Vielfaches. Wer aus einem Landstrich, reich an Natur und arm an Kommerz kam, musste hier einen gewaltigen Kulturschock erleiden. Ich sehe sie deutlich vor mir, die glitzernden Verlockungen neben den Anzeigetafeln und Rolltreppen, die tausenderlei Angebote, gewaltig wie eine Flutwelle, der man nicht entweichen kann, und die Menschenmenge, die stets durch die Abfertigungshallen flaniert, um mit übervollen Gepäckwägen in die unzähligen Shops zu drängen, auf der Suche nach dem ultimativen Reisemitbringsel oder dem absoluten Schnäppchen im

Duty-free-Bereich, eingehüllt in Glanz und Glamour, berauscht von einer enormen Geräuschkulisse. Hektische, laut scheppernde Durchsagen in spanischer und englischer Sprache, verschiedene Musikstilrichtungen, klingelnde und summende Handys, lachende, rufende, weinende Menschen und quietschvergnügte Werbesprüche und Songs aus Lautsprechern der Großbildleinwände überlagerten sich. Ein einziges Gewimmel und Getöse.

Keine zwei Stunden später dann der radikale Wechsel. Ein Stillleben, beinahe. Mir kamen naturalistische Gemälde in den Sinn, die Arbeiten von bekannten Malern. Künstler müsste dies inspirieren: Dieser Anblick des azurblauen Ozeans aus der Vogelperspektive, die wüstenartig anmutende Insel tief unten, Berge und Täler, die farbige, gelbrote Erde, die Küste mit der kräftigen Brandung, die aussah, als hätte sich der liebe Gott einen Spaß erlaubt und dieses kleine Eiland, tausend Kilometer westlich von Afrika, mit einem Zuckerguss aus Schnee und Eis verziert. Naturgewaltig. Bis auf die Geräusche der Turbinen, die so gleichmäßig surrten, dass man sie kaum noch wahrnahm, absolute Ruhe. Wie klein wir doch sind und wie unwichtig, dachte ich.

Hundegebell lässt die Gedanken erwachen oder es ist der Druck auf der Blase, der mich zurückholt in die Realität oder in das, was ich dafür halte. Ist das die Realität? Woher kann ich wissen, was real ist? Was weiß ich überhaupt? Wer über Erkenntnistheorien nachdenkt, muss bereits auf dem Weg der Besserung sein, überlege ich und versuche, das Glöckchen auf dem niedrigen Nachttisch, den Amelie ganz nah ans Bett gerückt hat, zu erwischen und den wunderschönen großen Bergkristall dabei nicht hinunterzuschubsen. Mit einiger Anstrengung gelingt es. Meine linke Körperhälfte scheint weniger betroffen zu sein. Amelies Absätze kündigen ihr Kommen an. Sie nähert sich milde lächelnd, sichtlich bemüht, meinen Wunsch oder besser mein Bedürfnis zu verstehen. So habe ich sie noch nie zuvor erlebt. Sie wirkt weicher, liebenswürdiger als früher und scheint aufrichtig besorgt um mich zu sein. Vorsichtig und dennoch mit viel Krafteinsatz hilft sie mir beim Aufrichten. Wie hart und körperlich belastend muss es wohl sein, als Alten- oder Krankenpflegerin zu arbeiten, wenn wir schon allergrößte Mühe haben, mein Fliegengewicht von weniger als fünfzig Kilo auf die Beine zu bringen. Amelie scheint sich selbst auch Mut zu machen, denn die Worte purzeln nur so aus ihr heraus: »Es wird alles gut. Das heilt ganz rasch. Du wirst sehen.«

Irgendwie schaffen wir es auf die Toilette und ins Badezimmer. Dort erhasche ich einen Blick in den großen Wandspiegel. Meine Knie werden weich. Ein Glück, dass Amelie mich stützt. Das, was mir da entgegenblickt, hat nichts mehr mit meinem früheren Gesicht zu tun. Es gleicht einer hässlichen Fratze, so verquollen und entstellt, als hätte mich Wladimir Klitschko herausgefordert. Bestenfalls in einem Horrorfilm könnte ich künftig als gruseliger Geist ein gutes Bild abgeben, vielleicht auch an

Fastnacht, als Hexe, wegen der roten, widerspenstig abstehenden Haare und dem blassen Teint, dafür müsste nicht einmal die grün-blau-gelbe Färbung meines geschwollenen Kiefers zurückgehen. Man könnte sich den Maskenbildner sparen. Schaurige Vorstellung. Auch die Abhängigkeit von Amelie erleichtert meinen Gemütszustand nicht gerade. Wie viel Anstrengung und Zeit es kostet, nur ein paar Meter auf einem ebenen Boden zurückzulegen, hätte ich nie für möglich gehalten. Dabei schwirren seltsame Gedanken durch mein Gehirn, die schon wieder auf die Tränendrüse drücken. Auf Hilfe angewiesen und dankbar sein zu müssen, gerade ihr gegenüber, meiner Schwester, ist so erbärmlich und erniedrigend, dass nur ein einziger Ausweg bleibt, denn es nützt nichts, in Selbstmitleid zu zerfließen. Ich muss üben. Körper und Geist trainieren. Mich an jedes Detail erinnern. Und positiv denken. Das hatte ich doch immer vertreten. Nicht dass am Ende all meine klugen Ratschläge nur anderen galten. Wo war ich stehen geblieben? Richtig, am Schalter der staatlichen, kapverdischen Fluglinie.

»Was heißt, cancelled?« Ungläubig hatte ich der Dame im adretten Kostüm und der unbeweglichen Miene klar zu machen versucht, dass der Flug von Sal zur nächsten Insel rechtzeitig rückbestätigt worden war. Sechs Stunden später geht ja noch eine Maschine, wo ist also das Problem, schien sie mit dem lapidaren Satz zu meinen: »You get another flight, a bit later, but today.« Um keinen Zweifel daran zu lassen, dass die lästige Diskussion mit einer nörgelnden Touristin für sie damit beendet war, klappte sie eine Mappe mit Unterlagen zu, erhob sich von ihrem Stuhl und schritt hoch erhobenen Hauptes davon. »Das Problem ist, dass ich dann erst spät nachts in Mindelo ankomme und den ganzen Tag hier herumsitzen muss«, maulte ich mürrisch auf Deutsch hinter ihr her. Zwecklos. Ich packte meine Siebensachen zusammen und ergab mich meinem Schicksal. Es gab keine Möglichkeit der Gepäckaufbewahrung. Nach Schließfächern suchte man hier ebenfalls vergebens. Also wurde nichts aus der spontanen Idee, den Nachmittag am nahe gelegenen Meer zu verbringen. Mit dem schicken Koffer und dem Hightech-Rucksack, der Markentüte mit den Geschenken und dem ganzen Bargeld in der Tasche, in einer von Armut geprägten Gegend zu sitzen, würde jegliche, noch so tief schlummernde kriminelle Energie geradezu heraufbeschwören, zumindest wäre es eine Provokation. Und auf Hotelanlagen oder bewachte Strandabschnitte hatte ich sowieso keine Lust. Vielleicht stimmt es ja, und die Kriminalität ist auf diesen Inseln geringer, als in den meisten deutschen Großstädten. Dennoch bin ich mir meines Status als Gast sehr wohl bewusst. Die gut gemeinten Bemühungen so mancher Touristen durch schlabberige Outfits, ausgelatschte Sandalen, den Verzicht auf Schmuck und Markenartikel, machen da keinen großen Unterschied, obwohl diese durchaus sympathisch sind. Tourist bleibt Tourist. Die zahlreichen Auslandsreisen durch die Slums dieser Welt haben mit meinen früheren Illusionen gründlich aufgeräumt. Allein die Tatsache, dass man sich eine Reise hierher leisten kann, stempelt jeden Gast als wandelnde Geldbörse, ob er sich das eingesteht oder nicht. Hautfarbe und Herkunft lassen sich eben kaum leugnen.

Mit diesen Gedanken schlenderte ich durch die licht- und luftdurchflutete Halle, bestaunte die reiche Auswahl an CDs mit kapverdischer Musik in einem der beiden Läden und freute mich an der Schlichtheit dieses kleinen Airports. In nichts mit den Flughäfen internationaler Metropolen zu vergleichen, die alle überladen und dennoch steril wirken. Überall gab es die gleichen Shops, den gleichen Kaffee, die gleich teuren, einfallslosen Snacks. Und überall wurden die lästigen Stunden des sinnlosen Wartens auf harten Plastikstühlen, den Blick gesenkt oder auf ratternde Anzeigentafeln gerichtet, zu einer lähmenden Kraftprobe. Das war anders an diesem Ort.

Ich sehe alles deutlich vor mir. Die gähnend leere Café-Bar mit dem gelangweilt dreinschauenden Personal, das vergeblich auf Gäste wartete. Sie befand sich im ersten Stock. Eine weitere Bar mit der eindeutig besseren Lage gab es ebenerdig. Und diesen hellen, freundlichen Raum, wo etliche Einheimische zu Mittag aßen oder sich zwischendurch ein *Baffa* gönnten, denn eine süße oder herzhafte Kleinigkeit konnte man fast immer essen, steuerte ich nach meinem Rundgang an. Das war eine gute Option, dachte ich, mich vom deutschen Denken schleunigst zu befreien. Man hatte stets mehr Zeit für die Reise einzukalkulieren, das wusste ich, denn darüber wurde jeder Tourist hinlänglich informiert. Zwei von vier Maschinen waren wegen Wartungsarbeiten ausgefallen. Das ist ein gutes Zeichen, sagte ich zu mir selbst, die Leute nehmen ihre Verantwortung ernst und kontrollieren die Flugzeuge auf deren technisch einwandfreien Zustand, besser jedenfalls, als aus kommerziellen Gründen ein Risiko einzugehen. Meine Laune stieg mit jedem Schluck Bier und jedem weiteren Bissen in die himmlischen *pastéis*, jene gefüllten Teigtäschchen, die mir schon beim letzten Besuch hier so gut schmeckten. Nur beim Bier war ich mir nicht mehr sicher. War nun das *Strela* die einheimische Marke oder das *Super Bock*? Gefühlsmäßig hatte ich *Strela* bestellt, was eindeutig schöner klang. Für den Kellner offenbar nicht, denn er brachte *Super Bock*. Es schmeckte so gut, dass es in zwei, drei Schlucken weg war. Eine zweite eiskalte Miniflasche aus dem Eisschrank wurde serviert. Ich versuchte gerade das Kleingedruckte auf dem Etikett zu entziffern, als sich ein gut gekleideter Mann, Mitte, Ende dreißig, meinem Bistrotisch näherte.

»Darf ich?«, fragte er und setzte sich bereits, ohne eine Antwort abzuwarten. »Fernando«, meinte er und streckte mir seine Hand entgegen, als wären wir verabredet gewesen. »Hallo«, gab ich knapp zurück und las weiter. Keine Chance. Auf Fernando schien meine abweisende Haltung keinen Eindruck zu machen. »Sind Sie zum ersten

Mal hier auf den Kapverden?« »Nein. Sie?«, konterte ich. Wir mussten lachen. Die kakaobraune Hautfarbe meines Tischnachbarn ließ andere Schlüsse zu. Meine Skepsis ihm gegenüber schwand in den ersten Minuten der folgenden Stunden, in denen ich nicht nur über Glaubensfragen zu Geschmack und Qualität von einheimisch produzierten Waren wie *Strela* Bier und zahlreicher beliebter Importartikel aufgeklärt wurde. Fernando, der von einer der Inseln stammte, hatte zunächst in Lissabon, dann in Berlin studiert, wo er eine gut dotierte Stelle in der Forschungsabteilung irgendeiner renommierten, international tätigen Firma gefunden hatte. Dort hatte er auch seine deutsche Frau kennengelernt, mit der er zwei Kinder hat, erfuhr ich. Jetzt war er gerade auf dem Weg in seine Heimat. »Auf Urlaub. Meine große Familie besuchen«, strahlte er. Er fühlte sich beiden Kulturen verbunden. »Nur aus starken Wurzeln lässt sich Kraft schöpfen für ein weitverzweigtes System, das Früchte trägt«, meinte er und gab Eindrücke seiner vielen geschäftlichen und privaten Auslandsreisen wieder. Ein Weltenbummler, im sprichwörtlichen Sinn. Ich hätte es nicht besser treffen können. Fernando, nicht unattraktiv mit seiner markanten Nase, den rehbraunen Augen und schlanken Händen, war an Erzählkunst und Hilfsbereitschaft nicht zu übertreffen. So erfuhr ich von typischen Merkmalen der unterschiedlichen Inseln und deren Bewohnern, von Auswirkungen der problematischen Geschichte dieses Archipels, aber auch vom Pragmatismus, der Gleichmut und Lebensfreude der Insulaner, lachte über manche Episode aus seinem früheren Leben und erhielt obendrein noch wichtige Tipps, Telefonnummern und Anregungen für meine weitere Reise. Die Wartezeit entwickelte sich durch Fernando, der in eine andere Richtung weitermusste, zu einem kurzweiligen, fabelhaften Nachmittag und Abend. Ich dachte über das alles nach, auch über mein seltsames Gefühl von Wehmut, das mich beschlich, wegen der tiefen, familiären Bande, die er zu haben schien und die ich mit zunehmendem Alter hie und da vermisste. Dann tröstete ich mich damit, dass es nur kurze Augenblicke sind, in denen ich durch die romantische Brille auf den Reiz der scheinbar intakten Großfamilien blicke. Wäre ich in eine solche Familie hineingeboren worden, hätte ich mich längst aus dem Korsett der Erwartungen und Verpflichtungen befreit. So gab ich mich der Freude über diese Begegnung und mein bescheidenes, aber selbstbestimmtes Dasein hin und saß kurz darauf gut gelaunt in dem kleinen Passagierflugzeug, bereit für die nächste Etappe. Als die Maschine zum Start in den sternenklaren, blauschwarzen Nachthimmel ansetzte, kam mir der verblüffende Wahrheitsgehalt des Spruchs in den Sinn: »Geht ein Türchen zu, öffnet sich ein anderes, manchmal sogar ein viel besseres.«

Der gerade mal einstündige Flug zwischen den Inseln Sal und São Viçente verlief ruhig, ohne Turbulenzen und Zwischenfälle. Details bezüglich der Ankunft und Weiterfahrt mit dem Taxi zur kleinen Pension mitten durch die pulsierende Hafenstadt Mindelo muss ich verdrängt haben. Mein Gehirn selektiert stets auf wundersame Weise Unspektakuläres von Eindrücklichem. Namen, Gesichter, Geschichten, vermutlich nicht wichtig genug, gespeichert zu werden, versinken im Nirgendwo. Scheinbar Belangloses, ein ganz bestimmter Blick, der treffende Satz im richtigen Moment, oder das falsche Wort, ist noch nach Jahren präsent. Und genau deshalb beschäftigt mich jetzt die Frage, was dieser Traum in jener Nacht zu bedeuten hat.

Nachdem es für einen mitternächtlichen Bummel durch die quirlige Stadt ohnehin zu spät geworden war, und Fernando die Warnungen vor weiblichen Alleingängen noch bekräftigt hatte, sank ich erschöpft in die Federn. Ich erinnere mich, dass das Bett direkt unter dem Fenster stand in einem der vier mit Nippes und Plüsch überladenen, kleinen Gästezimmer, die zur Privatpension von Senhor Pedro zählten. Über Stilfragen oder Innenausstattung weiter nachzudenken fand ich unpassend und scheuchte diesbezügliche Anwandlungen weg. Außerdem war ich müde und froh über diesen deutsch sprechenden, zuvorkommenden Gastgeber, sogar ausgesprochen dankbar für dessen glaubhafte Versicherungen, mich in aller Herrgottsfrühe mit seinem Wagen zum Fährhafen zu bringen, da die Insel Santo Antão nur mit dem Boot zu erreichen ist. Beste Voraussetzungen also für einen tiefen, erholsamen Schlaf. Den Lärm der Großstadt, schlagende Autotüren, Musik und Gelächter von der Bar gegenüber und das anhaltende Gekläffe irgendwelcher Hunde versuchte ich mit Gedanken an den herrlichen Strand, den schwarzen, warmen Sand, das klare Meerwasser auszublenden, das mich bald erwarten würde. Unmerklich glitt ich hinüber in die Welt der Träume, tauchte ein in eine sagenhaft reiche Unterwasserwelt.

Schwärme bunter Fische umkreisten ein Korallenriff. Geschmeidig bewegten sich kleine Zebrafische flink zwischen einzelnen karpfenähnlichen Tieren mit ausladenden Bartflossen hindurch, einige lugten hinter Farnen und anderen filigranen Gewächsen hervor und zogen sich ängstlich wieder zurück. Wunderschöne Steine funkelten auf dem sandigen Grund. Sonnenstrahlen brachen sich auf ihnen, ließen sie aufblitzen wie Diamanten. Dann näherte sich ein Schatten. Die Konturen einer übergroßen Meeresschildkröte wurden schärfer. Otto. Es war Otto, der direkt auf mich zu schwamm. Bedrohlich nah kam er, glotzte mich stur an, klappte sein Maul auf, so weit, als wolle er mich verschlucken, und ließ mich schweiß gebadet hochschrecken.

Otto hieß die kleine Schildkröte, die ich heimlich freigelassen hatte, weil Amelie so sehr an diesem tierischen Geschenk unseres Vaters hing. Es war an einem gewöhnlichen Tag gewesen, als meine vier Jahre ältere Schwester ohne besonderen Grund, wie ich fand, diese blöde Schildkröte bekam. Ich war wütend, traurig, enttäuscht und eifersüchtig auf Amelie. Und sauer auf meine Mutter und meinen Vater. Mein kindlicher Zorn ließ keine Erklärung gelten. Schon immer hatte ich mir ein Tier gewünscht und keines bekommen, weder eine Katze, ein Häschen, einen Hamster, noch eine kleine Maus, wie meine beste Freundin Nina. Nicht einmal zu Weihnachten. »Wie stellst du dir das vor, in einer Wohnung, mitten in Hamburg?« Dabei hatte ich mir ja kein Pony gewünscht, zumindest hatte ich es nicht so deutlich gesagt. Insgeheim wünschte ich mir nichts sehnlicher als ein kleines Pferdchen. Ich glaubte damals an so etwas wie Wunder und bildete mir ganz fest ein, das wäre die Überraschung für mich, wenn wir in das neue große Haus mit Garten umziehen würden. Das war kurz vor meinem siebten Geburtstag. Ich konnte damals an nichts anderes mehr denken, als an unser neues Heim, das wir besichtigt hatten. Zwischen zwei hohen Bäumen, mitten auf einer saftigen Wiese, stand dieses wunderschöne Gartenhaus, wie gemacht für ein Pony. Außerdem hatten wir jetzt viel Geld. Wir waren richtig reich, zumindest malte ich mir das aus, nachdem ich aufgeschnappt hatte, wie meine Eltern nächtelang laut über einen Nachlass diskutierten. Meine Mutter wollte den elterlichen Schwarzwaldhof zunächst nicht verkaufen, weil er seit Generationen in Familienbesitz war und sie ihn mit nostalgischen Erinnerungen verband. Erst nach längerem Hin und Her akzeptierte sie die Argumente meines Vaters und stimmte dem Verkauf zu. Für meinen Vater, der als Ingenieur bei einer großen Werft tätig war, kam ein Leben auf dem Land im tiefsten Süden der Republik nicht infrage.

Zu jener Zeit hatte ich damit begonnen, nachts mit dem

lieben Gott zu reden. Inständig betete ich, heimlich, unter der Bettdecke, damit Amelie nichts davon mitbekam. Zu leise, habe ich später gedacht, denn der liebe Gott hat mich nicht gehört. Als ich zu dem Gartenhaus gelaufen war, stand es so verlassen und traurig da wie ich. Und niemand hatte verstanden, weshalb ich verzweifelt in dem Garten herumirrte und eimerweise Tränen vergoss. Zum Geburtstag bekam ich dann einen neuen Schulranzen mit einem Pferd darauf. Als ob dieses rosarote Bild ein echtes Pony ersetzen konnte. Außerdem war ich schon viel zu alt für solchen Kinderkram. Peinlich. Amelie hatte nie um ein Tier gebettelt und eins bekommen. Weil sie so oft krank war, lautete die Begründung. Ungerecht und gemein fand ich das und hasste Otto. Ich schaute ihn nicht an. Zumindest nicht, wenn die anderen dabei waren.

Kurz vor Weihnachten, als Vater im Büro war und Mutter mit Amelie Einkäufe erledigte, war es dann plötzlich über mich gekommen. Eine Weile hatte ich Otto zugesehen, wie er immer wieder ruckartig in ein Salatblatt biss. Ich betrachtete dabei seine glänzenden runden Augen, das schöne Muster seiner dicken Haut, seine gleichmäßigen Bewegungen. Dann schnappte ich ihn und hob ihn aus seinem Gehege. Mit beiden Händen hielt ich den kühlen Panzer des Tiers und trug es vor mir her durch die Wohnung, durch den Flur zur Haustüre und dann die Treppe hinab. Es ging alles sehr schnell. Ich setzte den Panzer auf die kalten, glitschigen Steinplatten beim Wäscheplatz hinter dem Haus. Sofort fuhr Otto seine stämmigen Beinchen aus, tastete sich erst vorsichtig, dann immer mutiger vorwärts, der Freiheit und seinem vermutlich nahen Lebensende entgegen. Ich hüpfte vor Freude auf und ab, leicht wie eine Feder, eine zentnerschwere Last war von mir abgefallen. »Lauf Otto, lauf.« Und Otto lief. Die Schildkröte war mir nichts dir nichts verschwunden, nie wieder gesehen, trotz aller Bemühungen der ganzen Familie. Da halfen auch die Anzeige in der Tageszeitung, die von meinem Taschengeld abgezogen wurde, das tagelange Suchen und Befragen der Nachbarn und die tränenerstickten Gebete Amelies nichts. Das Tier war weg. Was blieb, war nach heftigen Vorwürfen und Strafen mein schlechtes Gewissen. Schuldgefühle, die sich tief eingegraben haben, irgendwo in meiner Seele. An diesem vorweihnachtlichen Abend hatte der schmerzliche Liebesentzug meiner Familie erstmals einen Namen bekommen. Vier Buchstaben. Ein einfaches Wort. Man konnte es drehen und wenden wie man wollte, es blieb dasselbe.

Ein Schwarm springender Delfine, begleitet von entzückten Ahs und Ohs der Touristen, die eifrig ihr Fotozubehör auspackten und manchem neugierigen Blick aus großen, dunklen Augen einheimischer Fährgäste, denn solche Mega-Teleobjektive bekam man nicht jeden Tag zu Gesicht, ließ Otto am nächsten Morgen auf dem Fährschiff zwischen den Inseln nochmals auftauchen. Aber nur ganz kurz. Der warme, salzgeschwängerte Wind blies die dunklen Wolken und die Gedanken an triste Tage einfach weg. Die Sonne konnte ihre magischen Kräfte entfalten. Im Nu schaffte sie es wieder einmal die letzten Reste des trüben Gemüts zu erhellen und den Blick für den farbenfrohen Zauber an Bord zu öffnen. Welch positive Wirkung die Sonnenstrahlen doch haben, dachte ich und lehnte mich entspannt zurück.

2

Schwarzer Sand

»Frauke?« Ein Mann, stark wie ein Baum, mit breiten Schultern und gespreizten Beinen, in Jeans und rosarotem Polohemd, verdunkelte das Bild. Offenbar meinte er mich, denn er hatte sich direkt vor mir aufgebaut, breit grinsend. Mit einer ausladenden Handbewegung, als wolle er mich umarmen, nahm er seine verspiegelte Sonnenbrille ab. Ich brauchte zwei, drei lange Sekunden, bis mir klar wurde, wer dieser Mensch war, der mich auf der Fähre mit falschem Namen ansprach. »Jorge!" Umständlich erhob ich mich von der weißlackierten Holzbank ganz oben auf dem Deck der Fähre, auf der ich es mir soeben bequem gemacht hatte. Eine Welle, die das Schiff gefährlich schlingern ließ, hätte mich diesem Mann beinahe vor die Füße geworfen. Es gelang gerade noch, die Reling zu erwischen. »Olá!« Die Umarmung fiel aufgrund des Seegangs außergewöhnlich innig aus. Eine derartige Begrüßung wäre an Land mit einem Handschlag erledigt gewesen, allerhöchstens noch mit den obligatorisch distanzierten Küsschen auf die Wangen. »Franka. Ich heiße Franka", bemerkte ich, um meine Verlegenheit, ihn nicht gleich erkannt zu haben, zu überspielen. Jorge war der Besitzer jener kleinen Familienpension am Rande des Fischerdorfs, in dem wir vor drei Jahren unsere Ferien verbracht hatten. Ich konnte mich gut an ihn erinnern. Allerdings hätte ich ihn sicher nicht unter all den Einheimischen erkannt, wenn er mich nicht angesprochen hätte. In fremden Ländern, vor allem in Asien und Afrika, brauchte es immer eine Weile, bis ich die Personen zweifelsfrei und zügig voneinander unterscheiden konnte. Kurzsichtigkeit wäre zwar eine plausible, aber nicht zutreffende Erklärung. Die Menschen hier glichen sich ebenso wenig in ihrem Aussehen wie wir Europäer uns ähneln, dennoch gelang mir die Zuordnung von Namen und Gesichtern nicht auf Anhieb.

»Desculpe, Franka«, sagte Jorge, faltete die Hände und verneigte sich theatralisch, um Entschuldigung bittend. Eine neue, heftige Bugwelle erschütterte das Schiff. Ich setzte mich rasch und wunderte mich über die Standfestigkeit meines Gegenübers, als mir Jorges Geschichte wieder einfiel. Er war viel herumgekommen und zur See gefahren, bevor er die Gästebungalows gebaut hatte. »Erstaunlich, dass du dich an mich erinnerst. Nach der langen Zeit und den sicher vielen Touristen«, fischte ich nach einem Kompliment. Jorge spielte mit seinem versteckten Charme und ließ kluge Sätze häppchenweise fallen. Von dieser Seite hatte ich ihn nicht kennen gelernt. »Nur mit Freunden lässt sich verschüttetes Wasser einsammeln. Man vergisst sie nie.« Damit spielte er auf unsere gemeinsamen

Erlebnisse an, als das Dorf wegen eines Seebebens und einer zu erwartenden Flutwelle vorsichtshalber evakuiert worden war. Damals hatte er in all dem Durcheinander einen kühlen Kopf bewahrt und das unter Beweis gestellt, was man diesem Menschenschlag nachsagt: Probleme ins Gegenteil zu verkehren, zu lachen, wenn uns bereits das Lächeln vergangen ist, anzupacken, ohne lange darüber nachzudenken, welchen Vorteil das mit sich bringt, und sich selbst bei alledem nicht so wichtig zu nehmen.

Jorge setzte sich neben mich. Ich betrachtete im Schutz der dunklen Sonnenbrille diese muskulösen Arme und prallen Schenkel, um die sich der Stoff der Jeans spannte. Er hatte auch sehr starke Hände und kräftige Handgelenke, was mir gefiel. Männer mit filigranen, blassen Fingern jagen mir Angst ein. Dabei dachte ich an eben jenen Aufenthalt an Weihnachten, der für uns alle zu einem unvergesslichen Erlebnis wurde. »Wie geht es Filipa?«, fragte ich, denn der Name seiner Frau wollte mir nicht mehr einfallen. Lediglich die gute Seele, Köchin, Putzfrau, Wäscherin, Seelentrösterin in einer Person, verband ich sofort mit dem *Residencial.* »Gut. Wir sind zufrieden«, meinte er lächelnd und knetete seine Finger. »Und die Wirtschaftskrise? In Portugal leben doch viele Leute von den Kapverden, die ihre Angehörigen hier unterstützen, oder?«, bohrte ich weiter. Jorge drehte sich zu mir hin und meinte ernst: »Die Auswirkungen spüren wir schon. So ist das eben. Es gibt immer Hochs und Tiefs. Das Leben ist nicht konstant, so wenig berechenbar wie das Meer. Und manchmal profitiert man auch von einer Krise.« Umständlich nestelte er in seinen engen Hosentaschen, zog ein Päckchen Kaugummi heraus und bot mir einen an, bevor er weitersprach. »Seit ein paar Jahren kommen immer mehr Touristen. Die meisten aus Frankreich, wegen der Unruhen in den arabischen Ländern, aber auch viele Deutsche, Italiener und sogar Skandinavier. Sie haben alle unsere Inseln entdeckt. Und manche werden sogar sesshaft. Wie deine Schwester«, grinste er. Vielleicht täuschte es, aber ich hatte den Eindruck als läge eine Spur von Ironie in diesem Lächeln.

Mich hätte brennend interessiert, was er davon hielt, dass sich immer mehr Ausländer auf den Inseln niederließen, und vor allem hätte ich gerne gewusst, wie er Amelie empfand, ob sie sich auch als snobistische Grande Dame gab, wie in ihren Kreisen üblich, was mir stets bitter aufstieß. Wie deplatziert hatte ich mich gefühlt, als ich noch eingeladen wurde zu diesen Geburtstagsfesten, zwischen all den langweiligen, einflussreichen Leuten, die nur noch sahen, was sie nicht hatten. Wie anstrengend das war, dem Small Talk zu folgen, die mit scheinbarem Interesse geheuchelten Floskeln zu ertragen. Ich höre sie noch, die Begrüßungsworte in aufgedrehtem Tonfall: »Meine Liebe! Schon so lange nicht mehr gesehen. Du hast dich überhaupt nicht verändert. Gut siehst du aus. Wie geht's dir denn?« Und wie ich mich dafür hasste, darauf belanglos und einigermaßen freundlich geantwortet zu haben. Keine der Damen interessierte sich in Wirklichkeit für meine Belange. Was aber, wenn ich meine Zunge nicht im Zaum gehabt und eine unerwartet ehrliche Antwort gegeben hätte. Das wäre unverzeihlich gewesen, brüskierend beinahe. Vor allem wäre diese Entgleisung der Anlass für den interessantesten Gesprächsstoff des Abends gewesen, und das gönnte ich ihnen nicht. Zumindest lange Zeit nicht.

Meistens liefen diese Abende nach ähnlichem Muster ab. Die Damen sprachen über Luxusreisen und Beautyfarmen, die ach so erfolgreichen Kinder und die kleinen Wehwehchen. Nebenbei präsentierten sie galant ihre neuesten Designer-Outfits und tauschten irgendwelchen Klatsch aus, bevor die Langeweile in Alkohol ertränkt wurde. Die sich betont lässig und jugendlich gebenden gebräunten Herren dieser Gattung hatten andere, gewichtigere Themen. Man(n) unterhielt sich über Politik, die Euro-Krise, Investments, profitable Geldanlagen, Steuerparadiese. Ich wurde dabei die beklemmende Ahnung nicht los, dass sich diese Leute immer weiter von der Realität der breiten Masse wegbewegten. Sie hatten es sich bequem eingerichtet in ihrem geschäftigen, gesellschaftlichen Rahmen, den sie eisern zusammenhielten. Ich hielt sie für gefühllos und immun gegenüber der Außenwelt, überdrüssig des Überflusses, den sie permanent anreicherten. Dabei kamen sie mir leer und unerfüllt vor, zudem unfähig, etwas daran zu ändern, wenn sie es denn gewollt hätten. Aber wozu auch. Mit Ablenkungen im schönen Schein lassen sich sehr gut traurige Gedanken verdrängen, der Verzweiflung über die so rasch vergangene Lebenszeit entgegenwirken, die abhandengekommenen Gefühle wie Freude, Dankbarkeit und Glück überdecken.

Anfangs empfand ich es noch als amüsant, dann als frustrierend und traurig, einsamer Part dieser Partys zu sein, denn Arne ließ sich darauf erst gar nicht ein. »Außen reich, innen arm«, brachte er auf den Punkt, was ihm zu wenig und mir allmählich zu viel war. Weder der fest verankerte Anstand, ein Produkt der hanseatischen Erziehung, noch die talentierten Musiker im Hintergrund, denen niemand Beachtung schenkte, schafften es, mich länger als eine Stunde dort zu halten. Auch die für exquisit gehaltenen Trüffelhäppchen des angesagten Caterers einschließlich des sündhaft teuren Champagners nicht. Das war nach jenem Abend im Oktober, dem sechzigsten Geburtstag meines Schwagers Wolfram auch gar nicht mehr nötig. Kurz nach der Ansprache eines Geschäftsfreundes, der die Verdienste des Gastgebers gebührend hervorgehoben hatte, erläuterte Wolfram, welchem Spendenzweck die Geschenke in Scheckform zufließen würden. Man gab sich wohltätig, unterstützte ein Austauschprojekt zwischen chilenischen und deutschen jungen Menschen, aus gutem Hause, versteht sich. Ich dachte spontan, das sei der richtige Moment, den Gästen einmal die andere Seite der Lebenssituation südamerikanischer Kinder und Jugendlicher aufzuzeigen, die nicht mit dem goldenen Löffel gefüttert werden konnten, weil es gar nichts zu futtern gab. Ich hatte dort so viel Armut und Elend gesehen, dass ich davon berichten wollte. Sofort. Auf der Stelle. Ich wollte diese Leute konfrontieren. Ich konnte gar nicht anders. Als ob ein kleiner Teufel mich geritten hätte, marschierte ich an's Mikrofon, gratulierte Wolfram zu seinem Wiegenfest und sagte dann mit triumphierendem Blick in die Runde: »Wie schön, dass Sie sich für Chile interessieren. Da kann ich Ihnen gerne einige Projekte erläutern, die dringend unterstützt werden müssten.« Leider kam ich über den dritten Satz nicht hinaus. Amelie zog mich unsanft am Arm weg, lächelte charmant und erklärte: »Meine Schwester kommt gerade aus dem Ausland. Sie hat sicher viel zu erzählen. Aber zunächst möchte ich Euch nicht länger auf die Folter spannen. Das Buffet ist eröffnet.« Lautstarkes Händeklatschen während Amelie mir in's Ohr zischte: »Das passt jetzt absolut nicht hier her, Franka!« Damit hatte sie den Nagel auf den Kopf getroffen. Die Not betraf andere. Das sagte ich ihr. Gerne hätte ich mit meiner Schwester auch über mein gespaltenes Verhältnis zum Thema Spenden diskutiert. Aber dazu kam es nicht. Sie wollte es nicht hören. Auch meine Meinung zur Hilfsindustrie interessierte sie nicht. Sie wollte gar nichts mehr wissen, von mir zumindest nicht. Nachdem sie mir zugeraunt hatte: »Du bist doch nur neidisch, weil du es zu nichts gebracht hast«, hatte ich meinen Mantel genommen und war gegangen.

Jorge nach seiner Meinung über Amelie zu fragen hätte nicht gepasst. Es war zu früh, so gut kannten wir uns nicht. Es war der falsche Moment. Wie so oft in meinem Leben. Ich musste mich in Geduld üben. Vielleicht würde es sich später ergeben. Ich würde ihn sicher noch häufiger sehen. Man traf ja nicht oft auf Menschen hier, die so gut deutsch sprachen wie er, und mein Kreol war lausig. Wir schwiegen eine Weile und schauten in die schier endlose blaue Weite. Dann sagte er unvermittelt: »Wir einfachen Leute erwarten nicht so viel vom Leben. Ein Dach über dem Kopf und immer gut zu essen und zu trinken, das ist schon sehr viel. Wozu ein zweites Haus? Man wird dadurch auch nicht glücklicher.« Wohl wahr, dachte ich. Vielleicht war das Geheimnis eines erfüllten, zufriedenen Lebens wirklich so einfach. Man müsste sich auf das Leben unserer Vorfahren besinnen, sich nicht vom Kommerz verführen lassen, sich auf das Wesentliche konzentrieren, zufrieden und glücklich sein mit dem, was man hat. Alles nicht einfach, wenn man in Europa lebt. »Diese Lebenseinstellung haben die emigrierten Kapverdier aber auch schnell verlernt. So zügig, wie sie die neue Sprache der Gastländer lernten, nahmen sie wohl auch deren Weltanschauung an«, rutschte mir heraus, was mir gerade in den Sinn kam. Jorge runzelte die Stirn, zog die Augenbrauen hoch und schaute mich groß an. Ich suchte nach verständlicheren Worten. »Sieh dir mal diejenigen an, die in ihre Heimat zurückkamen. Welchen Luxus sich diese Leute angeschafft haben. Viele davon haben auch mehr als ein Haus.« Sein Gesicht entspannte sich. Er schien nachzudenken und lächelte ein wenig. Dann zog eine zynische Falte den linken Mundwinkel nach unten. Der Mimik nach zu urteilen, hatte ich etwas Grundsätzliches nicht begriffen oder seine Landsleute beleidigt. »Schau mich an und meine Frau. Wir haben auch erweitert. Das *Residencial* gebaut, Gästezimmer besser ausgestattet, damit die Touristen zufrieden sind und wiederkommen. Mit dem Erlös möchten auch wir für eine gute Schulbildung unserer Kinder sorgen. Internate und das Studium könnten wir sonst nicht bezahlen. Bildung ist wichtiger denn je. Aber wer weiß, wozu das alles gut ist. Vielleicht sind sie danach weit weg, studieren irgendwo in Europa und kommen nie mehr zurück.«

Kann man ihm das verdenken, überlegte ich. Liebende Mütter und Väter wollen doch immer das Beste für ihren Nachwuchs. Dabei wird es nicht selten übertrieben, die Kinder zu sehr verwöhnt, in Watte gepackt oder auch überfordert mit den zahlreichen Angeboten, obwohl man sich über die Folgen mehr oder weniger bewusst ist. Und wie Jorge glauben die meisten Menschen, Bildung sei der Schlüssel zu fast allem. Einer allerdings nicht. Die Worte des rüstigen, knapp neunzigjährigen Anastassios fielen mir ein, den ich zur Zeit der griechischen Wirtschaftskrise nach seinem Rezept für ein einfaches, glückliches Leben auf einer ägäischen Insel befragt hatte. Unter einem knorrigen Ölbaum an einem porösen Steintisch in seinem Garten, wo es frischen Ziegenkäse, Brot, Wein und die besten

Oliven gab, die ich je gegessen hatte, meinte er: »Bildung ist nicht alles. Man braucht viele Fähigkeiten, auch solche, die man nicht in den Schulen lernt. Ich habe viele Standbeine. Wenn mein Krämerladen keine Kunden hat, dann repariere ich Maschinen oder hacke das Feld oder stelle Öl aus Samen und Nüssen her oder melke die Ziegen. Ich habe immer zu tun, von morgens bis abends. Wir arbeiten vielleicht nicht schnell, aber konstant und würden nie in Urlaub fahren. Wozu auch, ist doch schön hier. Alle aus dem Dorf helfen sich gegenseitig und tauschen Waren untereinander. So sind wir unabhängig.« Hunderte kleiner Lachfältchen legten sich um Mund und Augen, als er verschmitzt hinzufügte: »Getanzt und gefeiert wird hier auch, und wie. Uns fehlt es an nichts.«

Ähnliches hatte eine neunzigjährige Frau aus einem kleinen kapverdischen Bergdorf erzählt. Allerdings kam mir die Sehnsucht nach einem anderen Ort auf der Welt, wo das Leben einfacher und zukunftsträchtiger scheint, hier viel ausgeprägter vor. Der Überlebenskampf auf diesem Archipel war auch unvergleichlich härter. Inhumane Kolonialsysteme, Seuchen und Dürrekatastrophen forderten unzählige Opfer, zehrten immer wieder Menschen und Tiere aus, vernichteten Existenzen, zerstörten Familien und beuteten die Natur, die Lebensgrundlage der Bewohner, aus. Vieles hatte sich zwar verändert im Laufe der Zeit, aber nicht alles zum Besten. Die Naturgewalten sind so wenig beherrschbar wie früher, das Fischvorkommen ist stark zurückgegangen und in der Landwirtschaft hadert man mit den Folgen der Erbteilung, der Pachtabgaben und der kleiner werdenden Familien.

Musik riss mich aus den Gedanken. Eine Gruppe Jugendlicher näherte sich, mit einem laut scheppernden Transistorradio bewaffnet. Reggae. Die beiden etwa vierzehnjährigen Girls wippten mit den Hüften zum Takt. Es gab ein großes Hallo. Jorge stand auf, umarmte die drei Jungs und die beiden Mädchen. Scherze und Gelächter. Ich verstand kein Wort. Da tauchte es wieder auf, dieses wehmütige Gefühl, die wage Sehnsucht nach Gemeinschaft. Zusammengehörigkeit nahm hier einen großen Stellenwert ein. Das waren sicher irgendwelche Verwandte aus dem Dorf, die sich in der Stadt vergnügt hatten. Ich hatte so gut wie keine Verwandten mehr, und wenn es anders wäre, hätte ich sie vermutlich vernachlässigt. Jorge verabschiedete sich, nachdem er sich nach meiner Fahrgelegenheit erkundigt hatte und ich mehrmals beteuern musste, dass alles organisiert sei. Das war eine glatte Lüge. Nichts war geregelt. Aber diesmal traf Amelie wirklich keine Schuld. Sie wusste den genauen Termin meiner Ankunft nicht, nur den ungefähren, heute oder morgen oder übermorgen. Ich wollte zunächst alleine sein, mir ein eigenes Bild machen, mich einfühlen in diese gewaltige Naturlandschaft, die Menschen auf mich wirken lassen, den schwarzen Sand des wunderbaren Lavastrands genießen, den Rheumakranke wegen seiner Heilwirkung so schätzen. Nach dem nasskalten Winter in Deutschland und dem Mangel an Licht, der mit den wenigen Sonnentagen kaum auszugleichen war, freute ich mich auf diesen Archipel mit Schönwettergarantie mitten im Atlantik. Ich war gespannt darauf, ob sich meine Empfindungen verändern würden, die Begeisterung für die überwältigende Vielfalt der Insel dieselbe wäre wie bei unserem Besuch vor knapp drei Jahren, wollte sehen, was geblieben war und hatte Lust, Neues zu entdecken.

So genoss ich den knapp einstündigen Aufenthalt auf dieser schlingernden, surrenden Fähre, die sich der bergigen Insel im Rhythmus der Dünung gemächlich aber beständig näherte. Dieses Auf und Ab, Hin und Her, hatte etwas Beruhigendes, fast Einschläferndes. Tief sog ich dabei den Wind ein, diese salzige Meeresluft, die den Durchblick vernebelte. Ein schmieriger Schleier hatte sich auf die Brillengläser gelegt. Das machte es leichter, so richtig zu entspannen und einfach nur in der Sonne zu dösen. Albert Einstein fiel mir ein. Er nannte es eine Art optische Täuschung des Bewusstseins, wenn man sich vom großen Ganzen getrennt glaubte. Sich als Teil des Ganzen zu fühlen und offen für Neues zu bleiben, den Horizont zu erweitern, war das Ziel. Ich war auf dem besten Weg dazu und spürte, dass dies keine gewöhnliche Reise werden würde. Dabei war es mir sonderbar leicht zumute. Inmitten dieses bewegten Meeres, das mit seinen Tücken, Strömungen und peitschenden Wellen schon so manches Menschenopfer gefordert hatte, konnte man sich auf dem betagten Kahn wie ein behütetes Kleinkind im Schoß der

Mutter fühlen, diejenigen zumindest, die nicht an Seekrankheit litten, wie auffallend viele der einheimischen Fährgäste.

Allmählich wurden die Konturen des beeindruckenden Panoramas mit den bizarren Bergkämmen und tiefen Taleinschnitten im diesigen Licht schärfer. Nun galt es, die Brille zu putzen. Eine interessante, rasch wechselnde Farbpalette, von Silbergrau, Tannengrün, über Schiefergrau, Ockergelb bis Burgunderrot, kristallisierte sich heraus. Hell und trocken wirkten die Hänge im Süden, dunkler schattiert die Hügel, die aussahen, als hätten sie Falten und Runzeln bekommen, und wieder anders die Farben und Formen der Küstenabschnitte und Hochebenen im Westen in Richtung des fast zweitausend Meter hohen Vulkankegels Tope de Coroa, den Arne, Karen und ich in einer schweißtreibenden Aktion vor drei Jahren bestiegen hatten. Auch die Gebäude, die baufällig wirkenden Fischerbehausungen, die bescheidenen, pastellfarbenen Häuser im Kolonialstil auf dem Hügel hinter dem riesigen Monument der winkenden Frau mit Kind, die vereinzelten, großzügig anmutenden Villen in östlicher Richtung, die kleinen, tanzenden Holzboote neben einem einsam ankernden Segelboot, die Sandbucht mit den dürren, hohen Palmen, die Autos, Lastwagen, Motorräder und Menschen rückten näher ins Blickfeld. Alles schien unverändert bis auf ein paar große Kleinigkeiten. Porto Novo hatte sich wohl zum Ziel gesetzt, seinem Namen alle Ehre zu machen und glänzte mit einem neuen, mächtigen, beinahe prunkvollen Hafengebäude neben der ausladenden Betonmole und dem massiven Kai, die den Passagieren der Kreuzfahrtschiffe vermutlich ein sicheres Gefühl vermittelten.

Die Erfahrung vom letzten Mal im Gepäck wartete ich gelassen ab, bis sich nach minutenlangem Anlegemanöver die schweren Taue um die Poller legten. Dann erst öffnete sich laut knarrend und gemächlich die ausladende Heckklappe und entließ die voll beladenen Lastwagen, Autos und Zweiräder. Manche transportierten Möbel, Holz und Baumaterialien, andere waren bis oben hin voll mit Bierkisten und anderen Waren. Dieselgestank legte sich schwer auf die Menschenmenge, die aus dem Bauch des Frachters strömte, und vermischte sich mit exotischen Gerüchen nach Gewürzen, Früchten, Kokosöl und so mancher herb-frischer Haarpomade. Eine betörende Duftmischung und ein ganz und gar berauschender Anblick. Ich hätte ewig da oben an der Reling stehen bleiben und die Farbenvielfalt aufsaugen können wie ein trockener Schwamm das Wasser. Vielleicht lag es an meinem beschaulichen Leben auf dem Land im Odenwald und daran, dass ich länger nicht im Ausland gewesen war. Jedenfalls freute ich mich an den fantasievoll gemusterten Gewändern, den bunten Tüchern und hautengen Outfits der jungen Leute und den kunstvoll geflochtenen Haartrachten, die sich mit Perlenbesatz oder originellen Mustern auch die männliche Spezies gönnte. Auffallend dabei die Lässigkeit, mit der sich die Leute hier bewegten, so ganz anders als die Menschen zu Hause. Alles war irgendwie im Fluss, aber gänzlich ohne Hektik und Gedränge. Zu einem regelrechten Strom, der sich wie in Zeitlupe nach vorne wälzte, verdichtete sich die Menge dann vor dem Hafengebäude. Alle Passagiere wurden hindurchgeschleust. Derart kanalisiert, auf Rolltreppen gezwängt, schwebte der Pulk dann den Wartenden hinter den Absperrgittern entgegen. Dutzende Sammeltaxifahrer übertrafen sich gegenseitig mit heftigstem Winken und Rufen auf der Suche nach einem potentiellen Fahrgast.

Ich blieb stehen, nahm die Sonnenbrille ab und suchte nach einem bekannten Gesicht.

Kein blasser Schimmer. Ich erkannte niemanden aus dem Dorf. Djon war nicht dabei oder er hatte sich verändert. Wie sah er gleich aus? Einer ragte groß und dürr aus der Menge, fuchtelte wild mit den Armen und rief immer wieder den Namen des Dorfes, in das ich wollte. Es konnte einer der sieben Sammeltaxifahrer sein, die täglich zwischen dem Fischerdorf und der Stadt pendelten. »Pombe?« Ich näherte mich langsam dem Gitter. Er strahlte wie ein Honigkuchenpferd. Keine Minute später hatte er mir bereits das Gepäck abgenommen. Koffer, Rucksack und mich im Schlepptau, bahnte er sich vorsichtig einen Weg durch die Menschenmasse zum Parkplatz, wo der Pick-up stand. Pombe, was Taube bedeutet, war sicher ein Kosename aus Kindheitstagen, dachte ich, oder der junge Mann liebt ganz einfach den Frieden und die Freiheit und hatte sich den Namen selbst gegeben, wie die meisten jungen Kapverdier. Beschwingt und friedfertig summte er jedenfalls eine fröhliche Melodie und schien so glücklich zu sein wie ich. Er über das gesicherte Fahrgastgeld und ich über den Platz im Wagen, vorerst nur für das Gepäck, das mich für die folgenden zwei, drei Stunden bis zur vermutlichen Abfahrt entlastete.

Genau ließ sich das nie vorhersehen, je nachdem, was die Fahrer alles zu erledigen hatten, schwankte die Zeit erheblich. Ein, zwei Stunden bedeuteten hier gar nichts. Auch die Logik dabei, die Reihenfolge der Besorgungen etwa, blieb europäischen Denkmustern verschlossen. Bei näherer Betrachtung, vor allem wenn man die Gutmütigkeit mancher Fahrer kannte, war es doch irgendwie verständlich, prasselten doch stets neue Aufträge und Begegnungen mit Frauen, Exfreundinnen, Kindern, Enkeln oder sonst wem auf die Fahrer ein. »Kannst Du kurz noch, um die Ecke fahren, zu Maria?« oder: »In die Apotheke muss ich auch noch« oder: »Hol mich bei der Bank ab, später, wenn die Schlange nicht mehr so lange ist«, so ähnlich müssen die Bitten wohl klingen, anders kann man sich das Kreuz und Quer, Hin und Her, Vor und Zurück nicht erklären. Froh darüber, die Sprache der Einheimischen nicht gut zu verstehen, was unnütze Gedanken verhindert, vereinbarte ich mit Pombe einen Treffpunkt: Um elf Uhr auf der Terrasse des Hotels, von der man einen schönen Blick über das Meer und auf die Insel São Vicente hat. Einen genauen Zeitpunkt zu verabreden war sinnvoll, dadurch konnte man sich einigermaßen darauf verlassen, dass der Fahrer irgendwann gegen Mittag erschien. Es war erst kurz nach neun. So konnte ich vor der Wanderschaft durch die Stadt in aller Ruhe zunächst das tun, worauf ich mich schon den ganzen Morgen gefreut hatte: *Cachupa* essen und Kaffee trinken. Ich liebe das Nationalgericht, diesen Eintopf aus gemischten Bohnen, Mais und Gemüse, manchmal mit Yams, Kartoffeln, Fisch, Fleisch oder Ei angereichert. Gut durchgebraten ist sie mir am liebsten.

Alles ziemlich unspektakulär. Sehenswert: An der Uferstraße in Richtung Stadtmitte das Monument der Mutter mit Sohn, die den Schiffen nachwinkt und für die Daheimgebliebenen erbaut wurde, siehe Reiseführer. Danach ein kleiner Sandstrand mit bunten Fischerbooten und einige strohgedeckte, nostalgische Hütten, Geschäfte entlang der Hauptstraße (gute Fotomotive). Hotels, Restaurants, Banken, Apotheke, Kiosk mit Postkarten und heimischen Produkten im Hafengebäude, guter Maniokkuchen in der Café-Bar neben der Nazarenerkirche.

Das, was ich damals über Porto Novo in mein legendäres, rotes Notizbüchlein gekritzelt hatte, traf bei dem anschließenden Bummel durch die Stadt noch überwiegend zu. Die Hauptstraße hatte sich allerdings verändert. Viele Bauten waren nun verputzt und strahlten in ihrem neuen Anstrich, manche sehr gewagt, in grellem Grün oder sattem Pink. Ein großer Supermarkt war neben den zahlreichen kleinen Läden und Bars entstanden. Mir schien auch, als hätten sich die Wohnviertel mit den für Europäeraugen uncharmanten, kleinen, meist quadratischen Neubauten auf dem vegetationsarmen, staubigen Grund und Boden ausgedehnt. Die Stadt kam mir viel weitläufiger vor. Alles jedoch eine Frage der Perspektive. Was für den einen armselig erscheint, kann für den anderen Fortschritt bedeuten. In den Randbezirken standen jedenfalls viele angefangene Bauten, traurige, verwaiste und geplatzte Eigenheimträume, die auf bessere Zeiten oder ein Wunder warteten. Mir fiel auf, wie sehr sich die Architektur im Laufe der Jahre gewandelt haben musste. Auf alten Fotos, die Maria mir einmal stolz gezeigt hatte, waren neben sämtlichen Urenkeln, Enkeln, Kindern, Nichten, Neffen auch die Unterkünfte zu sehen. Demnach mauerte man die Häuschen damals aus Bruchsteinen, deckte die Dächer mit kunstvollen Bambusgeflechten und packte darauf mehrere Schichten aus Palmstroh oder Zuckerrohr, was für ein gutes Raumklima sorgte. Heute entstanden aus Blocksteinen, die aus Beton vor Ort gefertigt wurden, ein oder zweistöckige Bauten mit einem Dach aus Beton oder Wellblech. Darauf waren die Besitzer stolz, denn dadurch war auch das Ungezieferproblem gelöst, zudem boten die Dachterrassen einen idealen Wäschehängeplatz.

Nur wenige hatten das Geld für Dachziegel oder die Mittel für einen Verputz. Unerschwinglich für die meisten blieb auch die Farbe für den Anstrich.

Wer konnte, nutzte seinen Minivorgarten für den Anbau von Gemüse, zog Tomatensträucher dicht neben dem Hauseingang, mit ausgedienten Fischernetzen notdürftig geschützt, oder zimmerte aus Reststücken von Holz, Eisen und Plastik kleine Ställe. Andere reicherten ihr trautes Heim mit abgesägten Blechtonnen an, aus denen mager blühende Stängel irgendeiner Pflanze ragten, die sicher einen Nährwert besaß. Die rein optische Verschönerung spielte hier eine untergeordnete Rolle. Überall jedoch, auf noch so staubig ausgedörrtem Grund, reckte die »Barbosa« ihren gelben, vielknospigen Blütenkopf in die Höhe. Es schien, als lebe diese wundersame Pflanze, die bei uns zu Hause unter dem Namen »Aloe Vera« jeder schönheitsbewussten Frau teuer und lieb ist und auf den Inseln teils aus Aberglaube gegen schlechte Menschen und Einflüsse, teils wegen ihrer pflegenden Wirkung bei trockener Kopfhaut zum Beispiel hochgeschätzt wird, von Luft und Liebe. Vor so manchem Haus schien man dem Bösen mit ganzen »Barbosa-Kolonien« trotzen zu wollen. An der Ausfallstraße zum Pico da Cruz hinauf war gleich eine ganze endlos scheinende Allee entstanden. Und gab es neben Hauseingängen auf Gehwegen von viel befahrenen, gepflasterten Straßen oder Balkonen keine Möglichkeit, Wurzeln zu schlagen, ragten die fleischig stachelig spitzen Blätter eben aus einem alten Eimer oder einer zerbeulten Schüssel. Trotz der betongrauen, unfertigen Fassaden also ein ganz und gar buntes Bild.

Spielende Kleinkinder, pickende, scharrende Hühner,

dürre Katzen, umherstreunende, räudige Hunde und am Waschbrett schrubbende Frauen, die blütenweiße Wäsche auf Leinen im Wind flattern ließen oder auf Schotterflächen und Felsblöcken zum Trocknen in der Sonne auslegten. Die Armut war überall präsent. Dennoch hatte ich keinen Bettler gesehen und wurde von niemandem bedrängt. Nicht einmal gegen eifrige Schuhputzer musste man hier seine Sandalen verteidigen.

In einem Teil der baufälligen, dunklen Markthalle und im Freien unter einer knorrigen Akazie boten Frauen ihre Produkte an und freuten sich, wenn das, wofür sie sich geschunden hatten, Anklang fand. Trocken, rau und rissig wie ihre Hände und faltig und ausgemergelt wie manches Gesicht war die Erde in vielen Teilen der Insel. Es kam mir wie ein kleines Wunder vor, als ich die Vielfalt bestaunte, die aus beinahe allen Teilen dieser Insel stammte. Ob in Höhen- und Hanglagen, in wasserreichen Tälern oder auf künstlich bewässerten, fruchtbaren Böden, gedieh durch kluge Bewirtschaftung ein mannigfaltiges Sortiment kostbarer Schätze, mühsam der Natur abgerungen.

Ich erinnere mich genau an den Anblick und die Gerüche dieser Waren. Neben verschiedenen Bohnen, Kartoffeln, Maniok, Yams, roten Beeten, Okra, Mais, Kraut, Zwiebeln, Karotten, Tomaten und Salat konnte man hier Bananen, Papayas, Orangen, Zitronen, Mangos, Guaven, Brotfrüchte, Maracujás, Datteln, Erdnüsse, gesalzenen Trockenfisch und vieles mehr bekommen. Was nicht für den Export nach São Vicente verschifft, vor Ort verkauft oder gleich verzehrt wurde, fand man zum Teil in Gläsern wieder. Und dieses Geschäft, wo es selbst gemachte Marmeladen, eingelegte Tomaten und den mit Kräutern verfeinerten Ziegenkäse gab, hatte ich tatsächlich wiedergefunden. Amelie würde sich über das eine oder andere Mitbringsel aus der Stadt sicher freuen.

Die Sonne stand schon hoch und brannte unbarmherzig vom Himmel. Wer konnte, hielt sich irgendwo im Schatten auf und schützte sich mit einem Basecap vor der Hitze. Mein Sonnenhut lag gut verstaut in einem Odenwälder Schrank. Wie gut, dass meine Familie auch so weit weg war. Als schrilles Exemplar der Snobiety mit Fransentuch und überdimensionierter Sonnenbrille, nur ohne Cabrio, hätte ich eine wunderbare Lachnummer abgegeben. Ich konnte sie fast hören, die pikierten Ausrufe meiner Söhne: »Mama, ist das peinlich!« Hier störte sich niemand daran, dass dieses kitschige grün-orangerot gemusterte Stück Stoff aus einer *China-Loja* so gar nicht zu meinem Stil, dem roten Haar und dem gepunkteten Kleid passte. Hier nahm man Touristen gelassen als sonderbare Exoten wahr, nicht weiter nachdenkenswert. Und sonderbar war dies tatsächlich. Zu Hause hätte ich nicht gleich vor ein bisschen Wärme kapituliert und niemals den erst besten Fummel, obendrein in China billigst und entsprechend mies produziert, gekauft. In Deutschland schmückte ich mich als überzeugte Ökoanhängerin vollmundig mit fair produzierten Waren, in Biokleidung gehüllt, der Nachhaltigkeit verpflichtet.

Zu Hause, das war weit weg. Seltsam, wie rasch sich Menschen verändern, wie Prinzipien billigen Argumenten weichen, dachte ich und nahm mit ungutem Gefühl und schlechtem Gewissen plötzlich erschöpft und ausgelaugt den direkten Weg über eine breite Teerstraße zurück zur Hotelterrasse. Mir war flau im Magen. Vermutlich lag es an meinem niedrigen Blutdruck, vielleicht auch an der Wärme oder den üblen Gerüchen nach altem Fisch und Abwässern in dem Stadtteil, den ich schleunigst wieder verlassen hatte, bevor ich Augenzeugin eines ekligen Schlachtvorgangs werden konnte. Mir reichte bereits, was ich gesehen hatte. Ein schwarzweiß geflecktes Schwein, an Vorder- und Hinterläufen gefesselt und mit einem Seil um das Maul, wurde von drei Männern aus einem Koben gezerrt. Dabei schrie das Tier so erbärmlich, dass es mir durch Mark und Bein gegangen war. Ich schwor mir, ganz sicher Vegetarierin zu werden, irgendwann. Oder gleich Veganerin, das wäre wenigstens konsequent.

Schweiß drang aus all meinen Poren, als ich durch das ausgetrocknete Flusstal gestolpert war, um den direkten Weg in Richtung Hafen zu nehmen. Mir war danach so schwindelig zumute, dass ich mich im Schatten einer Pergola auf ein Mäuerchen setzen musste, um auszuruhen und nicht auf der Stelle umzukippen. Nach ein paar Minuten hatte ich mich erholt und auch die Orientierung wiedergefunden. Das große Gebäude der Schule, aus denen die Jungen und Mädchen in ihren blauen Uniformen und bunten Flip Flops strömten, hätte dringend einen neuen Anstrich verdient, stellte ich beim Vorübergehen fest und entdeckte kurz darauf in einer spärlich gepflasterten Nebengasse Jorge.

Abrupt war ich stehen geblieben, hatte konzentriert hingeschaut, um sicherzugehen, dass meine Sehkraft mir keine Streiche spielte. Denn so ganz traute ich meinem Wahrnehmungsvermögen nicht mehr. Kein Zweifel. Es war Jorge. Aufrecht, mit der Statur eines Hünen, stand er keine zwanzig Meter von mir entfernt in diesem gewagten, rosafarbenen Poloshirt und unterhielt sich heftig gestikulierend mit einem rundlichen Mann. Ich wollte gerade nach ihm rufen, als ein kleiner Junge, vielleicht vier oder fünf Jahre alt, aus einem der schmalen, niedrigen Häuser trat und auf ihn zugelaufen kam, gefolgt von einer zierlichen, relativ hellhäutigen Frau in einem eng anliegenden Schlauchkleid. Vielleicht Anfang zwanzig, eventuell auch erst sechzehn, schätzte ich, da ich die Menschen hier noch schlechter als zu Hause auf ihr Alter festlegen konnte. Auf jeden Fall war sie sehr jung, daran gab es keinen Zweifel. »Papa«, rief der Kleine, »Papa, Papa« mit freudig heller Stimme und umklammerte die Knie seines Vaters. Rasch ging ich weiter, unsicher, wie ich ihm hätte begegnen können. Also hatte Jorge auch eine zweite Familie hier und fuhr deshalb heute nicht zurück in das Dorf. Damit befand er sich in guter Gesellschaft. Das war nichts

Ungewöhnliches. Solange sich die Väter um ihre Frauen und Kinder sorgten, auch kein Problem, dachte ich angesichts der vielen scheiternden oder sehr kurzen Beziehungen in Deutschland. Glaubt man den Statistiken, wird jede zweite bis dritte Ehe geschieden, und das Fremdgehen wird in Europa nicht weniger häufig vorkommen, als auf diesen Inseln. Der Satz von Fernando in der Flughafenkneipe: »Ich besuche meine Familie.« kam mir in den Sinn und bekam plötzlich eine ganz neue Bedeutung.

Eine weitere Überraschung war, dass Pombe pünktlich war. Überpünktlich sogar. Auf dem Parkplatz vor der Terrasse hob er gerade Gasflaschen, Pappkartons und einige gelbe Plastikkanister auf die Ladefläche des Hilux und wuchtete sperrige Gepäckstücke, drei Einheimische, eine Touristin und zwei Kinder hinauf. Im Innern des Wagens saßen Menschen bereits dicht gedrängt. Kaum zu glauben, dass ich hinten auf der Pritsche zwischen all der Ladung auch noch Platz haben sollte. Ratlose, suchende Blicke nach meinem Koffer beantwortete mein Fahrer mit einem flüchtigen Fingerzeig irgendwo unter den ganzen Stapel. »Keine Sorge, alles da«, schien Pombe zu meinen, bugsierte mich kurzerhand hinauf und wandte sich seinem Fahrzeuginnern zu. Vorsichtig, über den Berg von Gepäck balancierend und zwischen den Menschenbeinen hindurch, suchte ich mir einen Platz ganz vorne am Fahrerhaus. Dort waren Eisenstäbe, an denen ich Halt suchen würde, später, wenn es über die Berge ging.

Weich gepolstert, auf Schlafsäcken und Kisten, saß ich ganz gut. Das muss Pombe auch gedacht haben, als er aus dem Wagen einen Turm aus fünf aufeinandergestapelten Pappkartons voll mit frischen Eiern fischte, um mir diesen auf den Schoß zu betten. »Ov… Mariza… Loja…«, er murmelte etwas von Eiern, Mariza und Laden. Aha. Ein breites Lachen, das ein lückenhaftes Gebiss zeigte und ein durch und durch fröhliches Gemüt, was konnte man dem schon entgegensetzen. Eine Minute später startete Pombe sein Allradfahrzeug und schaukelte uns durch die Stadt. Nach mehreren Stopps an verschiedenen Häusern, kreuz und quer durch irgendwelche holperigen Gässchen, war ich meine zerbrechliche Ladung unbeschadet wieder los. Eigentlich musste man nur mit einem Sammeltaxi irgendwohin fahren, einen besseren Einblick in die Lebensweise der Menschen konnte man gar nicht bekommen. Ich hätte mir den Rundgang zu Fuß sparen können.

Früh, bedenkt man die üblichen Abfahrzeiten, ließen wir die Stadt hinter uns. Wer allerdings glaubte, dass dies einen Zeitgewinn mit sich brächte, hatte sich zu früh gefreut. Den Fahrwind im Gesicht ging es in flottem Tempo vorbei an der früheren Abbaufläche des weißen bis elfenbeinfarbenen Puzzolana-Gesteins, wo sich das Gelände verändert und den Blick freigibt auf das weite Lavageröll, den zerklüfteten Küstenabschnitt, das tiefblaue Meer, die Insel São Vicente, die massiven Gipfel am Horizont, die Berghänge, die zart grün erscheinen und einzelne Gehöfte sichtbar werden lassen, bei denen Esel, Ziegen und sogar eine Kuh, schwarz-weiß gefleckt, wie in Schleswig-Holstein, nach irgendetwas Fressbarem suchen. Ein warmes, wunderbares Gefühl von Glück und Freude kroch gerade durch meinen Körper, als es plötzlich knallte.

Der Hilux geriet ins Schlingern, glücklicherweise gab es keinen Gegenverkehr, dann kam der Wagen durch eine Vollbremsung ruckartig zum Stehen. Ein Reifen war geplatzt. Ohnehin ein Wunder, dass solch abgefahrene, glatte Räder ohne jegliches Profil, die sonst nur Rennwagen tragen, diesen Strapazen und Belastungen so lange standhalten.

Pombe sprang aus dem Wagen und stellte mit kurzem, fachmännischem Blick auf die Gummifetzen fest, dass da nichts mehr zu retten war. Nach und nach kletterten alle Fahrgäste aus dem Wagen und von der Ladefläche. So standen ein Dutzend Menschen herum und schauten ratlos zu, mit welch geschickten Handgriffen und Tricks sich das, was von dem Rad übrig war, aus seiner Verankerung herauswuchten ließ. Unwillkürlich musste ich lachen. Amelie hatte sich in meine Gedanken geschlichen. Ich konnte sie mir beim besten Willen nicht in einer solchen Situation vorstellen und wenn überhaupt, dann als hysterische, konfuse Touristin, wie ich schon einige erlebt hatte. Ziemlich sicher hätte sie sich ein Taxi, einen Land oder Range Rover gemietet, der exklusiv für sie fuhr, wenngleich auch dieser nicht über die Schlaglöcher schweben konnte.

Zehn Minuten später setzten wir die Fahrt fort oder war es eine halbe Stunde oder viel mehr? Ich hatte das Gefühl für Zeit verloren, es spielte hier keine Rolle, was bedeutete schon Zeit. In einer Sprache, wie im Portugiesischen, wo bei der Frage *wie viel Uhr – que horas* der Plural benutzt wird, kann es auf die Minute nicht ankommen und das Zeitverständnis der Einheimischen ist mit dem unseren ohnehin nicht vergleichbar. Irgendwann kühlte der Fahrwind wieder unsere heißen Köpfe und löste so manche Zunge, die bis dahin wie festgeklebt schien, vielleicht aus Mangel an Flüssigkeit, oder es geziemte sich einfach nicht, zu scherzen und zu plappern, während Pombe sich in schweißtreibender Aktion für uns abmühte. Männer wie er müssen sich in diesem extremen Gelände auf sich selbst verlassen, auf ihr handwerkliches Können vertrauen und auf den Schutzengel, der sie stets begleitet. Keiner der Fahrer würde seinen Wagen starten ohne vorheriges Gebet. Erleichtert, die Panne durch den Ersatzreifen überstanden zu haben und mit der berechtigten Hoffnung, doch noch sicher ans Ziel zu kommen, lachten wir uns Mut zu, froh, zu dieser bunt zusammengewürfelten Fracht zu zählen und nicht zu jenem Transporter, der mit einem Achsbruch hinter der nächsten Haarnadelkurve stand. Jede noch so holperige Fahrt hinauf in die Berge über ausgefahrene Schotterpisten, trockene Bachbetten und steinige Geröllwüsten wurde angesichts derartiger Missgeschicke beinahe zu einem nicht selbstverständlichen Geschenk. Hauptsache man fuhr.

Wie auf einer imaginären Leinwand spielte sich vor meinem geistigen Auge ein Film längst vergangener Tage ab. Karawanen von bepackten Eseln und beladenen Maultieren, daneben ausgezehrte Frauen mit bis zu dreißig Kilo schweren Lasten auf dem Kopf und leerem Blick, die vorbei in Richtung Stadt zogen. Dabei zählt die körperliche Schinderei auch heute noch zu den alltäglichen Szenen. Frauen balancieren auf ihren Köpfen geschickt dicke Zuckerrohrbündel und Säcke voller Ernteerzeugnisse über steile, unwegsame Pfade zu den Sammelstationen, befördern Gasflaschen oder Futterkübel für die Schweine über schwindelerregend hohe Grate, Männer bestellen in gefährlichen Hanglagen ihre Felder oder bessern mit Bruchsteinen niedrige Trockenmauern als Schutz vor Erosionen aus und Kinder geleiten barfuß verirrte Zicklein von Felsvorsprüngen in atemberaubenden Höhen sicher zurück zur Herde. Die Realität, das Gestern und Heute, vermischte sich im staubig flirrenden Licht der Mittagssonne. Die Gedanken schlugen Purzelbäume. Von jedem Schlagloch gestaucht, um dann von der nächsten Bodenwelle hochgehoben und zurück auf irgendeinen harten Gegenstand geknallt zu werden, ging es irgendwann nur noch darum, einigermaßen unbeschadet anzukommen.

Ich klammerte mich mit der einen Hand an die harten Eisenstäbe, mit der anderen an die Holzpritsche, versuchte erst gar nicht mehr, eine weiche Unterlage festzuhalten, bemühte mich durch Gewichtsverlagerung meine Gesäßbacken abwechselnd zu entlasten, nahm die eintönige Peripherie wie durch einen Dunstschleier wahr, blendete den Gestank nach Schweiß und Altöl aus und sehnte mich nur noch an den Strand, wollte die schmerzenden Körperteile in den warmen Sand betten, den Staub und Schmutz loswerden, der die Nase verstopft und die Haut reizt. Salzwasser brennt zwar auch in den Augen, aber das war etwas anderes. Der Stress der vergangenen Wochen und die Anspannung vor der Begegnung mit Amelie hatten mir körperlich mehr zugesetzt, als ich wahrhaben wollte. Die Kreislaufschwäche mit Schwindelgefühl und pochenden Kopfschmerzen schob ich der klimatischen Umstellung zu. Ich log mir selbst etwas vor und redete mir ein, dass man beim ersten Mal diese Reise noch als prickelndes Abenteuer verbucht, bei den weiteren Malen die zweieinhalbstündige Fahrt zwangsläufig zu einer nicht enden wollenden Tortur würde. Der Reiz der sich rasch ändernden Landschaft mit ihren spektakulären Ausblicken hatte sich rasch abgenützt.

Kaum blitzte die Meeresbrandung irgendwo auf und schürte die Hoffnung auf ein baldiges Ankommen, kam die nächste Biegung, danach wieder ein Hügel, dem weitere folgten, die die Freude auf den nahen Strand wieder in weite Ferne rückten und die Faszination, die besondere Ausstrahlung der kargen, vegetationsarmen, lavagrauen Flächen, die nicht einmal Ziegen und Eseln als Weidegrund dienen konnten, zur Sinnestäuschung erklärte. Die Weiten rund um den Krater ähnelten einer öden

Mondlandschaft, seltsam entrückt und doch greifbar nah. Gleichzeitig strahlte diese Fläche auch einen eigenartigen Zauber aus, vielleicht vergleichbar mit einer Wüstenlandschaft, die sich dem Betrachter erst auf den zweiten Blick in ihrer Schönheit offenbart. Ob das die Menschen hier auch so sahen und über diesen Zustand nachdachten? Wie sie wohl dieses harte Dasein als Hirten in regenarmen Zeiten ertrugen? Vielleicht, weil sie von klein an daran gewohnt waren, mit Entbehrungen zu leben. Wer nichts anderes kennt, hadert nicht mit dem Schicksal, nimmt es gelassen hin und ist dankbar für scheinbare Kleinigkeiten. Zum Beispiel freut sich so mancher Hirte sichtlich, überhaupt irgendeine Mitfahrgelegenheit gefunden zu haben. Dieser Gleichmut war mir so fremd wie die Gottesfürchtigkeit. Genau betrachtet war ich eine richtige Jammerliese, ein verwöhntes Produkt unserer Zivilisation. Muss ich deshalb hier liegen, um mich in Geduld zu üben oder in Demut? Quatsch. Solcher Blödsinn geistert nur durch mein Gehirn, weil es einen Knacks abbekommen hat. Zurück zu dieser anstrengenden Fahrt, deren Ende für alles entschädigte, für fast alles jedenfalls.

Die Spielfreude der Natur kennt an diesem Ort keine Grenzen. Wasser aus tiefen Quellen genügt, eine Üppigkeit zu schaffen, die beinahe unglaublich anmutet. Denn kaum ein Fremder vermutet in diesem Taleinschnitt hochgewachsene Kokos- und Dattelpalmen, ausladende Brotfruchtbäume, Mandel-, Papaya-, Guaven- und Mangobäume, weite Zuckerrohrfelder, kunstvoll angelegte Yams-

und Maniokplantagen und farbenfroh blühende Gemüse- und Kräutergärten. Wie eine Oase in der Wüste, deren Reichtum an Flora und Fauna die Sinne betört, lag dieses Fischerdorf am Fuße der Berge in all seiner Vielfalt da, prall an Leben, voller Charme, mit seinem bunten Alltagstreiben. Es war einer dieser Tage, der jedem Touristen vorgaukelte, das Paradies gefunden zu haben. Kein Wölkchen am Himmel, ein lauer Wind und das azurblaue Meer so verlockend und zahm, als könne es nie mit meterhohen Wellen und gefährlichen Strömungen den Adrenalinspiegel von Fischern und Schwimmern ansteigen lassen. Und dann diese friedliche Dorfidylle, an Perfektion kaum zu überbieten, betrachtete man sie durch die rosarote Brille. Lachende, lärmende kleine Kinder, Fußball spielende Jugendliche, Männer unter Schatten spendenden, knorrigen Akazien in ihr Kartenspiel vertieft, manche über ihr *Ouril* gebeugt, jenes faszinierende afrikanische Brettspiel, das auf den Inseln so beliebt ist, vergnügt pfeifende Fischer beim Salzen ihres Fangs, ein paar Alte mit dem Flicken der Netze beschäftigt, Frauen tratschend auf niedrigen Steinmauern vor den Häusern sitzend, frei herumlaufende Schweine, Hühner, Ziegen und Hunde. Alles schien hier so harmonisch im Einklang miteinander zu sein und strahlte etwas aus, das man für Zufriedenheit und Glück halten konnte. Diese Gemächlichkeit und Selbstverständlichkeit, mit der die alltäglichen Dinge ihren Lauf nahmen und erledigt wurden, ohne lange hinterfragt und reflektiert zu werden, waren es, die meinem Gemüt so gut taten. Alles andere blendete ich aus. Entgegen meiner sonstigen Art hatte es mich nicht im Geringsten interessiert, was sich in den Familien abspielte. Ich verspürte keine Lust auf etwaige Probleme, ersetzte offensichtliche Armut durch inneren Reichtum, legte mir die Gleichungen einfach so zurecht, dass sie aufgingen und meiner Milchmädchenrechnung entsprachen. Und es wurde mir so leicht gemacht dabei.

»Olá!« Winkend und über das ganze Gesicht strahlend kam Filipa in ihrem gemütlich wiegenden Gang auf den Wagen zu, von dessen Pritsche ich mich mit letzter Kraft krumm, steif und ungelenk hangelte. Sie umarmte mich innig, als wäre ich ihre beste Freundin und nicht ein mit rotem Sand überzuckertes und nach Schweiß riechendes Stückchen Elend. Ich bildete mir ein, dass sie mich trotz der langen Zeit und des schmutzig ekligen Äußeren sofort erkannt hatte und verdrängte den Gedanken daran, dass sicher bereits das halbe Dorf Bescheid wusste über den Besuch, den Amelie erwartete. Sie schien sich auch nicht darüber zu wundern, dass ich vor dem *Residencial* abstieg und Pombe mit einem schwachen Handzeichen zu verstehen gab, mein Gepäck hier abzuladen. Dabei wäre es bequemer gewesen, sich bis vor Amelies Haus am Ende des Dorfes in bester Hanglage chauffieren zu lassen. Ich hatte es auf den ersten Blick erkannt. Noch bevor Pombe endlich zeigen konnte, dass sein Wagen mehr als zwei Gänge besaß, sein Hilux auf der ebenen Sandpiste in Richtung Dorf so richtig Fahrt aufgenommen hatte und die Konturen der Häuser und Stallungen rasch schärfer wurden, stach es einem förmlich ins Auge. Dieses mit riesigen Palmen, Mango- und Brotfruchtbäumen besäumte Natursteinhaus, das mir schon bei meinem ersten Besuch hier aufgefallen war, weil es erhaben über den Plantagen, Feldern und bizarren Felsformationen thronte. Pombe hätte sich die Erklärung sparen können. Keine Ahnung, weshalb, aber ich hatte instinktiv gewusst, dass dieses Haus Amelie gehörte.

Filipa nahm ohne eine Sekunde lang zu zögern die schmutzige Reisetasche in die eine Hand, den Seesack in die andere und bekräftigte mit einem Augenzwinkern die wortlose Einladung, als gäbe es nichts zu fragen. Sie ahnte wohl, dass mir die Kraft für irgendeine Konversation fehlte. Mit hängendem Kopf zottelte ich wie ein Schaf hinter ihr her zu einem gemauerten, unverputzten Bau neben Jorges kleinem Privathaus inmitten der üppigen Bananenpflanzung. Sie ließ das Gepäck neben der maroden Brettertüre schwungvoll auf die Erde plumpsen, dass es nur so staubte, zog den Rucksack von meiner Schulter und schob mich hinein. Der kahle Raum, in nichts vergleichbar mit den Sanitäreinrichtungen der Gäste-Bungalows, aber mit fließend kaltem Wasser, das aus einem verrosteten Rohr an der Wand schoss, und mit einem wilden Mosaik aus Fliesenresten, war die Rettung. Filipa hatte sicher noch kein dankbareres Lächeln einer Touristin gesehen als meines in diesem Augenblick. Sie nahm ein Handtuch vom Regal, dem einzigen Gegenstand außer einem alten Hocker, drückte es mir in die Hand und nickte aufmunternd. Vermutlich machte ich zwar einen bemühten, aber gänzlich jämmerlichen, unentschlossenen Eindruck. Kopfschüttelnd drehte sie sich um, schlenderte von dannen und überließ mich mir selbst und der erneuernden Kraft von Wasser und Duschgel.

Es brauchte eine ganze Weile, sicher fünf oder zehn Minuten, bis ich mich endlich überwunden hatte und zähneklappernd unter dem rostigen Duschkopf stand. Als bekennende Warmduscherin mochte ich es nicht, dieses kühle Nass, das regelrechte Schauer durch den Körper jagte. Aber es wirkte wahre Wunder. Nicht nur äußerlich. Der starke Wasserstrahl, der alle sichtbaren Zeichen der Strapaze mit einem rotbraunen Bach fortgespült hatte, schien über die Poren der Haut in die Zellen und bis in die kleinsten Winkel meiner empfindsamen Organe vorgedrungen zu sein. Selbst meine Seele muss eine gründliche Reinigung erfahren haben, denn plötzlich machte sich ein starkes Glücksgefühl in mir breit. All meine betäubten Sinne waren erwacht. Ich nahm das helle, fröhliche Gezwitscher der Vögel und das sanfte Rauschen des Atlantiks wie leise sphärische Musik wahr, sog den exotischen Duft der Duschlotion tief ein und spürte die Eiseskälte auf der Haut und die prickelnde Hitze im Bauch. Die Floskel, sich wie neu geboren zu fühlen, konnte ich zum ersten Mal im Leben nachvollziehen. Mir wurde so wohl zumute wie schon lange nicht mehr. Leicht und unbeschwert, fast schon übermütig wie ein junger Hund, mit klatschnassem Haar, Sonne auf der Haut und im Herzen, verließ ich die Anlage, spazierte barfuß über den sandigen Weg, ohne auf Steinchen und Hühnerdreck zu achten, zielstrebig an den Fischern vorbei, die im Schatten der Akazien zwischen ausrangierten Holzbooten und Netzen dösten und keine große Notiz von einer weißhäutigen Touristin nahmen. Im Tiefflug, als keilförmige, gleichmäßige Formation, flatterten die schneeweißen Kuhreiher über meinen Kopf hinweg. Mein Blick folgte diesen eleganten Vögeln, die von Einheimischen *Lavadera* genannt werden, bis sie hinter einer Böschung verschwunden waren. Nach dem Friedhof, der von mannshohen, weißen Mauern begrenzt war, und ein paar Tierbehausungen aus Stein und Schilf waren es keine hundert Meter mehr bis zu der Stelle, nach der ich mich so lange gesehnt hatte.

Dort, wo es aussah, als seien zwei mächtige, rostrote Berggipfel in einer tiefen Verneigung voreinander erstarrt, um diskret im Hintergrund den unvergesslichen Auftritt der glühenden Lava zu untermalen, war die Bucht am schönsten. Man musste unwillkürlich den Eindruck gewinnen, die Schöpfung habe genau an jenem Ort ihre magischen Kräfte sichtbar in Szene gesetzt, um die grundlegenden physikalischen Erkenntnisse der Menschheit infrage zu stellen. Die Gesetze der Schwerkraft schienen hier auf dem Kopf zu stehen. Es bot sich ein ganz und gar absurdes

Bild. Gigantisch große Steinblöcke ragten an vielen Stellen der Steilwand derart über, dass deren Halt ein einziges Rätsel bildete. Auch für die ausladenden Felsvorsprünge und tiefen Höhlen, die selbst gewaltigen Wassermassen und Windböen trotzten, was dem Ganzen einen irrealen, theatralischen Ausdruck verlieh, gab es keine rationale Erklärung.

Auf dem Wasser setzte sich diese unglaubliche Wirkung fort. Der Ozean glitzerte in diesem Bereich selbst im hellsten Tageslicht unergründlich blauschwarz, die Strömung war sichtlich stärker, die Wellen türmten sich in unregelmäßigen Abständen auf und die Brandung fegte alle gröberen Brocken weg und schuf immer neue Formationen, die die Menschen das Staunen lehrten über diese funkelnde Masse aus feinstem Gestein. An diesem menschenleeren Strandabschnitt schmetterte ich bei meinem ersten Besuch an einem stürmischen Tag den Pink Floyd Song *Shine on you crazy diamond* aus voller Kehle und tiefer Wehmut, die in einem Teil der Seele wohnt, gegen die bunt schimmernde Felswand. Und genau dort erwartete mich das schönste Bett der Welt und mein Geliebter. Schwarzer Sand. Heiß und weich war er. Unverändert, als hätte die Zeit keine Spuren hinterlassen. Und wie immer nachmittags hatte er sich die Glut bewahrt, die er langsam, ganz behutsam an mich abgab und meinen nach Wärme und Geborgenheit so hungrigen Körper auflud, bis seine Kraft erlosch und er so kühl wurde wie das Wasser, das meine nackten Füße umspielte.

Ein Meer aus funkelnden Sternen tanzt in die Kulisse hinein, verdrängt die Erinnerung. Ich schließe die Augen noch fester, versuche mich zu konzentrieren, doch das Flackern bleibt. Goldgelbe Kristalle, Diamantsplitter, auf glutrotem Grund. Erst Einzelne, dann viele. Hunderte, Tausende. Sie blinken hell auf, verwirren die Sinne, formieren sich zu einem wilden, gleißenden Blitzlichtgewitter. Laserstrahlen, die in den Augen schmerzen, durch die Zellen jagen und die Gedanken sprengen, in lauter kleine Einzelteile. Ich kann sie nicht mehr halten. Sie werden von Wellen umspült, zerfallen, verschwimmen mit dem Meeresschaum, platzen wie Luftblasen, tauchen ab und versinken irgendwo im tiefen Dunkel.

3

Casa Ame

Curry, Paprika, Mango, gebratener Fisch. Eine durchdringend süß aromatische Duftmischung lässt meinen Magen so laut knurren, dass man Angst bekommt. Es klingt nach einem gefährlichen Hund kurz vor dem Angriff. Wer solche Geräusche erzeugt, lebt noch. Ich schlage die Augen auf. Mein Zustand gleicht der Tageszeit. Die hellsten Stunden sind vorbei. Es beginnt zu dämmern. Abgehackte Sequenzen, Ausschnitte aus einem Stummfilm, tanzen hektisch über Wände und Decke. Ein Schattenspiel auf tief violettroter Leinwand. Die imaginären, flüchtigen Zeichen, die Umrisse hagerer Gestalten müssen von den riesigen Blättern des Brotfruchtbaums stammen. Lange dürre Finger, Fabelwesen, die eilig hin und her huschen. Gespenstisch beinahe. Doch der Spuk, dieser eigenartige Zauber, ist rasch vorbei. Decke und Wände hüllen sich in ihr langweiliges graues Gewand. Nur wenige Minuten, dann verliert der rote Feuerball an Kraft, wenn er sich mit einem gewaltigen Farbspektakel am Horizont verabschiedet. Ich kann dieses Naturschauspiel nicht sehen, aber nachempfinden. Hole mir diese kitschig anmutenden

Sonnenuntergänge vor mein geistiges Auge. Erhasche nur einen schwachen Abklatsch dessen, was sich draußen auf dem Meer abspielen muss. Sicher stehen jetzt gerade ein paar Gäste auf der Terrasse des *Residencial*, manche mit einem hochprozentigen sogenannten *Sundowner* in der Hand und ein bisschen Ehrfurcht im Herzen, den Blick gedankenverloren auf dieses gewaltige Szenario gerichtet, das wenig später irgendwo anders für Staunen sorgt. Immer wieder und doch nie gleich.

Ich spüre diesen Hund im Bauch, einen Stein auf der Blase und haufenweise Blei in den Beinen. Mit einem zielsicheren Griff nach der Glocke auf dem Tischchen und einer Willenskraft, die aus der physischen Ohnmacht erstarkt sein muss, bimmele ich so heftig, als gehe es um Leben und Tod. Das tut gut. Die ganze Wut über meine Situation legt sich in diesen lauten, fordernden Klang. Der geschundene Körper entspannt sich, fühlt sich sogar ein kleines bisschen besser an. Und mein stimmloser Ruf zeigt Wirkung. Schuhsohlengeräusche nähern sich. Aber es sind nicht die Schritte von Amelie, nicht die leichtfüßige Gangart meiner Schwester, mit der sie stets beschwingt die Treppe hinunterhüpft. Schon als Kind wippte sie beim Gehen wie eine Feder auf und ab. Diese hier gehen anders. Gemächlicher. Schwerfälliger. Es klingt nach lässig schlappenden Plastiksandalen. Geschlurfe. Was man als Bettlägerige alles hört, denke ich, und freue mich insgeheim über die soeben entdeckte Erweiterung meiner Wahrnehmungspalette. Mein Gehör scheint nun besser ausgeprägt zu sein als zuvor. Dass mein Geruchssinn ausgezeichnet funktioniert, ist nicht neu. Selbst im tiefsten Dunkel mit geschlossenen Augen und völlig gehörlos wäre mir nicht entgangen, dass eine fremde Frau den Raum betreten hat. Ihre Ausdünstung hätte sie aus fünf Metern Entfernung bereits verraten. Nicht, dass sie unangenehm riecht oder ein aufdringliches Parfum trägt, das ich so schwer ertragen kann wie den Gestank nach kaltem Schweiß und Exkrementen. Es ist eher das Gegenteil, sie strömt einen dezenten Hauch frisch gewaschener, feuchter Wäsche aus, gepaart mit einem Chlorbleichmittel, das es im deutschen Handel längst nicht mehr gibt und hier bedenkenlos zur Desinfektion, Hygiene und Reinigung aller möglichen Dinge benutzt wird. Kein Mensch, den ich kenne, hat jemals so gerochen. Mein Erinnerungsvermögen an Düfte aller Art ist also in Takt wie eh und je.

Seit ich denken kann, war das so. Leider brachte mir dies nichts als Ärger ein. Ich kann ihn beinahe hören, den harten Klang, den die Stimme meiner Mutter stets annahm, wenn sie ärgerlich wurde. »Sei nicht so vorlaut. Rede keinen Unsinn«, schimpfte sie und tat als vorlautes Kindergeschwätz und Einbildung ab, was nicht ihrer Vorstellungswelt entsprach. Woher sollte eine Fünfjährige auch wissen, was die Nachbarn gerade kochen, lange bevor irgendjemand anders nur den leisesten Hauch eines Essensgeruchs wahrnahm? Ich sehe sie deutlich vor mir, wie sie die Stirn in Falten legte, den Kopf schüttelte, mit dem Finger drohte und irgendwann das Fenster weit öffnete und die Nase in den Wind hielt, weil ich keine Ruhe gab. Einmal klingelte sie sogar unter einem Vorwand bei den Nachbarn, um den Beweis für die Lügengeschichten ihrer vorwitzigen Tochter zu erbringen. Es war ihr kein einziges Mal gelungen. Das machte die Sache aber nicht besser. Ich sprang dann so lange fröhlich triumphierend durch die Wohnung, bis sie mich »neunmalkluger Naseweis« schalt und den alten Spruch nachsetzte: »Übermut tut selten gut.« Dies forderte meinen Gerechtigkeitssinn erst recht heraus. Wie besessen versuchte ich jedermann zu beweisen, wie gut mein Geruchs- und Geschmacksinn ausgeprägt war. Im Kindergarten mutierte ich zum Kasper, der mit verbundenen Augen so einfache Dinge wie Obst und verschiedene Gemüsesorten ohne zu zögern benennen konnte. Lob und Anerkennung wurden zu einem zweifelhaften Ansporn, der so extrem wurde, dass der Spitzname »Hundenase« schließlich an mir haftete wie eine zähe klebrige Masse. Mir wird jetzt noch ganz schlecht, wenn ich daran denke, wie Klara und Vivi, meine allerbesten Freundinnen, den Namen von einer Erzieherin aufgeschnappt und von da an überall herumposaunt haben. »Schnüffel Hundenase!«, hatten sie laut kichernd gerufen und dazu laute Grunzgeräusche gemacht. Franka nannte mich seither niemand mehr, die Erwachsenen ausgenommen. Auch als wir schon viel zu alt für solche Spielchen waren und ich in der Schule so tat, als mache mir der verhasste Kosename gar nichts aus, änderte das nichts. Im Gegenteil, es sollte noch schlimmer kommen. Der Hund mutierte von einem Tag auf den anderen zum Rentier. »Rednose« war sozusagen über Nacht geboren. Irgendjemand hatte die rote Nase aus dem dümmlichen amerikanischen Weihnachtssong »Rudi Rendeer« auf mich gemünzt, bevor dann Rosi zu meinem Teenagername wurde. Wie sehr mir das zu schaffen machte, ahnte niemand, denn wie viele Kinder litt ich durch die Hänseleien viel mehr unter meinen feuerroten Haaren, als ich je zugegeben hätte. Erst nach Schulabschluss und Ortswechsel war endgültig Schluss damit. Ich wurde diese uncharmanten Begleiter für immer los. Blauschwarzes Tönungsmittel, das besonders in der Punkszene beliebt war, fungierte dabei als Totengräber. Die verhassten Namen liefen allesamt den Abguss hinunter, verschwammen und verblassten in dem Maß, wie die neue Farbe an Leuchtkraft gewann. Die Blauphase wurde irgendwann von Grün und Weißblond abgelöst, bis sie sich Jahre später zu ihren Wurzeln bekannte. Die Hennafarbe Rot als Statussymbol der betont natürlichen Ökowelle gab den Ausschlag. So sehr sich auch das äußere Erscheinungsbild wandelte, die Gabe blieb. Und jetzt bin ich sogar dankbar dafür. Denn ganz bestimmte Gerüche helfen dabei, weitere Gedächtnislücken zu schließen.

Während sich die junge dunkelhäutige Frau an meinem Kopfkissen zu schaffen macht und sich lächelnd als Lorina vorstellt, folgen meine Gedanken bereits den Duftschwaden und wandern durch die Küche, wo diese herrlich frischen Fische jetzt vor sich hin brutzeln. An diesen Raum erinnere ich mich haargenau. Er hatte mich bei meiner Ankunft ziemlich beeindruckt und am meisten verblüfft. Dabei war eigentlich nichts anderes zu erwarten gewesen. Amelie hatte nicht ohne Grund Innenarchitektur studiert. Mit ihrem Faible für Design und Gestaltung konnte sie schon früher jeden noch so faden Raum mit ein paar wenigen raffinierten Details zu etwas Besonderem machen. Selbst ihr kleines Zimmerchen auf dem Campus strahlte einen Hauch von Luxus aus, während meine Studentenbude in der viel großzügigeren WG immer so aussah, als zöge ich gerade aus oder ein. Was hatte ich mir also eingebildet vorzufinden? Wenn ich es mir recht überlege, nichts Konkretes. Vielleicht war mir einfach die Vorstellung fremd, dass meine Schwester, die nie einen ausgeprägten Hang zur Hauswirtschaft hatte und viel lieber irgendwohin zum Essen ausging, als selbst ein Rührei in die Pfanne zu schlagen, diesem Raum ein solches Gewicht gab. Bei diesem Anblick musste ich mir viel Mühe geben, das plötzlich aufsteigende Gefühl von Neid und Ablehnung zu unterdrücken. Es hatte mir den Atem verschlagen. Dabei war alles klinisch rein. Es blitzte nur so vor Edelstahl und Chrom. Vermutlich war es auch genau das. In einem Entwicklungsland, und vor allem in diesem einfachen Fischerdorf, wo es in vielen Häusern noch nicht einmal ein Badezimmer gab, war ich auf den europäisch hohen Standard mit modernen Hightechgeräten nicht vorbereitet. Wäre Amelie in Europa in ein neues Haus gezogen, hätte mich das alles kein bisschen irritiert. Sicher wäre mir dabei gar nicht in den Sinn gekommen, darüber auch nur eine Sekunde lang nachzudenken, weshalb meine Schwester eine großzügige Arbeitsplatte aus dunkelblau und silbern schimmerndem Granitstein, ein ultraflaches, smaragdgrün gefärbtes Doppelspülbecken oder einen schicken Gasherd brauchte, der aussah, als sei er noch nie benützt worden. Auch die mit ornamentalen, maisgelben und kornblumenblauen Fließen gekachelte Wand, an der polierte Kupferpfannen unter einem Regal mit wild gemusterten Porzellanschüsseln hingen und einen exotisch nostalgischen Eindruck vermittelten und so gar nicht ihrem Geschmack entsprachen, hätte ich bestenfalls als momentanen Stil der Trendsetter oberflächlich wahrgenommen. In bestimmten Kreisen gehörte dies einfach dazu. Aber hier? Niemals hätte ich diese Küche mit Amelie in Verbindung gebracht. Frida Kahlo war mir spontan eingefallen, als ich den Blick durch diesen Raum und auf die üppige Bepflanzung im Freien schweifen ließ. Die berühmte mexikanische Künstlerin hätte sicher Gefallen an diesem Ambiente gefunden, würde sie noch leben. Aber Amelie? Konnte man sich so täuschen?

Ich hatte genau hingesehen, sogar die Brille aufgesetzt, um die Details zu erkennen, innen wie außen. Ich erinnere mich gut, dass mir der poröse, alte Steinmörser aufgefallen war, der einen wohltuenden Kontrast zur puristisch edlen Ausstattung bildete und markant auf einer Stele neben dem breiten Ausgang zum Garten thronte, wobei das Wort Garten nur ungenügend beschreibt, was hier an Pflanzenfülle um ein rechteckig gemauertes Wasserbecken im Anschluss an die weitläufige Natursteinterrasse wucherte. Bananenstauden, fünf bis sechs Meter hoch, neben grazilen Palmen, dazwischen Hibiskusbüsche und ausladende, fleischig aussehende Pflanzen mit pinkfarbenen Riesenblüten auf einem mächtigen Stängel, die man eher auf einer hawaiianischen Insel als in dieser Vegetationszone vermuten würde. Von meinem letzten Besuch in dem kleinen Dorf waren mir die prächtigen Mango-, Brotfrucht- und Papayabäume noch gut in Erinnerung, aber solche imposanten Riesengewächse mit beeindruckendem Stamm und Wurzeln, die dicker waren als meine Oberschenkel, und die sich entlang einer Natursteinmauer seitlich des Grundstücks einen überirdischen Weg bahnten, hatte ich noch nie zuvor gesehen. Es waren ganz und gar ungewöhnliche Exemplare. Nur anhand der tiefgrünen, prallen Blätter mit ihrer prägnanten Form erkannte ich die Gattung überhaupt. Dabei beschlich mich ein Hauch von schlechtem Gewissen, weniger wegen meiner mangelnden botanischen Kenntnisse, vielmehr, weil ich diese Pflanze bislang ausgesprochen widerlich fand und als Synonym für kleinbürgerliches Spießertum regelrecht hasste. Die verstaubten Miniaturausgaben auf Fenstersimsen schäbiger Behördenvorzimmer, diese lausigen, kümmerlichen Gebilde, die den Namen Baum völlig zu Unrecht trugen, waren mir in schlechter Erinnerung. Möglicherweise hatte sich das Gezeter meiner Mutter, als ich einen dieser Töpfe versehentlich beim Spielen von einem Tischchen meiner Großtante gefegt hatte, in meinem Seelengeäst verankert. Gummibaum rangierte in meiner Negativskala der Zimmerpflanzen jedenfalls ganz oben, gleich nach Benjamini. Das also war ein Gummibaum. Üppig und bestechend schön wie das ganze Anwesen.

»Alle Achtung«, kam mir über die Lippen, als ich die Sprache wiedergefunden hatte. Ganz sanft hatte Amelie meine Schulter berührt und mich mit einer einladenden Handbewegung aufgefordert, ihr zu folgen. Da erst merkte ich, dass ich wie angewurzelt am Ausgang der Küche stehen geblieben war, ganz in den Anblick der vielen Details versunken. Vielleicht hatte ich auch Mund und Augen dabei weit geöffnet, wie ein staunendes, kleines Kind, das zum ersten Mal im Kino vor der übermächtigen Leinwand sitzt. Irgendwie fühlte sich alles fremd, neuartig und beinahe Angst einflößend an. Gleichzeitig war ich gespannt auf das Haus und den Garten und vor allem darauf, dem eigentlichen Grund der Wandlung meiner Schwester auf die Spur zu kommen. Die Mauer des stummen Verharrens war bereits gefallen, nun sollte es eigentlich gelingen, die nächsten zaghaften Schritte aufeinander zuzumachen. Aber es fiel mir unendlich schwer. Der Riss in unserer Beziehung hatte sich durch das beiderseitige, beharrliche Schweigen zu einem Graben und schließlich zu einer schier unüberwindbaren Schlucht ausgewachsen. Man konnte dies mit Blessuren vergleichen. Die Zeit, die vergangen war, hatte zwar geholfen, die Wunden zu heilen, aber nur oberflächlich. Die Narben wurden mit den tausenderlei Dingen kaschiert, die der Alltag so mit sich bringt. Zu tief waren die Verletzungen, die wir uns zugefügt hatten. Denn viel zu lange hatten wir es zugelassen, dass sich kleine störende Dinge aneinanderreihten, bis sie schließlich zu einem großen Ballon angeschwollen waren, der eines Tages lautstark geplatzt war. Es war vorauszusehen gewesen, dass irgendwann Wortfetzen durch die Luft wirbeln würden, die uns hart träfen, wie Faustschläge ins Gesicht. Geklärt war dadurch gar nichts. Der Ausbruch der Emotionen war so heftig gewesen, dass wir vor Erstaunen darüber wie gelähmt auseinandergegangen waren. Unsere Fragen nach dem Hintergrund des Ganzen hatten wir stillschweigend mitgenommen.

Dass die Problematik viel tiefer ging und weit zurück bis in die Kindheit reichte, verdrängte ich zunächst. Ich hatte mir zurechtgelegt, dass wir ganz einfach zu verschieden waren und diese gespaltenen, widerstreitenden Gefühle mit Hassliebe verglichen. Eifersucht zwischen Geschwistern gab es in vielen Familien. Das war bei uns sicher ähnlich. Amelie hätte genügend Gründe dafür gehabt und ich auch. Die Sache mit Tom zum Beispiel oder meine kurze Affäre mit ihrem beinahe Exfreund, das hatte sie mir nie ganz verziehen. Vielleicht war es auch meine direkte, forsche Art, mit der ich manchen Menschen und Situationen begegnete, die ihr missfiel. Unsere komplett verschiedenen Welt- und Lebensanschauungen forderten mich geradezu heraus, meinen Standpunkt zu behaupten. Ich werde nie vergessen, wie oft ich als Kind mit Amelie verglichen wurde, die stets als Vorbild galt. Dabei glaubte ich, sie habe zwei Gesichter. Wie eine Schauspielerin kam sie mir manchmal vor, die problemlos in eine andere Rolle schlüpft, und dabei ihre wahren Gefühle verbirgt. Amelie, das liebenswürdige Mädchen, das sich jeder Situation spielend leicht anpasst und weder Eltern widerspricht, noch Lehrern oder anderen Respektspersonen. Mir gegenüber zeigte sie ihr wahres Gesicht. Ich erinnere mich gut an den reichhaltigen Fundus diverser Schimpfwörter, aus dem sie schöpfte, wenn wir alleine waren. Über diese Doppelzüngigkeit ärgerte ich mich, als Kind und auch in späteren Jahren. So zweifelte ich auch an ihrer Gutherzigkeit und der Echtheit ihrer Gefühle unserer Mutter gegenüber. Die Reisen, die sie mit ihr nach dem Tod unseres Vaters unternahm, und die Vermittlerrolle, die sie bei Unstimmigkeiten ungefragt einnahm, kamen mir merkwürdig und heuchlerisch vor. Vielleicht hatte es auch mit dem diplomatischen Geschick Amelies zu tun, das mir gänzlich fehlte. Nur wenige Wochen nachdem unsere Mutter, die ich trotz der großen räumlichen Entfernung mehrfach im Krankenhaus besucht hatte, nach ihrer schweren Krebserkrankung gestorben war, war es jedenfalls zu einem Eklat gekommen.

Zugegeben, ich war ziemlich angespannt gewesen, an jenem Tag. Baustellen und viel Verkehr auf den Autobahnen ließen mich ab Frankfurt von einem Stau in den nächsten geraten. Dann hatte es ab Osnabrück geschüttet wie aus Eimern, wie so oft auf dieser Strecke. Dementsprechend spät erreichte ich Hamburg. Dort verstopften Feierabendverkehr und ein Auffahrunfall die Stadt, und ich brauchte viel länger als gewöhnlich in das Wohngebiet, das lange Zeit meine Heimat war. Irgendwann stand ich endlich vor dem großen Eisentor, das Unbefugten die Zufahrt zu unserem Elternhaus verwehrte. Ich parkte den Variant, den ich mir eigens für diese Fahrt von einer Freundin geliehen hatte, direkt davor. Es regnete immer noch stark. Entnervt und hundemüde betrat ich die Villa, um meinen Erbanteil, ein paar Kunstgegenstände, darunter eine Skulptur eines französischen Bildhauers und zwei Radierungen eines österreichischen Künstlers, die mir schon als Kind sehr gut gefielen, und eine Kiste mit Büchern meines Vaters, abzuholen. Es war ohnehin ein merkwürdiges Gefühl, das große Haus voller Kindheitserinnerungen zu betreten, in dem wir viele Jahre als Familie zusammengelebt hatten und das nun bald den Besitzer wechseln würde.

Es kam mir alles sehr vertraut und gleichzeitig seltsam fremd vor. Die zweitunterste Stufe der breiten Holztreppe, die ins Obergeschoss führte, seufzte unter meinem Gewicht so erbärmlich, dass sich Salz in meiner Kehle sammelte. Die kahlen Wände dünsteten die kühle Einsamkeit verlassener Gebäude aus. Sie ließen Fragmente der Erinnerung an jenen Stellen aufblitzen, an denen einst Gemälde vergangener Epochen und zeitgenössische Werke die Fantasie anregten. Unter den Schuhsohlen knirschte es. Kleine Stücke hatten sich von der Stuckdecke gelöst und waren auf den Boden gefallen. Es klang anklagend, beinahe aufdringlich unangenehm, so als würde ich etwas Wertvolles zertreten. Ich verließ die Halle und betrat zunächst das ehemalige Arbeitszimmer meines Vaters, dann das Schlafzimmer meiner Eltern. Jeder meiner Schritte auf den kahlen Böden hallte in den hohen Räumen, denen das Leben längst entzogen war, so als fordere das Haus die Zwiesprache mit mir, wie wir sie früher gehalten hatten. Da war ich um kein Wort verlegen, wenn ich meinen Kummer gegen die Wände schleuderte und die falsche Antwort zurückkam. Nie hatte ich daran gezweifelt, dass das Haus sprechen kann und eine Seele hat, die sich nur mir in einsamen Momenten offenbart, von denen es so viele gab. Doch die Trauer um die verlorene Kindheit mit all ihren magischen, tragischen, aber auch glücklichen Momenten versiegelte bei diesem Anblick ein halbes Leben später die Lippen. Wie verhüllte Leichen standen die mit weißen Tüchern bedeckten Möbelstücke vereinzelt herum, bereit für den Abtransport. Nichts als Abschiede.

Amelie war noch nicht da. Etwa eine Stunde vor meiner Ankunft hatte sie mich auf dem Handy angerufen. Ich musste zunächst einen Parkplatz anfahren und sie zurückrufen, da es keine Freisprechanlage im Auto gab und mir die Polizei erst kürzlich wegen unerlaubten Telefonierens beim Fahren einen saftigen Denkzettel verpasst hatte. Amelie teilte mit, dass sie bereits einen Tag zuvor angereist war und in einem nahe gelegenen Hotel abgestiegen sei. Sie habe eine gute Flugverbindung bekommen, den Aufenthalt mit einem Geschäftsessen verbunden und am Nachmittag zwei Immobilienmakler besucht. Demnächst würde sie ankommen. So wanderte ich durch die Räume mitsamt den vielen Erinnerungen. Mir wurde allmählich unbehaglich zumute, mein Magen knurrte, ich fühlte mich ausgelaugt und müde. Keine Ahnung, wie lange ich schon in meinem ehemaligen Kinderzimmer am Fenster stand und den Blick über den ungepflegten Rasen über die Büsche zu dem Gartenhäuschen schweifen ließ, das man in der Dämmerung nur noch schemenhaft erkennen konnte, als meine Schwester ins Haus stöckelte. Munter erzählte sie von ihren vielen Eindrücken. Keine Silbe über den traurigen Anlass, der uns hierherführte, kam ihr dabei über die Lippen. Und auch nach meinem Befinden hatte sie nicht gefragt. Hätte sie meine Erwartung nur ein kleines bisschen erfüllt, mich vielleicht zur Begrüßung in den Arm genommen, etwas Wehmut und Bedauern in ihre Stimme gelegt oder ein Wort darüber verloren, was sie mit dem ganzen Vermögen anfangen werde, wäre alles anders gekommen. Vielleicht hätte ich ihr sogar von meinem Disput mit Arne erzählt, der mir noch in den Knochen saß. Doch nichts dergleichen. Amelie schien richtiggehend aufgedreht zu sein. Und sie interessierte sich nicht im Geringsten für mich. Sie machte einen zerstreuten Eindruck, wie sie so durch die Zimmer ging und ihre Hand über die abgedeckten Möbel gleiten ließ, um im nächsten Moment ihre dichten Locken aus der Stirn zu streichen, eine Mischung aus mentaler Abwesenheit und oberflächlicher Betriebsamkeit.

Es war wie damals, als wir noch Kinder waren. Ich dachte an die eintönigen Nachmittage in dem großen Haus und diesen gleichmütigen Blick meiner Schwester, mit dem sie mich beiläufig streifte, wenn sie von irgendeinem Ausflug zurückkam und so tat, als sei ich Luft, während sie ihre neuesten Errungenschaften in ihrem Zimmer postierte. Damals strömte sie auch diesen Hauch eines ganz speziellen Dufts aus, der eigenartige Empfindungen in mir auslöste. Vielleicht sind es feinste Ausdünstungen, energetischen Wellen gleich, die für den Bruchteil einer Sekunde darüber entscheiden, ob ein Mensch sympathisch wirkt oder nicht, ob er Sicherheit vermittelt oder Unsicherheit, Wärme oder Kälte. Das kam mir in den Sinn, als ich Amelie gegenüberstand. Als Kind hatte ich freilich nicht über die Ausstrahlung meiner Schwester nachgedacht. Damals hatte ich lediglich ihre kühle, ablehnende Präsenz wahrgenommen und mich unwohl gefühlt, vielleicht auch schutzlos, ausgeliefert und orientierungslos. Zu jener Zeit, kurz vor der Einschulung, begannen meine Sprachblockaden. Ich hatte Mühe, die Gedanken in Worte zu fassen, sie stolperten dann nur bruchstückhaft aus meinem

Mund. Manchmal gelang es mir gar nicht, zu sprechen. Mein Kopf schien aus einem großen Vakuum zu bestehen. Wenn ich etwas gefragt wurde oder mein Vater mir eine Rechenaufgabe stellte, fielen mir die einfachsten Antworten nicht ein. So, als wären alle meine Erinnerungen und Empfindungen für immer gelöscht worden, existierte ich dann nur noch aus einer tauben, menschlichen Hülle. Etwas in meinem kleinen Gehirn war durcheinandergeraten. Dank therapeutischer Maßnahmen ließ sich dieser Zustand allmählich verändern. Auch das Stottern verlor sich im Laufe der Zeit. Und nun holte mich dieses Gefühl wieder urplötzlich ein. Als wären die Jahrzehnte im Zeitraffer zurückgedreht worden, saugten das Haus und meine Schwester all meine Empfindungen aus mir heraus und verwandelten mich in das hilflose kleine Mädchen von einst. Doch nur ganz kurz.

Als Amelie begann, sich in gelangweiltem Tonfall über die schreckliche Arbeit mit dem Nachlass zu beschweren, erwachte etwas in mir. Die Beklemmung, das dumpfe Gefühl von Schwermut und Trauer, all die unerfüllten Sehnsüchte nach Liebe und Anerkennung, waren von einer Sekunde zur anderen verschwunden und in Wut umgeschlagen. So, als hätte ich erst jetzt Worte gefunden für all das, was sich in meinem Innersten seit frühester Kindheit bis heute angesammelt hatte, platzte es aus mir heraus. Ein Redeschwall. Unsortierte, unreflektierte Worte.

Der Psychologe, den ich einmal halbherzig aufsuchte, hätte beinahe Grund zur Freude gehabt. Denn das, was er mir geraten hatte, meine Selbstzweifel, diese diffusen Komplexe abzulegen und mich mit meiner Schwester auszusprechen, das, was mir bislang noch nicht einmal ansatzweise gelungen war, war nun auf einen Schlag geschehen. Leider hatte der Inhalt dessen, was ich eigentlich hatte sagen wollen, mit dem, was aus meiner Kehle drang, nichts zu tun. Unüberlegte, zutiefst verletzende Worte kamen über meine Lippen. Und die Wucht, mit der ich die Sätze herausschleuderte, so als wäre ich fremdgesteuert, hatte selbst mich erschreckt, ganz zu schweigen von Amelie. Sie stand völlig verdattert da. Nach ein paar Sekunden hatte sie ihre Sprache wiedergefunden. Die dunkelbraunen Augen meiner Schwester funkelten gefährlich. Sie holte zum Gegenschlag aus. Ein Wort hatte schließlich das andere ergeben. Wir brüllten uns an, dass die Wände wackelten. Als ich ihr schließlich ins Gesicht gesagt hatte: »Du hast schon immer alles und alle ausgenützt. Jedes Mittel war dir recht, um ans Ziel zu kommen. Du bist eiskalt«, meinte sie: »Jetzt reicht's. Das muss ich mir nicht anhören!« Flugs drehte sie sich um, eilte davon und verließ Türe knallend das Haus.

Ich packte kurz darauf in Windeseile meine Sachen zusammen, schob die Reisetasche, die Kisten und restlichen Dinge auf die Ladefläche des Wagens und fuhr los. Es regnete immer noch. Unweit der Autobahn steuerte ich das nächstbeste Hotel an, ein uncharmanter Betonkasten mit ebensolcher Empfangsdame. Es roch nach ranzigem Fett und abgestandener Luft. Der Appetit war mir ohnehin vergangen. Wenige Minuten später heulte ich mir den ganzen aufgestauten Frust von der Seele. Aber der Kummerberg war groß. Er ließ sich nicht so leicht abtragen. Dieses erbärmliche, schäbige Zimmer mit einer mehr als dürftigen Minibar, die ich um alles Hochprozentige erleichterte, war die geeignete Kulisse für mein Selbstmitleid. Denn der Anblick des schauderhaften Interieurs erschien mir wie ein Spiegelbild meiner selbst. Zunächst begann ich, auf mich selbst zu schimpfen, dann auf Amelie. Das Problem wurde dadurch nicht kleiner. Dennoch tat es gut, die Schuld an meinem ganzen Unglück meiner Schwester zu geben. Genau wie meine Mutter war sie all die Jahre über kritische Themen hinweggegangen. Ich war überzeugt davon, dass meine Schwester das schwierige Verhältnis zu meinen Eltern mitverursacht hatte, indem sie stets schwieg und wegsah, anstatt einzuschreiten und zu helfen oder zumindest irgendeinen Standpunkt zu vertreten.

Wären der billige Fusel und meine Wut nicht gewesen, wäre ich in dieser trüben, kühlen Novembernacht in diesem See voller Einsamkeit und Verzweiflung ertrunken. Bevor das Karussell in meinem Kopf zu seiner letzten Runde ansetzte und mir schwarz vor den Augen wurde, schwor ich mir hoch und heilig, meine Schwester ein für alle Mal zu vergessen. Es gelang mir nur mäßig, wenn ich ganz ehrlich bin, nicht einmal das. Weder am nächsten Tag, der mit einem heftigen Katzenjammer begann und nicht viel besser endete, noch an den folgenden Tagen, Wochen, Monaten. Immer wieder flatterte sie in meine Gedankenwelt, nistete sich in meinem Gemüt ein, manchmal ganz plötzlich. Einmal meinte ich Amelie in einem Café gesehen zu haben, ein anderes Mal dachte ich bei einem bestimmten Lied an sie oder sie hatte sich nachts in einen Traum geschlichen, der mich mit einem flauen Gefühl erwachen ließ.

Die völlige Funkstille zwischen uns hielt trotzdem lange an. Selbst zu Weihnachten und zu den Geburtstagen hatten wir uns nichts mehr mitzuteilen. Besser gesagt, jede von uns wartete tatenlos auf ein Zeichen der anderen. Ein paarmal war ich beinahe so weit, zum Telefon zu greifen, aber eben nur beinahe. Was hätte ich auch sagen sollen? Wie beginnen? Es hätte wie ein Schuldeingeständnis ausgesehen. Deshalb ließ ich es bleiben. Albern. Die Sturheit war uns beiden wohl in die Wiege gelegt. Eines Tages kam dieser Brief mit den wenigen Zeilen und der Einladung von ihr. Und ich habe zugesagt, ebenfalls schwarz auf weiß. Zumindest ein Anfang. Was geschehen war, stand dennoch im Raum. Darüber konnte man nicht einfach so hinwegsehen. Auch fernab der Heimat, Tausende von Kilometern weit weg nicht. Entsprechend verhielten wir uns. Amelie schien nicht weniger nervös zu sein. Vorsichtig, sichtlich bemüht, kein falsches Wort zu sagen, und in möglichst ungezwungenem, freundlichem Tonfall hatten wir uns begrüßt. Wenn ich daran denke, wie merkwürdig es sich anfühlte, ihr nach so langer Zeit wieder gegenüberzustehen, wird mir ganz heiß zumute. Jedes Wort hatte ich mir zurechtgelegt, und vor allem eingeschärft, ruhig zu bleiben, ihr nicht den Hauch eines Vorwurfs zu machen und auf gar keinen Fall die Nerven zu verlieren, egal was geschehen würde. Nie wieder sollte es zu solch einem Streit zwischen uns kommen, bei dem ich meiner Schwester so viel an den Kopf geworfen hatte, dass es mir danach wie ein Alptraum vorkam, aus dem man nicht mehr erwacht. »Verwöhnte, eigensinnige, eingebildete Kuh, oberflächliche Ziege, die nichts als Geld und Erfolg im Kopf hat« und »diplomatische Schleimerin« waren noch die harmloseren Ausdrücke. Amelie beschimpfte mich nicht weniger heftig als mimosenhaftes Sensibelchen, das sein mangelndes Selbstwertgefühl durch exzentrische Auftritte wettmache und mit dem Feingespür eines Trampeltiers in Gesellschaften platze, nur um im Mittelpunkt zu stehen. Das eigentlich Belastende, wovon ich ihr einmal erzählen wollte, war mir dabei entfallen. Es wäre sowieso nicht der richtige Zeitpunkt gewesen, über meine tieftraurige Kindheit zu sprechen, über die schmerzende Sehnsucht nach Liebe und Geborgenheit, nach Zuneigung und Wärme.

Das alles schwebte wie eine Dunstglocke über uns, als ich nun hier im gedämpften Abendlicht in dieser ungewohnten Kulisse vor Amelie stand. Ein zaghaftes Lächeln, das etwas schief im Gesicht hing. Eine wortlose, knappe Umarmung. Zwei angedeutete Küsschen auf die Wangen. Der geringstmögliche Körperkontakt. Äußerlich hatte sie sich kaum verändert. Meine große Schwester, wie ich sie gerne nannte, sah eher besser aus, als ich sie in Erinnerung hatte. Ihr Teint, bis auf ein paar Fältchen um die Augen, glatt und feinporig, war eine Spur dunkler geworden. Ihre großen Augen, in der Farbe von Ebenholz, leuchteten. Die vollen Lippen brauchten kein künstliches Rot, um zur Geltung zu kommen. Das Haar, um dessen tiefbraunen Farbton ich sie immer beneidet hatte, fiel ihr in dichten Locken über die Schulter. Keine silbernen Strähnchen. Auch am Haaransatz kein Anzeichen von Grau. Vielleicht waren die Haare auch gefärbt. Sie glänzten makellos.

Amelie schien etwas abgenommen zu haben, fiel mir auf, als ich ihr durch das Haus folgte und ihre schlanke Silhouette betrachtete, die sich in einem hell gemusterten, dünnen Baumwollkleid abzeichnete. Ihre Füße steckten in fein geflochtenen Riemchensandalen aus dunklem Leder. So elegant und schlicht, dass sie sicher ein Vermögen gekostet hatten, musste ich unwillkürlich denken. Die flachen Absätze hinterließen bei jedem Schritt ein klapperndes Geräusch auf den Steinplatten. Alleine an ihrer Art zu gehen, ihren fließenden Bewegungen, geschmeidig wie eine Katze und leicht wie eine Sprungfeder, dabei stets aufrecht und selbstbewusst, hätte ich meine Schwester sofort erkannt. Amelie war immer noch dieselbe, eine zweifellos attraktive Frau. Sie trug weder Schmuck, noch einen Schal und auch sonst nichts Auffälliges, lediglich dasselbe Parfum, dezent und zurückhaltend mit einer frisch herben Note. Der Mensch verändert sich im Grunde seines

Wesens nicht, egal wohin es ihn verschlägt, dachte ich, verwarf diese Überlegungen aber gleich wieder, denn etwas an ihr verblüffte mich. Gewöhnlich ging Amelie überlegt und besonnen vor. Sie ließ sich selten zu Gefühlsausbrüchen hinreißen. Nur dieses eine Mal hatte ich sie so erlebt. Nun aber wirkte sie unruhig, beinahe hektisch, gehetzt wie ein scheues Tier. Sie schien die anfängliche Spannung zwischen uns durch Aktionismus lösen zu wollen und sprach schneller als sonst. »Komm, ich zeig dir alles. Hier herrscht zwar noch totales Bau-Chaos, aber allmählich wird es wohnlich. *Dewagar*, sagt man hier. Ganz langsam«, dabei tat sie das Gegenteil und eilte voraus.

Kurz zuvor hatte ich ein völlig anderes Bild vor Augen gehabt. Auf den ersten Blick wirkte das rechteckige Haus hinter den ausladenden Bäumen nicht sehr groß, eher bescheiden. Die einzigartige Lage hoch oben auf einem Felsplateau machte den besonderen Reiz aus. Jeder, der den Hang hinaufgewandert war, musste hier unwillkürlich stehen bleiben und ein paar Sekunden innehalten. Dieser Ort war wie geschaffen für eine kleine Pause, denn von diesem Punkt aus hatte man eine großartige, abwechslungsreiche Sicht in alle Himmelrichtungen. Ich stellte mein Gepäck ab, wischte mir den Schweiß von der Stirn und bestaunte aus der Vogelperspektive das Dorf mit den kunterbunt zusammengewürfelten Häuschen, die kleinen Gärten, die im Wind flatternde Wäsche, die Bucht, den schwarzen Sandstrand, die schaukelnden Holzboote der Fischer, den azurblauen Ozean, die Wellen und weißen Schaumkronen, die unterschiedlich beschaffenen Bergformationen und den grünen Taleinschnitt mitsamt seinen kunstvoll angelegten, bewirtschafteten Flächen, die beinahe asiatisch anmuteten.

Dann erst wandte ich mich dem eigentlichen Ziel meiner Wanderung zu. Ich ließ mir Zeit und schaute alles so genau an, als fände ich die Antworten auf meine Fragen in Stein gemeißelt. Oberflächlich betrachtet fielen nur die kunstvoll geschmiedeten Beschläge an der schweren Holztüre auf, die für den Baustil hier ungewöhnlich waren und entfernt an die portugiesische Kolonialzeit erinnerten. Auch der Hausname *CASA AME*, auf Keramikfließen in die Wand eingelassen, war untypisch. Hier, wo es weder Straßenbezeichnungen noch Hausnummern gab, wurden vereinzelt die Vornamen oder Kosenamen einzelner Bewohner auf eine unverputzte Stelle in der Fassade gepinselt. Passt zu meiner Schwester, dass sie sich so markant verewigt, dachte ich, was sollten die Initialen *AME* auch anderes bedeuten als die Anfangssilbe von Amelie. Ich war also richtig. Aus der Entfernung betrachtet unterschied sich diese Hausfront aus grauem Lavagestein nicht wesentlich vom landestypischen Baustil. Sie sah weder protzig aus, noch lud sie durch eine aufwändige Außengestaltung, wie etwa ein Wappen über dem Portal oder eine extravagante Lampe, ungebetene Gäste zu einem Besuch ein. Ich überlegte, dass dieses Haus in seiner Unauffälligkeit so gar nicht meiner Schwester entsprach. Doch ich hatte mich getäuscht oder wiederum nicht, wie man es nimmt. Die eigentliche Überraschung verbarg sich nämlich hinter dem Gemäuer mit der üppigen Bepflanzung. Dort stand das Gebäude, das man vom Strand aus sah, da es sich markant über der Felskante erhob. Die exponierte Lage machte den besonderen Reiz aus.

Ein verwilderter Innenhof tat sich auf, von dem aus man in einen zweiten Wohntrakt gelangte, der sich hufeisenförmig um die gekonnt angelegte, tropisch wirkende Gartenanlage schmiegte. Das eigentliche Anwesen war durch hohe Mauern von der Vorderseite nicht einsehbar und erstreckte sich in einer Tiefe von vermutlich dreißig, vierzig Metern bis zu einem Felsmassiv. Das genaue Ausmaß des Geländes war durch Bäume, Sträucher und Zuckerrohr gar nicht auszumachen. Atemberaubend, wie der Anblick des quadratischen Turms, den ich von außen ebenfalls nicht wahrgenommen hatte. Vermutlich war er durch seine zurückgesetzte Lage und den starken Bewuchs verdeckt gewesen. Man sah ihn erst, wenn man unmittelbar davorstand. Dabei war er sicher annähernd zehn Meter hoch. Dieser rechteckige Baukörper erhob sich stolz über den linken Teil des Gebäudes und leuchtete in einem warmen Farbton, der an reifen Mais erinnerte. »Wie ein Adlerhorst. Da möchte man sein Nest nie wieder verlassen«, sagte ich aus vollster Überzeugung. Ich war so sehr mit den neuen Eindrücken beschäftigt, dass sich das flaue Gefühl wie von selbst verflüchtigt hatte.

Amelie erzählte, dass der vordere schlichte Baukörper aus rohen Natursteinen vor knapp hundert Jahren erbaut worden war. Nach bäuerlicher Tradition mit einem Dach aus Palmstroh, das irgendwann von einem Flachdach abgelöst worden sei. Nachdem die Familie, aus dreizehn Geschwistern bestehend, beschlossen hatte, das Anwesen zu verkaufen, habe sie ohne zu zögern sofort zugesagt. Es sei Fügung gewesen. Vielleicht hatte sie auch Schicksal gesagt, ich kann mich an den genauen Wortlaut nicht erinnern. Jedenfalls habe sie dann eine Überraschung nach der anderen erlebt.

Ich folgte ihr in die Küche, wo sie eine Karaffe aus dem Kühlschrank nahm und einen dickflüssigen, frisch gepressten Fruchtsaft in zwei Gläser goss. Wir schlürften den eiskalten Maracujá-Mangosaft, während sie die Führung im Erdgeschoss fortsetzte. Ich musste dabei unwillkürlich an eine Vernissage denken, die ich kürzlich besucht hatte. Auch da war ich mit meinem Glas in der Hand durch Neuland geschlendert und hatte interessiert den Schilderungen der Rednerin gelauscht. Amelie sprach ähnlich versiert von einer Materie, die mir gänzlich unbekannt war.

»Im alten Teil war in zwei Zimmern nacheinander die Decke heruntergebrochen. Das passiert wohl häufig hier, weil das Betondach irgendwann undicht wird und Wasser eindringt.« »Wasser? Ich denke, hier regnet es fast nie?«, warf ich ein.

»Das stimmt nicht ganz. Während der Regenzeit kann

es so heftig schütten, dass die Wassermassen schwere Verwüstungen anrichten. Außerdem geht der Prozess jahrelang. Durch die feinen Risse im Flachdach, die mit der Zeit immer größer werden, sickert das Wasser ungehindert ein und arbeitet sich vor. Hier war es jedenfalls so, dass die Eisenmatten, die als Verstärkung in den Decken eingebaut worden waren, als rostige Brösel mitsamt dem Verputz auf die Erde krachten. Aber das war nur der Anfang. Der Masten mit der Stromleitung war gebrochen und das Becken, das eigentlich zur Bewässerung der landwirtschaftlichen Flächen dienen sollte, erwies sich als undicht.« Amelie trank ihr Glas in einem Zug leer, ehe sie weitersprach.

»Und dann habe ich angefangen, das alles von Grund auf sanieren zu lassen. Der vordere Teil ist nicht bewohnt, er dient sozusagen als Puffer und Lagerraum. Ich wollte das Gebäude lediglich erhalten. Der andere Bereich, den du hier siehst, ist neu gestaltet. Glücklicherweise gibt es noch ausgezeichnete Maurer im Ort. Die können nicht nur Blocksteine herstellen, sondern in alter Tradition riesige Lavabrocken exakt von Hand behauen und dann verbauen. Sie ziehen auch schnurgerade Mauern aus wunderschönem, massivem Gestein. Mit einfachsten Mitteln wurde das hier gebaut. Man will es kaum glauben, aber es waren keine Maschinen im Einsatz. Alles ist von Hand entstanden.« Stolz tätschelte sie die Wand, bevor sie die Tür zu ihrem Zimmer öffnete, aber nur so weit, dass ich einen flüchtigen Blick hineinwerfen konnte.

Dieser Raum, der, wenn ich mich richtig entsinne, »meinem« Zimmer über die Terrasse hinweg schräg gegenüberliegen muss, war in einem zarten Grünton gestrichen, der an frisches Avocadofleisch erinnerte. In ähnlich hellen und kühlen Farben, passend zur Einrichtung, war auch der großzügige Wohnraum mit einer langen Tafel in der Mitte gestaltet. Die Auswahl von Farben und Formen waren bis ins Detail aufeinander abgestimmt. Selbst die luftig leichten Gardinen, in zartem Meerwasserblau, die sich bei dem geöffneten Fenster leicht im Wind bewegten, vermittelten einen frischen Eindruck. Überrascht hatte ich dabei wahrgenommen, dass Amelie Fenstergläser hatte einbauen lassen. Ich weiß noch gut, wie ich mich bei unserem ersten Aufenthalt in diesem Dorf vergeblich bemühte, den PC vor der salz- und sandgeschwängerten Luft zu schützen, wenn ich gerade am Tippen war und der Meereswind ungebremst durch die Fensteröffnungen rauschte. Die Fensterläden hielten in dem *Residencial* nur dürftig so manche steife Brise ab. Es zog wie Hechtsuppe, würde man im Norden sagen. Hier auf dem afrikanischen Breitengrad, so hatte ich geglaubt, gäbe es schlicht keine Fensterscheiben. Ebenso hatte ich mich bezüglich des Mobiliars getäuscht. Nachdem Amelie rasch die Tür zu ihrem privaten Zimmer geschlossen hatte, wandten wir uns umso ausgiebiger dem Thema Ausstattung zu. Ich war mehr als erstaunt über Aussehen und Qualität der einzelnen Stücke. Vielleicht ist es ein Tick von mir, aber ich liebe Holz. So betrachtete ich diese Möbel im Haus ganz genau, betastete die formschönen und stabilen Teile, die trotz ihrer Stärke klassisch und elegant wirkten. Zudem strömten sie einen wunderbar ölig harzigen Duft aus, die Regale, Schreibtische, Stühle und Tische mit den gedrechselten Beinen, die komfortablen Betten und die Schränke, die allesamt aus massivem Holz von einem Schreiner vor Ort hergestellt worden waren. Amelie hatte mein Interesse falsch gedeutet und meinte sofort entschuldigend: »Mahagoniholz ist auch nicht viel teurer als Fichte und zudem wird es vom Kontinent geliefert. In Deutschland wäre das alles unerschwinglich und ethisch natürlich nicht vertretbar.« Dabei sagte ich gar nicht, was ich dachte, sondern lobte die geschmackvolle Ausstattung. Ich war wirklich durch und durch beeindruckt.

Die Sonne stand schon tief am Horizont, als wir über die warmen Steinplatten durch den wunderschönen Garten schlenderten und nochmals die Treppen zum Turm hinaufstiegen.

Auuu! Rammt mir jemand ein Messer ins Kreuz? Der stumme Schrei drückt sich wohl in meinem Gesicht aus, die Muskeln sind aufs Äußerste gespannt. Lorina zieht erschrocken ihren Arm unter meinem Rücken hervor. Behutsamer als gerade eben noch versucht sie, das nassgeschwitzte Laken zu entfernen. Ich bedeute ihr mit den Augen und der linken Hand mein dringendes Bedürfnis. »Schi Schi?«, fragt sie lächelnd. Schi Schi klingt wie Pi Pi. Das wird es wohl sein. Ich strecke den Daumen der linken Hand in die Höhe zum Zeichen, dass wir wunderbar nonverbal kommunizieren. Gemeinsam, mit viel Anstrengung beiderseits, gelingt uns der Weg zur Toilette und wieder zurück. Diese Frau ist unbezahlbar gut. Sensibel, mit einem feinen Gespür, das muss ich Amelie unbedingt sagen, sobald ich sprechen kann. Das war mir an vielen Menschen hier schon aufgefallen. Sie schienen beinahe Gedanken lesen zu können. Ich hatte das Gefühl, einige besäßen übersinnliche Kräfte, zumindest verfügten sie über besonders gut ausgeprägte Empfindungen, was Stimmungen betraf. Manchmal brauchte man die Augenbrauen lediglich minimal anzuheben, um etwas auszudrücken oder die Mimik ein bisschen zu verändern, wenn man ein Wort oder eine Geste nicht auf Anhieb verstand. Die Leute reagierten sofort. In Windeseile hatte Lorina mit zwei, drei geschickten Handgriffen das Laken gewechselt und mich sanft wie ein Kind wieder auf die Matratze gebettet. Wie gut, dass dieses Bett so hoch ist. Dabei musste ich bei meiner Erkundungstour gerade darüber schmunzeln. Es kam mir so vor, als habe der Schreiner bei der Herstellung an ein Altersheim gedacht. Es sah aus, als sei es für gebrechliche Senioren gezimmert worden, denen man das Ein- und Aussteigen erleichtern möchte. Vielleicht hatte der Schreiner eine Vorahnung? Jedenfalls ist mir das Lachen darüber gründlich vergangen.

Lorina schiebt sich in das Bild. Sie fummelt mit einem harten Gegenstand an meinen Lippen herum. Es braucht einen Moment, bis ich verstehe. Sie versucht mir behutsam mit einem dicken Strohhalm einen noch dickflüssigeren Saft einzuflößen. Als gesunder Mensch macht man sich keinerlei Gedanken darüber, wie viele Muskeln notwendig sind, um ganz einfache Dinge wie einen Trinkvorgang zu bewältigen, außer man studiert zufällig gerade Medizin. Ich weiß jetzt zumindest, dass es viele Muskeln sind, die für das Aufrichten, Ansaugen von Flüssigkeit und Schlucken gebraucht werden. Es geht zwar langsam, aber es geht. Und es schmeckt wunderbar nach Ananas, Papaya, Banane und Orange. Ich bin froh, dass die Papaya mit einer Zitrusfrucht gemixt wurde, denn sehr reifes Papayafleisch, wie es für Säfte oder Desserts oft pur verwendet wird, finde ich schauderhaft. Diese Mischung hier ist gut gelungen. Mehr noch, sie vertreibt das taube, flaue Gefühl für einen Moment, schmeichelt meinem Gaumen, besänftigt den leeren Magen. Smoothie kommt mir in den Sinn, worüber ich mich früher mokierte, diese Amerikanisierung von banalen, deutschen Begriffen, ist mir jetzt egal. Meinem Befinden tut der Früchtebrei gut. Er macht satt und schläfrig. Lorina scheint mein Befinden zu erfassen. Sie lächelt, streichelt über meine Wange und deutet mit einem Winken an, dass sie mich jetzt verlassen wird. Leise schlurfend entfernt sie sich. Das Licht wird ausgeknipst. Die Tür fällt knackend ins Schloss. Es dauert ein paar Sekunden, bis sich meine Augen auf das schwache Licht einstellen und Konturen schemenhaft wahrnehmen. Doch wozu diese Anstrengung? Die Lider sind so schwer. Sie klappen immer wieder zu. Irgendwo schreit eine Katze. Fetzen von Gitarrenklängen wehen mit einem Luftzug herein und Lorinas dunkle Stimme »tut pront« legt sich darüber. Amelie antwortet irgendetwas, dann rauscht Wasser. Sie muss wohl perfekt Kreol sprechen, so wie das klingt. Ich höre jedes Wort durch das geöffnete Fenster und verstehe nichts.

4

Familienzuwachs

»Tuuuuut.« Der durchdringende Klang einer Hupe. Ich schrecke zusammen. Helles Licht blendet meine Augen. Türen schlagen irgendwo. Gelächter, dann Frauenstimmen, dazwischen ein tiefer Bass und Hundegebell. Die Sonne schickt grelle Strahlen vom Himmel und treibt ihr buntes Schattenspiel. Millionen feinster Staubpartikel schwirren durch die Luft. Eine riesige Hummel sucht brummend den Weg ins Freie. Im Baum vor meinem Fenster streiten Dutzende von Vögeln lautstark. Sie zwitschern so durchdringend und schrill, dass es in den Ohren schmerzt. Ein kräftiger Windstoß bläst die Vorhänge auf. Ohne die genaue Uhrzeit zu kennen, lässt sich anhand der Geräuschkulisse und des starken Lichteinfalls feststellen, dass der Tag schon weit fortgeschritten sein muss. Mir ist leicht schwindelig zumute. Ich habe tief geschlafen. Reste eines Traums schleichen sich aus der Erinnerung. Sie sind zu schwammig, ergeben kein klares Bild. Die immer deutlicher werdende Stimme meiner Schwester bündelt die Gedankenschwaden, konzentriert das Durcheinander in meinem Gehirn. Absätze klappern auf den Steinplatten. Amelie muss jetzt ganz in der Nähe meines Zimmers angelangt sein. Ein Wortschwall weht durch das geöffnete Fenster herein. »Sie ist noch nicht wach, dabei ist es schon fast Mittag. Das Schlafmittel hat sehr gut gewirkt.«

Auf einen Schlag bin ich hellwach. Hitze schießt in mein Gesicht. Panik brennt im Magen, drückt auf die Brust, lässt das Herz rasen. Schlafmittel. Sie hat mir ein Schlafmittel eingeflößt. Das ist unglaublich. Meine Schwester schaltet mich einfach aus. Dabei hasse ich Betäubungsmittel. Und sie weiß das. Nicht einmal bei den Geburten meiner Kinder habe ich irgendwelche Schmerzmittel eingenommen. Das lasse ich mir nicht gefallen. Nicht mit mir. Ich hebe den Kopf, versuche mich aufzurichten, stütze den linken Ellbogen auf dem Kissen ab, was schon besser gelingt, und ziehe mit der rechten Hand vorsichtig das Laken von meinem Körper, das hier als Zudecke genügt, und jetzt schwungvoll auf den Boden segelt. Behutsam versuche ich nun meine Beine aus dem Bett zu hieven, da erklingt eine andere, helle Stimme direkt vor dem Fenster.

»Gut, dann werde ich sie mir mal ansehen.«

»Möchtest Du zuerst noch etwas trinken?« Das ist Amelie.

»Nein, später. Wir haben ja noch so viel Zeit. Lass uns lieber gleich nach der Patientin sehen.« Die Tür geht knarrend auf und Amelie schwebt herein, gefolgt von einer Blondine Ende fünfzig oder Ende sechzig, schwer zu schätzen.

»Ja, was machst du denn für Sachen, meine Liebe?«, flötet meine Schwester mit einem bestürzten Gesichtsausdruck, gerade so, als läge ich in einer Blutlache. Mir nichts mehr bieten lassen, von dir! Hätte ich ihr am liebsten entgegengeschmettert. Wie gut, dass mein Kiefer noch so sehr schmerzt und mir Tränen in die Augen schießen. Vielleicht ist es auch die Wut, die sich einen Weg nach außen bahnt. Amelie ist mit drei eiligen Schritten am Bett, streicht mir eine Haarsträhne aus dem Gesicht und legt ihre beiden Hände auf meine verkrampften Schultern. Dann schiebt sie mich sanft zurück auf das Kissen und lächelt.

»Darf ich dir Veronique vorstellen, Franka?« Dabei wendet sie den Kopf der Frau zu, die in ihrem bunt gemusterten Kaftan noch immer im Türrahmen steht und sich nun zögernd meinem Bett nähert. Amelie wechselt einen vielsagenden Blick mit ihr, der meinen inneren Widerstand nur noch weiter anstachelt. Was soll diese Frage. Ich kann wohl kaum »nein!« antworten. Wehrlos wie ein kleines Kind, schlimmer noch, ausgeliefert, ans Bett gefesselt, wie in Einzelhaft, bohrt sich der Entschluss immer tiefer in meinen Kopf: Ich muss weg hier.

»Grüezi, Franka«, sprengt die hellhäutige Frau meine Gedanken. Sie stellt ihren Lederkoffer auf dem Boden ab, schiebt Amelie ein wenig zur Seite, setzt sich vorsichtig auf den Bettrand und blickt mir tief in die Augen. Dann ertönt die Stimme meiner Schwester.

»Veronique ist Heilpraktikerin, die allerbeste, die ich kenne und ich kenne viele. Ich habe dir von ihr erzählt. Du erinnerst dich sicher. Sie wird dir helfen.« Sie blickt Veronique von der Seite an.

»Ich lass euch dann mal alleine. Bin im Garten, falls du irgendetwas brauchst.«

Die Schweizerin lächelt ihr nickend zu und schaut mir wieder ins Gesicht. Sie hat graublaue Augen, klar wie ein See und Sommersprossen auf dem ganzen Gesicht, die sich bis über den Hals hinab über das Dekolleté ausbreiten. Ihr Nasenrücken ist so breit, dass die Nasenflügel mit zwei tiefen Falten der Wangen zusammentreffen, wenn sie lächelt. Dann werden auch kleine Grübchen sichtbar. Am markantesten aber ist der Mund mit den vollen Lippen, der das ganze Gesicht in ein einziges Faltenmeer legt, wenn er sich zu diesem breiten Lächeln dehnt. Das wuschelige schulterlange Haar, aus der Nähe schimmert es eher silbergrau, als blond, wird durch einen hibiscusroten Seidenschal gezähmt, den sie wie ein Stirnband trägt. Ohrringe mit bunten Glasperlen oder echten Edelsteinen, es lässt sich oberflächlich betrachtet nicht voneinander unterscheiden, baumeln von den Ohrläppchen. Die gealterte Pipi Langstrumpf, denke ich spontan. Wenn ich könnte, würde ich lächeln. Sie ist sympathisch, hat eine gute Aura. Meine Anspannung löst sich mit dem Knacken des Türschlosses. Meine Schwester hat den Raum verlassen. Ich atme tief durch, bis in den Magen hinein, so wie ich es im Yoga gelernt habe. Veronique zählt ebenfalls zu den Menschen, die Gedanken lesen können. Sie scheint zumindest all meine Fragen zu erahnen und spürt sofort, wie sich mein ganzer Körper durch ihre Berührung entspannt. Zunächst misst sie meinen Puls. Dann legt sie ihre Finger auf meine Schläfen. Danach wandert ihre Hand auf meine Stirn, wo sie eine Weile ruht, so als würde sie Fieber messen. Sie inspiziert dabei all meine Körperteile mit den Augen der Heilerin. Ich liege ganz ruhig da und lasse sie gewähren. Dann sagt sie: »Franka« und rollt dabei das r und betont das k wie ein starkes ck. Da ich das Schweizerdeutsch ausgesprochen gerne höre und die Gemütlichkeit der Schweizer so liebe, tun diese Aussprache und die wohlklingende Stimme alleine schon gut. Das Vertrauen zu dieser Person wächst von Sekunde zu Sekunde.

»Du hattest viel Glück bei diesem Unfall. Es hätte ganz schlimm ausgehen können. Ich bin zu Tode erschrocken, als Amelie mich anrief.«

Ein Unfall also. Ich überlege krampfhaft, wie es dazu gekommen sein konnte. Mir fällt keine Fahrt mit dem Wagen ein und auch sonst nichts, was mit einem Unfall zu tun haben könnte. Lediglich an die Überfahrt in das Dorf mit dem Sammeltaxi kann ich mich genau erinnern. Veronique entfernt routiniert Verbände und Mull und spricht unterdessen weiter, ohne mit der Wimper zu zucken. Ich beobachte ihre Gesichtsregungen ganz genau, um abzulesen, was sie denkt und um herauszufinden, wie es wirklich um mich bestellt ist.

»Es sind heftige Prellungen, die du dir zugezogen hast und ganz saftige Schürfwunden. Aber da gibt es in der Homöopathie und Naturheilkunde eine ganze Reihe sehr wirksamer Mittel. Ich habe gute Erfahrung mit Beinwell-Packungen gemacht. Auch Akupunktur und manuelle Lymphdrainagen wären bei dir hilfreich.« Sie betastet meine Arme, Brust und Bauch, dann die Beine, klopft auf meine Gelenke, nimmt nacheinander die Füße in die Hand und dreht die Sprunggelenke vorsichtig nach links und rechts, nach oben und unten, während sie mit dem Sprechen fortfährt.

»Für die Wundheilung sind auch Arnica Hypericum, Calendula und Vitamin C sehr gut, das hast du von Amelie schon in hoher Dosis bekommen. Sie hat dir auch Papaya-Kerne, die eine Menge Enzyme enthalten, in den Saft gemixt. Ich würde dir gerne noch Schüssler Salze geben und eine Heilsalbe auftragen, die ich selbst herstelle. Wenn du damit einverstanden bist, dann nicke einfach ein wenig oder blinzle mit den Augen.« Sie lächelt mich an und meint in mitleidigem Tonfall:

»Du kannst ja noch nicht sprechen. Dein Kiefer ist ganz dick, fühlt sich sicher pelzig an, wie nach einer Zahn-OP. Aber du wirst sehen, wie schnell das abschwillt und dein Körper wieder vollständig geheilt ist.« Froh darüber, dass sie mich offensichtlich ernst nimmt und als mündigen Menschen in ihre Behandlung einbezieht, zwinkere ich eifrig mit den Augen, und Veronique meint:

» Na, das ist ja unglaublich, wie deine Augen glänzen.

Du brauchst gar keinen Mund zum Lächeln.« Vielleicht um keine unangenehme Pause entstehen zu lassen oder aus Erfahrung mit sprachlosen Patienten, setzt sie ihren Monolog fort.

»So. ich hole jetzt mal die Akupunkturnadeln. Keine Angst. Ich habe Medizin studiert und in der Schweiz viele Jahre als Ärztin gearbeitet, bevor ich umgestiegen bin. Ich hab ja keine Ahnung, was dir Amelie schon erzählt hat. Vielleicht hörst du das alles zum zweiten Mal.«

Nicht die Spur, denke ich und hoffe, dass sie weiter aus ihrem Leben berichtet. Offensichtlich hat Amelie nicht schlecht über mich gesprochen. Ansonsten wäre sie sicher nicht so fürsorglich.

»Na, jedenfalls lebe ich schon seit über zehn Jahren auf der Insel, ganz abgeschieden im Norden. Bin nur noch sehr selten in der Schweiz. Mein Leben spielt sich hier ab. Und Amelie habe ich auf der Fähre kennen gelernt, vor ziemlich genau einem Jahr, als sie noch ganz verzweifelt und hilflos war, die Arme. Aber das weißt du ja sicher.«

Nein. Keine Ahnung. Amelie? Verzweifelt und hilflos? Das kann ich mir beim besten Willen nicht vorstellen. Weshalb sollte meine Schwester Probleme gehabt haben? Ich weiß noch viel weniger, als Veronique vermuten würde. Amelie scheint von unserer Funkstille nichts erzählt zu haben. Vielleicht spricht sie weiter und klärt mich auf, denke ich. Doch sie hält inne und reibt die Handflächen aneinander. Dann legt sie sie aufeinander, so als bete sie, und konzentriert sich mit ernster Miene ganz auf die Behandlung. Ich spüre, wie sie meine Beine bewegt, die Knöchel betastet, die Ohrmuscheln massiert und zucke zusammen, als feine Nadelstiche in mein Fleisch pieken. Wenn wahr ist, was Armin, der Mann meiner besten Freundin, mir einmal erzählt hat, schmerzt der Akupunkturpunkt kurz und heftig, wenn es die richtige Stelle ist. Er muss es wissen, denn er ist Spezialist auf diesem Gebiet. Also kann ich erleichtert sein, wenn es schmerzt, und dankbar für diese Hilfe. Ich zweifle keine Sekunde daran, dass Veronique ihre Behandlungsmethoden beherrscht. Sie strahlt bei aller Ruhe und Besonnenheit eine starke Energie und Kraft aus, die direkt auf meinen Körper einwirkt. Vielleicht liegt es an dieser speziellen Therapie oder an der gleichmäßigen Wärme, die den Raum erfüllt, ich weiß nicht, weshalb, aber ich fühle mich sonderbar umhüllt und schwerelos, beinahe so, als wäre ich narkotisiert. Schwer werden dabei nur meine Augenlider. Es kostet so viel Mühe, sie offen zu halten. Meine Gedanken beginnen sich zu lösen. Sie schweben davon und verschwinden.

»Saúde! Auf uns. Weißt du eigentlich, dass wir etwas zu feiern haben? Wir kennen uns jetzt seit genau einem Jahr. Dabei kommt es mir viel länger vor. Fast wie ein halbes Leben.«

Ich höre Amelies Stimme, das Klirren von Gläsern und leise Musik so deutlich, als wäre das alles direkt vor dem Fenster. Die Geräuschkulisse muss von der Terrasse stammen. Ich erinnere mich an einen großen, rechteckigen

Holztisch mit Stühlen drum herum unter einer Pergola, die vollständig von Grünzeug umrankt war. Von dem dichten Blätterdach hingen gelbe und grüne Früchte herab, die aussahen wie polierte Weihnachtskugeln.

»Maracuja«, erklärte meine Schwester, als wir das Gepäck zu meinem Zimmer trugen. Das war nur ein paar Meter entfernt, dass es allerdings so hellhörig ist, hätte ich nicht gedacht. Geschirr klappert. Das Licht fällt milde durch die Vorhänge, lässt sie in einem tiefen Burgunderrot erscheinen.

»Die vielen Geschehnisse und Turbulenzen in der kurzen Zeitspanne, Amelie, passieren den meisten Menschen nicht einmal in ihrem ganzen Leben.« Das ist Veronique in ihrem charmanten Schwiezerdütsch.

»Ich kann mich noch genau an den Tag erinnern, als du mich angerufen und um Asyl gebeten hast.« Das wird ja immer toller. Amelie hat um Asyl gebeten? Insgeheim freue ich mich beinahe über meinen Zustand. Es fühlt sich an wie Mäuschen spielen. Auf diese Art erfahre ich Dinge, die ich sonst sicher nie von meiner Schwester gehört hätte. Amelie lacht und räuspert sich.

»Was ist mir anderes übrig geblieben? Hättest du mir deine Hilfe nicht so eindringlich angeboten, ja schon fast aufgedrängt, wäre ich auch nie darauf zurückgekommen. Aber was sollte ich denn machen? Wenn plötzlich wildfremde Leute in dein Haus einziehen, kannst du nur noch flüchten.«

»Sicher, das war ein Extremfall. Aber dadurch haben wir uns befreundet. Hatte auch seine guten Seiten. Ich weiß gar nicht mehr, wie lange du bei mir gewohnt hast«, sagt Veronique.

»Drei Wochen und zwei Tage. Ich werde diese Zeit nie vergessen. Auch den Tag nicht, als es im Schlüsselloch raschelte und die ganze Familie mit Sack und Pack hier hereinspaziert ist. Die Kinder standen verstört herum und die Eltern haben auf Kreol geschimpft wie die Rohrspatzen. Ich hatte gerade geduscht und war fast nackt. Das haben sie einfach ignoriert. Der Mann ist mit dem Gepäck in mein provisorisches Schlafzimmer gegangen, hat meine Sachen zur Seite geschoben und sich häuslich eingerichtet. So etwas vergisst man nicht.«

Amelie hustet kurz.

»Und damals beherrschte ich so wenig Kreol und nur die Grundbegriffe auf Portugiesisch. Mit Händen und Füßen habe ich dieser fünfköpfigen Familie erklärt, dass ich das Haus gekauft habe und rechtmäßig hier wohne. Nachdem ich kein Holländisch spreche, haben wir uns auf Englisch verständigt, das konnten die Kinder einigermaßen.«

»Du Arme. Wenn ich mir das vorstelle. Ich hätte sicher auch die Nerven verloren. Man weiß ja nicht, ob die Sache eskaliert und wie derart aufgebrachte Leute reagieren. Aber irgendwie habt ihr es dann doch geschafft, mehr oder weniger gemeinsam unter einem Dach in dem kleinen Haus zu übernachten. Ich kann mich noch so gut an diesen Abend entsinnen, als wäre es gestern gewesen, vor allem daran, dass wir ein paar Mal telefoniert haben und kein Fahrer mehr organisiert werden konnte. Du hast dann zum Schluss gemeint, ich solle mir keine Sorgen machen. Du würdest auf einer Matte im Freien schlafen und ihr hättet zusammen die Flasche *Grogue* geleert.« Veronique lacht glockenhell.

»Oh, deus! Das hat mit dem Problem der Erbteilung zu tun. Zu viele Kinder und die Hälfte davon im Ausland. Da passieren die irrwitzigsten Dinge.«

Es entsteht eine Redepause. Dann erklingt Amelies Stimme: »Später kann man über all das Witze machen. Aber es war schon ein gewaltiger Schock. Auch für die anderen. Stell Dir mal vor, du lebtest im Ausland, deine Geschwister hätten euer Elternhaus verkauft, zumindest mit einem amtlichen Vorvertrag alles unter Dach und Fach gebracht und eine Menge Geld kassiert, und du hättest rein zufällig davon erfahren. Du wärst auch stocksauer auf deine Geschwister und würdest ins nächste Flugzeug steigen, um nach dem Rechten zu sehen. Ich konnte absolut verstehen, dass die nicht gut auf mich zu sprechen waren. Trotzdem fand ich das ganze Theater alles andere als lustig. Ich bin wirklich dankbar, dass Du mir ohne zu zögern geholfen hast und alles wieder ins Lot kam. Glücklicherweise hatte sich die Familie dann schließlich auch geeinigt. Aber ohne deinen Juristenfreund und den hilfsbereiten Notar hätte ich sicher die Flinte ins Korn geworfen.«

»Und das wäre ein Jammer. Schau dich mal um. Das hier wäre nie entstanden. Das Haus war ja die reinste

Bruchbude und die Arbeiter, die du beschäftigt hast, waren so froh über das Einkommen. Es gibt selten genug Gelegenheitsjobs, die auch ordentlich bezahlt werden.«

»Stimmt, darauf müssen wir jetzt auch anstoßen«, sagt Amelie und lässt die Gläser klingen. »Auf den Familienzuwachs!«

Meine Ohren mutieren zu Rhabarberblättern, so angestrengt höre ich zu. Vorsichtig setzte ich mich auf und versuche die Muskeln ganz leicht zu dehnen. Mit den Fingerspitzen betaste ich meinen Kiefer. Er fühlt sich noch taub an, pelzig wie nach einer Spritze beim Zahnarzt. Veronique hatte recht mit ihrer Vermutung. Es geht mir schon deutlich besser. Ich muss nur mit aller Kraft vermeiden, wieder einzuschlafen. Es ist zu spannend. Die beiden Frauen scheinen noch mit dem Essen beschäftigt zu sein. Helle, klirrende Geräusche, von Besteck erzeugt, wenn es auf Porzellan trifft, vermischen sich mit leisen Gitarrenklängen. Es scheint kreolische Musik zu sein, hie und da mischen sich eine Geige und ein Bandoneon darunter.

»Obgrigada.« Amelie spricht, offenbar antwortet Lorina oder eine andere Hausangestellte. Ich kann die Stimme nicht zuordnen und verstehe den Inhalt nicht. Aber es wird munter geplappert und mit Besteck und Geschirr geklappert.

»Wir sind schon wie die alten Frauen, die nur von früher reden. Erinnerst du dich noch an die vielen Missverständnisse und daran, wie unsicher ich war?« Das war Amelie, nun wieder ganz verständlich.

»Das ist jeder, der sich hier niederlässt. Man rätselt, wie man sich verhalten soll. Ich wusste anfangs auch nicht, dass es am besten ist, ein Gegengeschenk zu machen, wenn man von Einheimischen Früchte, Gemüse oder *Cachupa* bekommt. Ich habe oft Geld gegeben und später erst gemerkt, dass dies falsch war. Nur wenn Du etwas bestellst, bezahlst Du es auch in bar. Alles andere wäre entwürdigend.«

»Stimmt. Ich bin dir lebenslang dankbar für deine Geduld und dafür, dass du mich damals bei allen möglichen Fragen unterstützt hast.«

»So? Habe ich das? Finde ich zwar schmeichelnd, liebe Amelie. Aber so klug, wie du bist, hättest du es auch ohne mich geschafft.«

»Aber es hätte viel länger gedauert und ich wäre in tausend Fettnäpfchen getappt. Du hast mir ja gleich bei so vielen Dingen, die mir negativ auffielen, geraten, auf jeden Fall gelassen zu bleiben und nicht zu missionieren. Misch dich nicht ein in deren Kindererziehung, lass sie ihren Müll verbrennen, wo und wie sie wollen, akzeptiere die Lebensweise der Einheimischen, denn du bist hier zu Gast, nicht umgekehrt. Das hast du gesagt.«

»Und das weißt du noch? Ich bin beeindruckt, Amelie.«

»Ich habe nichts vergessen. Und ich bin deinem Rat gefolgt, obwohl es mir bis heute schwerfällt, nicht einzuschreiten, wenn eine Mutter ihr Kind verprügelt oder Dioxindämpfe über einer wilden Müllkippe aufsteigen. Ich will ja nicht so werden wie viele Deutsche, die sofort versuchen, ihre Regeln einzuführen, die sich aufführen, als seien sie die Herrscher über das Dorf. Das wäre das Letzte, was ich hier möchte, mich zum Herrenmenschen aufzuspielen. Weißt du noch, wie ich mich anfangs gesträubt habe, zuzuschauen, wie andere arbeiten? Zu Hause hatte ich mit dem Personal keine Probleme, aber das lässt sich auch schlecht vergleichen. Es ist mir schwergefallen, für ganz einfache Dinge wie abwaschen, putzen und Wäsche waschen, Leute zu beschäftigen und dabei die Kontrolleurin zu spielen. Ich kam mir lächerlich vor, wie eine strenge Aufpasserin. Andererseits wurde mir ganz schnell bewusst, wie man in dieser Machogesellschaft darum kämpfen muss, als Frau akzeptiert zu werden. Wer sich nicht durchsetzt, hat verloren und wer nicht immer wieder kontrolliert, verliert an Respekt. Mein Schmeichelkurs am Anfang, dass ich die Arbeiter regelrecht verwöhnt und mich für jeden Handgriff bedankt habe, hat sich nicht ausgezahlt.«

Das ist wieder typisch Amelie, alles muss sich auszahlen. Viel weiter kann ich gar nicht denken, denn sie beginnt wieder zu sprechen.

»Ich habe auch den Trägerinnen, weil sie tagelang die schweren Steinlasten auf dem Kopf und Dutzende von Zement- und Sandsäcken hier heraufschleppen mussten, deutlich mehr bezahlt, als üblich. Das war ein krasser Fehler.«

Sklaventreiberin! Die Zeiten der Ausbeutung sind leider immer noch nicht vorbei, liegt mir auf der Zunge, was ich nicht aussprechen kann.

»Ach, Amelie. Denk nicht an die Fehler, denk an das Gute. Du hast viel gelernt in der kurzen Zeit. Auch deinen Hang zum Perfektionismus hast du prima in den Griff gekriegt. Ich musste nämlich schmunzeln, als du mir von deinen tausend Plänen erzählt hast und dachte bei mir, mal sehen, wie die sich noch ändern werden. Wir sind hier auf Cabo Verde. Da herrscht solch eine andere Lebens- und Denkart.«

»Ja, ja.« Amelie lacht.

»Ich weiß, auf was du anspielst. Bestellst du rote Fliesen, kommen gelbe. Gibst du einen Materialwunsch in Auftrag, musst du flexibel sein, denn nichts ist wirklich planbar. Was mache ich beispielsweise mit zehn Litern Bootslack? Ich hatte einen Liter bestellt. Aber es gab eben nur einen Zehn-Liter-Eimer, sagte mein Fahrer. Daran hab ich mich so langsam gewöhnt. Ich nehme es jetzt als Herausforderung, auf die ständigen Veränderungen zu reagieren. So kam ich übrigens auch auf die ungewöhnliche maisgelbe Wandfarbe im Gang, die dir so gefällt. Ich hatte auf der Farbtafel in einem Geschäft in Mindelo verschiedene Töne ausgesucht und bestellt. Die Kübel, die geliefert wurden, hatten auch dieselbe Bezeichnung. Als ich die dann geöffnet habe, bin ich fast in Ohnmacht gefallen. Schriller geht es kaum noch. Neongelb und Himbeerrot. Also musste ich mischen, so lange bis der Farbton einigermaßen passte. Und dabei wären dem Maler beinahe die Augen rausgefallen. Dass man Farbe mischen kann, und zum Beispiel Blau und Gelb Grün ergibt, kannte er nicht. Er sah mich an, als wäre ich eine Hexe.« Gelächter. Dann räuspert sich Amelie und spricht weiter.

»Viel schwieriger fand ich, dass die Arbeiter ohne Handwerkszeug hier erschienen sind. Ich wusste nicht, ob das immer so ist und man irgendwie improvisiert oder ob davon ausgegangen wird, dass ich, als reiche Deutsche, für das Zubehör sorgen muss. Jedenfalls hatte der Maler keine Leiter und brauchte auch noch ein spezielles Pinselset. Also musste ich das alles in der Stadt bestellen und er zog erst einmal wieder von dannen. Die Maurer kamen ohne passenden Hammer, konnten sich aber Material ausleihen. Dem Fliesenleger fehlte ein eigenes Fliesenschneidegerät. Das musste er erst bei einem Cousin im Nachbardorf besorgen. Und so weiter und so fort. Gott sei Dank sind alle miteinander verwandt.«

»Und irgendwie geht es dann doch immer. Man findet eine Lösung. Und die Arbeiten werden dann ja auch sehr gut ausgeführt. Am Ende passt es, meistens jedenfalls. Wir leben ja nicht in Deutschland oder der Schweiz. Das meinte ich mit Perfektionismus, den wird man hier schnell los oder man wird verrückt.«

Die Schweizerin schnalzt mit der Zunge und ein Korken knallt. Meine Güte, wenn das alles so schlimm ist, weshalb seid ihr dann überhaupt hier?, frage ich mich insgeheim.

»Verrückt sind wir alle irgendwie und haben längst vergessen, wie man Perfektionismus überhaupt schreibt. Ich habe sogar manchmal das Gefühl, dass ich immer weniger weiß. Über alle Gepflogenheiten Bescheid zu wissen, wird mir wohl nie ganz gelingen.«

»Aber deshalb bist du ja eigentlich auch nicht hierhergekommen. Was meinst du jetzt konkret?«, fragt Veronique.

»Beispielsweise hatten wir vorgestern Mittag wieder keinen Strom. Nachdem ein Felsen im Tal abgegangen war und die Wasserleitung repariert werden musste, dachte ich, dass das irgendwie zusammenhängt. Fehlanzeige. Wasser gab es nach einer Stunde wieder. Dafür hatten wir am Tag darauf von früh morgens bis abends Strom, was sonst nie vorkommt. Als dann die Kirchenglocken plötzlich läuteten und ich dachte, irgendjemand sei gestorben, klärte mich Lorina auf. Völlig erstaunt fragte sie mich zunächst, ob ich denn nichts von Fußball wüsste. Das UEFA-CUP-Finale sei doch in vollem Gange. Dafür sei der Strom zuvor gespart worden, der Dieselgenerator laufe ja nicht umsonst, das koste viel Geld. Damit man keine Begegnung verpasse, stünde während der gesamten Spielzeit Strom zur Verfügung. Und nun habe Cabo Verde gegen Angola im Viertelfinale sogar gewonnen. Deshalb läuteten die Glocken. Und ich hatte nicht die leiseste Ahnung.« Meine Schwester lacht lauthals, in ihrer ganz speziellen Art. Es klingt, als quietsche eine Tür. Dafür hat sie schon viele verwunderte Blicke auf sich gezogen. Ich wundere mich jetzt allerdings über andere Dinge.

»Apropos Fußball. Ich habe mich dazu hinreißen lassen, die sportlichen Aktivitäten in unserem Dorf zu unterstützen. Es ist so wichtig für die Jungen und Mädchen. Manche haben aber nicht einmal Turnschuhe oder Trikots. Könntest Du nicht auch die Jugendlichen mit ein paar Trikots aus Deutschland unterstützen?«Amelie räuspert sich.

»Das geht leider nicht. Weißt du, seit ich hier bin, ist mein deutscher Freundeskreis auf null geschrumpft. Meine Bekannten und sogenannten Freunde zogen sich schon direkt nach der Trennung von Wolfram zurück. Ich lege auch gar keinen Wert mehr auf diese Bekanntschaften. Ich habe hier ein neues Leben begonnen. Das alte gibt es nicht mehr.«

Das versetzt mir einen Stich ins Herz. Meine Schwester hat sich von ihrem Mann getrennt. Nie wäre mir in den Sinn gekommen, dass es in dieser Beziehung kriseln könnte. Im Gegenteil. Ich dachte immer, wenn es eine perfekte Ehe gibt, dann diese. Amelie und Wolfram. Das ideale Paar. Sie waren sich stets einig, sogar bei der Kindererziehung. Bei ihren Festen traten sie als hervorragende Gastgeber auf, nie hörte man ein falsches Wort. Alles funktionierte immer so gut, dass ich sie fast ein wenig darum beneidete. Funktionieren ist das treffende Wort. Bei Amelie erfüllte alles eine Funktion. Sie überließ nichts dem Zufall, plante alles haarklein und war eine Meisterin im Organisieren. Bei uns war das anders. Bei uns funktionierte nicht einmal der Toaster. Arne und ich hatten viele Meinungsverschiedenheiten, und wenn es sich nicht vermeiden ließ, mussten diese auch in der Öffentlichkeit ausgetragen werden. Ich fand das prinzipiell gut so. Es zeugte von Aufrichtigkeit, Charakterstärke. Nur manchmal überkam mich dieses nagende Gefühl von Kränkung, und ich begann Äpfel mit Birnen zu vergleichen. Mir fiel dann plötzlich auf, wie zuvorkommend und aufmerksam Wolfram gegenüber seiner Frau war. »Heuchelei«, damit war für Arne das Thema vom Tisch. Mein Mann machte keinen Hehl daraus, dass ihn mit seinem Schwager außer dem zufälligen Verwandtschaftsverhältnis nichts verband. Ich konnte mit Wolfram von Anfang an auch nicht viel anfangen, was auf Gegenseitigkeit beruhte, ich hielt ihn dennoch für den passenden Partner meiner Schwester. Sie ergänzten sich hervorragend. Als renommierter Anlageberater mit exklusivem Büro im Zentrum von München bildete der wirtschaftliche und gesellschaftliche Rahmen eine gute Basis für deren Lebensstil. Und im Laufe der Jahre, als die beiden Kinder größer waren, nutze Amelie die guten Kontakte ihres Mannes und bekam immer lukrativere Aufträge als Innenarchitektin. Sie schien zufrieden mit ihrem Leben zu sein. Weshalb dann diese Trennung? Vielleicht war sie deshalb so verzweifelt. Sie hätte mit mir sprechen können. Vermutlich wollte sie den Schein wahren. Mit Wolfram hatten wir keinen Kontakt mehr seit meiner verbalen Entgleisung an seinem sechzigsten Geburtstag. Dass er uns nicht informiert hatte, liegt auf der Hand. Offenbar werde ich das Geheimnis dessen, was diese beiden Menschen miteinander verband oder trennte, nicht ergründen können, so wenig wie die komplizierten Vorgänge, die unter der Oberfläche einer Beziehung lauern.

»Auch daran wirst du dich gewöhnen. Außer meiner Nichte und einer einzigen Freundin, die auf einer Alm lebt, hab ich keine persönlichen Beziehungen mehr in der Schweiz. Das hat sich alles in Luft aufgelöst. Alle Freundschaften sind geplatzt wie Luftballons.« Veronique klatscht offenbar in die Hände.

»Und weißt du was? Es stört mich gar nicht, denn sie waren nicht so wichtig. Ich habe hier so viele interessante Leute kennen gelernt, wie dich zum Beispiel, dass ich dem früheren Leben nicht nachtrauere. Das gehörte zwar auch zu mir, war ein Teil, der mich ausgemacht und geprägt hat, aber ein anderer Teil von mir konnte sich hier erst richtig entfalten. Dass alles so gekommen ist, dafür bin ich unserem Herrgott unendlich dankbar.«

»Vermisst Du gar nichts aus der Schweiz, ich meine nicht nur Menschen, sondern auch andere Dinge?«, fragt Amelie.

»Den Alpenkäse vielleicht oder den Geruch von frisch gemähten Wiesen oder unser Graubrot. Die Schokolade nicht.« Veronique lacht schallend.

»Nein, ganz im Ernst. Es gibt sehr wenig, das ich vermisse. Gute Gespräche habe ich auch hier und durch das Internet kann man sich ja die ganze Welt erschließen, alles ansehen und herunterladen, was man wissen möchte. Aber seltsam, eigentlich nutze ich das sehr wenig. Ich bin überhaupt kein moderner Mensch, hab ja nicht mal ein Smartphone, nur mein uraltes Handy und den Computer. Vielleicht ist mir deshalb alles viel zu hektisch und überladen in der Schweiz, weil ich hier zur Eigenbrötlerin geworden bin. Ich komme ja gar nicht mehr mit, wenn ich den Fahrplan in Europa lesen muss. Vielleicht bin ich deshalb hier geblieben, weil in der Schweiz das Zügli schon abgefahren ist.«

Jetzt kichert Amelie. Flaschen klappern, es klingt, als werden die Gläser neu gefüllt.

»Prost! Auf die Standhaften«, sagt sie.

»Da fällt mir beim Stichwort Fortschritt etwas ein. Ich habe die neue Räucherpfanne aus Rotterdam eingeweiht. Das Ergebnis ist sensationell. Du musst unbedingt den Fisch probieren, der hat ein hervorragendes Aroma. Auch der Ziegenkäse mit verschiedenen Kräutern ummantelt schmeckt geräuchert grandios.«

»Amelie, ich kann beim besten Willen nichts mehr essen. Das war alles so wunderbar. Ich platze gleich. Außerdem bin ich noch zwei Tage hier. Das werden wir alles ratzeputz vertilgen. Kräuter sind ja meine Leidenschaft. Du musst mir morgen unbedingt deinen Garten zeigen. Ich will sehen, wie er sich entwickelt hat und was Du noch alles angepflanzt hast.« »Die Kapuzinerkresse und den Basilikum hast Du bereits entdeckt. Die Blüten und Blätter waren im Salat und die anderen Samen, die du mir geschenkt hast, sind allesamt prima aufgegangen. Die kleinen, wilden Tomaten haben auch schon geblüht. Bin gespannt, wie die schmecken. Und Thymian, Borretsch, Eisenkraut und Zitronengras wächst sowieso wie Unkraut. Seither sehe ich viel mehr Bienen und Schmetterlinge. Die scheinen einen guten Geschmack zu haben.«

Meine Schwester mutiert zur Gärtnerin. Sie muss in ein Zauberfass gefallen sein. Früher wusste sie nicht einmal, was Petersilie ist, wenn nicht explizit auf der Speisekarte stand: Bla Bla Bla an Petersilienschaum. Ich bin ungerecht, ich weiß, aber all das ist nur mit Galgenhumor zu verkraften, beruhige ich meine innere Stimme.

»Ich hab dir ein paar Samen des Drachenbaums mitgebracht, weil dir meiner doch so gut gefällt. Bei deinem grünen Daumen schlagen die sicher schnell aus. Junge Pflänzchen konnte ich dir nicht mitbringen. Man hat hier berechtigt Angst davor, dass sich der Hundertfüßler, der nur regional vorkommt, ausbreiten könnte. Das ist ein gefürchteter Schädling. So unbeliebt wie der Tausendfüßler. Neulich hat mich tatsächlich solch ein Biest in den Fuß gebissen. Es tat ähnlich weh wie ein Bienenstich.«

»Oh, das kann ich nachfühlen. Mich hat auch einmal ein relativ kleines Exemplar, vielleicht fünf Zentimeter lang, in die Wade gezwickt. Die Stelle wurde sofort rot und schwoll an, wie nach einem heftigen Mückenstich. Es hat eine Weile stark gejuckt, mehr aber nicht. Harmlos, also.

Es ist sowieso erstaunlich, dass wir kaum Stechmücken haben, keine Malaria, keine Schlangen und sonstiges lästiges Zeug.«

Stühle werden gerückt. Irgendjemand versucht, Streichhölzer zu entfachen. Das Geräusch kommt mir bekannt vor. Es riecht auch leicht nach Schwefel. Vielleicht werden Kerzen angezündet oder meine Schwester ist unter die Raucher gegangen, würde mich auch nicht mehr wundern, so wie sie sich verändert hat.

»Ach, Amelie, haben wir es nicht schön? Der Mensch gewöhnt sich so schnell an einen Zustand und nimmt dabei gar nicht mehr wahr, wie gut es ihm geht. Alles wird nach kurzer Zeit zur Selbstverständlichkeit. Deshalb mache ich mir immer wieder bewusst, welches Glück ich habe und bin dafür außerordentlich dankbar. Vielleicht liegt es auch an meinem Hang zur Spiritualität. Seit ich hier lebe, hat sich mein Bewusstsein für die Pracht der Natur, meine Demut vor der Schöpfung erst so richtig entfaltet. Wir sitzen mitten in der Nacht im Freien, müssen uns nie Gedanken über das Wetter machen. Es ist ja immer angenehm warm und ganz selten mal zu heiß. Und dann diese Ruhe. Man hört hier nichts als das Rauschen des Meeres, das Konzert der Zikaden und das Unken der Kröten. An wenigen Plätzen hat man heutzutage solch einen gigantischen Himmel voller funkelnder Sterne über sich. In Europa bekommt man das schon lange nicht mehr zu sehen. Schau mal, wie blank der Mond glänzt. Da sieht man alle möglichen Strukturen. Wo gibt es das sonst noch?«

»Na, bei Dir. Du hörst zwar die Meeresbrandung nicht und keine Kröten, dafür hast du den Duft der Kaffeebäume und der Zitrusblüten. Es ist so wunderschön bei Dir, ganz anders als hier, aber das ist ja das Faszinierende an dieser Insel. Diese unglaubliche Vielfalt.« Amelie spricht jetzt langsamer. Sie betont jede Silbe so, als wolle sie der unglaublichen Vielfalt noch mehr Gewicht verleihen oder sie ist schon leicht beschwipst.

»Kein Wunder, dass immer mehr Touristen hierherkommen. Es ist eine richtiggehende Invasion von Franzosen, die über die Insel hereinbricht. Aber auch viele Deutsche und vereinzelt Portugiesen, Spanier, Holländer, Italiener, Skandinavier und Schweizer haben die Kapverden entdeckt. In der kurzen Zeit, in der ich hier bin, hat sich das enorm entwickelt.« »Ja, und immer mehr Europäer lassen sich hier nieder. Weißt du, was man sich über die Ausländer, also uns, so erzählt?«

»Nein, keine Ahnung.«

»Die Deutschen teilt man in drei Kategorien ein. In die erste gehören die Spinner, die Ausgeflippten, die Künstler und so weiter, in die zweite die Kriminellen, also die Betrüger, Steuerhinterzieher und Dealer, und bei der dritten sind sie sich noch nicht sicher.«

»Und in welche reihst Du mich nun ein?«

»Haha, du bist nicht einzugliedern. Du bist ja Schweizerin.« Beide lachen.

»Oh, deus!«, kichert Veronique.
Ob Gott da noch helfen kann? Es scheint, als fließe der Alkohol reichlich. Wie ich meine Schwester kenne, trinkt sie trockenen Weißwein. Aber kenne ich sie überhaupt noch? Habe ich sie jemals gekannt?

»Da sieht man wieder einmal, dass sich die Einheimischen genauso ihre Gedanken machen über das Fremde, unsere Sitten und Gebräuche wie umgekehrt. Ich hatte neulich eine junge Frau zu Gast. Sie hatte keine Unterkunft gefunden, alle Pensionszimmer waren belegt und da habe ich ihr mein Gästezimmer angeboten. War eine nette Abwechslung und zudem brachte es ein paar Escudos ein. Als sie von einer Wanderung zurückkam, strahlte sie wie ein Honigkuchenpferd. Sie wollte mir gleich von ihrer eindrücklichsten Erfahrung erzählen. Ich dachte zuerst, na ja, das überwältigende Panorama wird sie so begeistert haben oder Monica hat ihr einen selbst gebrannten Kaffee gemacht oder sonst was ganz Besonderes. Falsch, es war etwas viel Banaleres, auf den ersten Blick zumindest. Es war eine Horde Kinder. Die Jungen und Mädchen hatten sie in einem nahegelegenen Dorf neugierig umringt und sie habe gedacht, die barfüßige Schar wollte Süßigkeiten, Stifte oder Geld. Sofort hatte sie eine innere Abwehrhaltung eingenommen und war ziemlich schroff, wofür sie sich kurz darauf schämte. Denn die Kinder hatten einfach nur Interesse an ihr, lachten sie an, fragten nach ihrem Namen, stellten sich alle einzeln vor, zeigten ihr, wo sie wohnen, und nahmen sie an der Hand mit zum Bach, wo eine gute Stelle zum Baden ist und die Frauen die Wäsche nicht waschen. Zum Abschied bekam sie eine Frucht geschenkt. Das hat sie tief berührt und beschäftigt.«

»Schöne Geschichte.« Amelie gähnt.

»Sorry. Schlafmangel. Ich bin vermutlich doch nicht so belastbar, wie ich geglaubt habe. Die Sache mit Franka hat mich ziemlich mitgenommen. Ich hatte regelrechte Alpträume deswegen«, sagt meine Schwester.

Nun würde ich mich doch gerne einmischen. Die Sache mit Franka. Wie sie das sagt. Als habe sie mein Schicksal jemals tiefer berührt. Vielleicht ist sie wieder in eine Rolle geschlüpft. Hat für ihr Theaterstück nur eine besonders exotische Kulisse gewählt. Gut möglich, dass meine Schwester ein merkwürdiges Spiel treibt, dessen Regeln nur sie alleine kennt. Ich frage mich, ob es ein Lustspiel oder ein Drama ist, das sie hier inszeniert.

»Du hast so viel durchgemacht, Amelie. Es wäre unnormal, wenn alles spurlos an dir vorübergegangen wäre. Lass uns zu Bett gehen. Wie spät ist es eigentlich?«

»Oh, ich habe keine Ahnung. Seit die Batterie meiner Uhr den Geist aufgegeben hat, lebe ich zeitlos. Ich habe es als Zeichen gesehen.« Amelie sagt dies in einem hellen Tonfall, so als lache sie dabei.

»Sich von den Zwängen der Zeit zu befreien, ist für dich goldrichtig. In diesem Punkt teile ich nämlich nicht die

Meinung meiner Kollegen. Einige bekannte Psychoanalytiker vertreten die These, dies sei ein klassisches Symptom für Angst vor dem Tod. Aber das trifft bei Dir sicher nicht zu. Und suizidgefährdet bist du auch nicht mehr.«

»Nein, die depressive Phase habe ich glücklicherweise hinter mir.«

Mir stockt der Atem. Veronique hat »nicht mehr« gesagt. Meine Schwester sei nicht mehr suizidgefährdet. Demnach muss sie mit dem Gedanken gespielt haben, sich das Leben zu nehmen. In meinem Gewissen beginnt etwas zu nagen. Mitleid und Angst um meine einzige Schwester machen sich breit. Es fühlt sich an, als ob ein Gewicht auf meinem Brustbein lastet. Das Atmen fällt schwer, die Kehle wird trocken und die Hände feucht, während draußen jemand mit den Fingern auf Holz trommelt.

»Was schaust Du so?« Das ist die Stimme von Veronique.

»Ich suche deine Augen. Und ich sehe sie nicht. Es ist zu dunkel.«

»Und was ist so Besonderes an meinen Augen?« Veronique kichert. Ein, zwei Minuten vergehen, dann räuspert sich meine Schwester.

»Na ja, wenn du hinter sorgsam überlegten Worten eine unbeabsichtigte Bedeutung entdeckst, dann bekommst du diesen Blick, gerade so, als würdest du in der Tiefe der menschlichen Seele nach den wahren Antworten suchen.«

»Und was würde ich da jetzt entdecken, Amelie?«

»Nichts, wirklich. Glaube mir. Es ist alles in Ordnung mit mir. Bis auf die Sache mit meiner Schwester. Die belastet mich sehr.«

»Na gut. Eigentlich wollte ich dir das morgen erst sagen. Denn vielleicht sind wir da schon ein bisschen schlauer. Aber ich möchte ja, dass du einen guten Stoff zum Träumen hast. Also, dann erzähl ich dir mal das Neueste. Mattu hat sich auf Sao Viçente ein bisschen umgehört. Er stammt ja aus Mindelo und hat eine große Verwandtschaft dort. Nun hat ein Großneffe etwas von einer Tante erzählt, die den großen Unbekannten vielleicht kennt. Er erinnert sich an einen Mann mit dem fraglichen Namen, der früher öfters bei seiner Tante zu Besuch war. Es sei ein stattlicher Herr gewesen, der einen eleganten Strohhut trug, so wie die Schauspieler in alten Kinofilmen der sechziger Jahre. Außerdem hatte er eine sehr dunkle, polternde Stimme, an die er sich gut entsinnen konnte, weil er die Kinder harsch aus dem Zimmer verscheucht hatte. Viel mehr wusste er nicht, denn damals war er noch ein kleiner Junge. Er hatte auch keine Ahnung, was dieser Mann mit der Tante zu tun hatte und weshalb er kam. Die Schwester seiner Mutter lebt mittlerweile in Praia. Mattu wird nun versuchen, sie ausfindig zu machen. Morgen telefonieren wir. Vielleicht kann er dann schon ein kleines bisschen mehr berichten. Immerhin ist es eine Spur.«

»Oh, Veronique. Du bist ein Schatz. Ich danke Dir. Das ist die beste Nachricht seit Langem.«

Stühle werden gerückt. Geschirr und Gläser klappern. Die Frauen scheinen den Tisch abzuräumen. Immer noch liegt leise Musik in der Luft. Es ist schwülwarm. Das Licht wirft helle Schatten an die Wand. Es muss bald Vollmond sein. Mein Gehirn gleicht einem Kreisel. Zu viel Denkstoff auf einmal. Irgendwie muss ich mich ablenken. »Die Macht der Gedanken«, Zitate aus diesem Buch fallen mir ein, helfen gegen den Druck im Kopf.

Jetzt erst nehme ich die fordernden, durchdringenden Unkenrufe wahr und das Geschrei der Zikaden, die nachts mindestens so laut sind wie die Spatzen am Tag. Und die starke Brandung. Mit voller Wucht krachen die brechenden Wellen gegen die Felsen. Der kraftvolle Rhythmus wechselt dabei ständig. Vielleicht peitscht irgendwo gerade ein Sturmtief über den Ozean und Hunderte von Seemeilen weiter säuselt der Wind im Takt einer schwermütigen *Morna* über das Meer, während in den unfassbaren Tiefen des Ozeans die Meerestiere ihre geheimnisvollen Serenaden singen. Wer weiß, ob sich die Rufe der Delfine gerade mit den Liebesliedern der Buckelwale und anderen mystischen Klängen aus der Unterwasserwelt vereinen. Verborgen vor dem menschlichen Gehör, geschützt vor fremden Einblicken, allein der Fantasie zugänglich.

5

Schwarz-weiße Muster

Fischadler und andere Greifvögel kreisen über der Bucht. Hoch oben im wolkenlosen Himmelsblau schweben sie über jener schmalen Stelle, an der der Strand zwischen den zackigen, ausgewaschenen Felsen und dem tosenden Meer eingezwängt ist. Sie nehmen die Sanderlinge, diese lustigen Vögel, ins Visier. Es sind nicht viele, ein Dutzend vielleicht, die im selben Trippelschritt eilig hinter den zurücklaufenden Wellen herrennen, auf der Suche nach Krebsen oder anderem Kleingetier. Silberne Kristalle blitzen auf, glänzen wie kleine Diamanten auf dem schwarzen Sand. Eine Seeschwalbe löst sich aus dem dunkelgrauen Felsmassiv, fliegt über die Bucht und stürzt in den Ozean. Dort ist das Wasser seltsam aufgewühlt, als würde die Strömung Strudel bilden. Unzählige weiße Luftbläschen, glänzend wie Perlen, steigen auf. Der Vogel taucht mit seinem spitzen Schnabel, vorbei an Hunderten von Silberfischchen. Dorthin, wo die Kraft der Sonnenstrahlen eindringt, und es milchig weiß schimmert, zieht es ihn. Dann sinkt er tiefer hinab, schießt blitzschnell durch das Wasser, das rasch seinen Farbton ändert. Erst ist es hellblau, bevor es einen türkisfarbenen Ton annimmt und schließlich in dunkleres Blau wechselt. Ein paar Quallen schweben vorbei, leicht und zart, anmutig in ihren Bewegungen. Ihr Körper ist beinahe durchsichtig. Bis auf einen filigranen roten Fransenrand und ein paar feine Fäden sind sie völlig unsichtbar. Die Schwalbe erschreckt einen Tintenfisch, der mithilfe seiner langen Arme hinter eine Korallenbank flüchtet. Auch ein Makrelenschwarm ändert hektisch die Richtung. Aus einer Höhle glotzen kugelrunde Augen. Dann tauchen Beine auf, dick, grau und träge, wie die eines Elefanten. Dabei gleichen sie eher Flossen mit ihren gemächlichen Schwimmbewegungen. Die Höhle entpuppt sich als Panzer. Schwarze Augenlider klappen auf und zu. Otto! Schweißgebadet schrecke ich hoch.

Warum verfolgt mich dieses Tier? Wenn ich nur wüsste, was es mir sagen will. Oder ist dies alles nichts als Einbildung, eine einzige Täuschung? Es könnte auch sein, dass ich mich grundlegend geirrt habe. Die Vorstellung, die ich von Amelie hatte, und die stets von neuen Bildern überlagert wird, scheint eher diffuser als klarer zu werden. Ich weiß momentan nur noch, dass ich nichts mehr weiß. Und zuvor? Womöglich habe ich mir ein Schema zurechtgelegt, in das meine Schwester nur passte, weil es passend war. Sicher, die kindlichen Empfindungen lassen sich leicht mit Eifersucht erklären. Zumindest sah dies meine Mutter so. Ihre Worte, die sich mir einprägen sollten, hatte ich beinahe zufällig aufgeschnappt. Als ich von der Toilette kam, hörte ich, wie mein Name fiel. Da schlich ich mich unbemerkt an der Wand entlang dicht an die angelehnte Wohnzimmertür und belauschte das Gespräch zwischen ihr und Tante Dodo. Zunächst dachte ich, die beiden unterhielten sich über meinen achten Geburtstag, der kurz bevorstand. Das, was meinte Mutter da sagte, ließ mich jedoch erstarren. »Vielleicht liegt es auch an der schwierigen Geburt, die so ganz anders verlief als bei Amelie. Wenn ich daran denke, wie schrecklich diese stundenlangen Schmerzen waren. Ich wäre beinahe gestorben. Und wie unruhig dieses Kind war. Es hat mir jede Nacht den Schlaf geraubt. Immerzu hat Franka geschrien.«

»Meinst du nicht, dass das ganz normal ist?«, gab Dodo zu bedenken.

»Du hast keine Kinder, Dodo. Glaube mir. Franka war schon damals ausgesprochen schwierig und störrisch. Und kaum hatte sie laufen gelernt, stellte sie einen Unfug nach dem anderen an. Als sie vier, fünf Jahre alt war, stritt sie immerzu mit ihrer Schwester. Sie war eifersüchtig auf alles, was Amelie hatte. Und Robert war so stolz auf sein Nesthäkchen. Er hatte sie ja richtiggehend vergöttert. Vielleicht weil sie sehr früh sprechen gelernt hatte und mit ihrer burschikosen Art wie ein Junge wirkte. Sie ersetzte seinen heiß ersehnten Frank.«

An diese Worte meiner Mutter erinnere mich genau, sie beschäftigten mich so sehr, dass ich begonnen hatte, Nägel zu kauen. Denn es stimmte, dass mich vieles an meiner großen Schwester störte. Alleine der Name. Amelie. Das klang viel schöner, runder, weicher, wärmer, weiblicher als Franka. Sie entsprach auch exakt dem Bild, dem dieser wohlklingende Name entsprach. Weich und anmutig, gehorsam und still, klug und liebreizend, mit ihrer samtenen, dunkel schimmernden Haut, den großen Augen, dem lockigen Haar. Ein wahres Engelchen und so ganz anders als ich. Ich sollte also dem Bild entsprechen, das sich mein Vater von einem Sohn gemacht hatte. Franka ersetzte den ersehnten Frank. Zumindest wurde der Makel gut überspielt, denn ich mochte viel lieber Autos als Puppen, trug kurze Hosen statt Rüschen, sprach keck, bis auf die Aussetzer, die hie und da auftraten, jedenfalls kam ich hemdsärmelig daher mit meinem feuerroten Bürstenhaarschnitt. Auf den ersten Blick ein lustiger, handfester Typ. Selbst das Rot, diese unschöne Farbe, nahm Papa damals in Kauf. So lange zumindest, bis das Markenzeichen zur Gesinnung wurde. Da konnte er keine Kompromisse mehr machen und musste mit hanseatischer Strenge und Disziplin die Werte vermitteln, die mir abhandengekommen zu sein schienen. Am Tisch des gutbürgerlichen Haushalts, unter den seine Tochter ihre ausgelatschten Sandalen streckte, sollte kein sozialistisches Gedankengut sprießen und auch sonst nirgendwo. Der Vater teilte von da an endgültig die Meinung der Mutter. Ich war einfach schlecht geraten und schuld am Leid der Mutter. Amelie dagegen war DIE Vorzeigetochter, die schon immer mit guten Schulleistungen glänzte und sich tadellos entwickelte. Und was nicht sein durfte, konnte auch nicht sein. So wurde manches Missgeschick, das sogar Supertöchtern hie und da passiert, ignoriert oder negiert. Selbst einen Lattenrost, der durchgebrochen war, nachdem Amelie mit einer ihrer Freundinnen, vielleicht war es auch ihr erster Freund gewesen, das Bett als Trampolin benutzt hatte, konnte niemand anders auf dem Gewissen gehabt haben als ich. Mal war es ein Farbkübel, der umgekippt war, mal eine Leiter, die die Katze fast erschlagen hätte. Der Sündenbock war rot. Und weder Schelte noch härtere Sanktionen, selbst die tagelange Missachtung, mit der mich die Familie strafte, schienen mir etwas auszumachen. Ich zeigte statt Reue und Einsicht nur Trotz und Widerstand. Der Zorn und die Enttäuschung, dieses stille Ringen um Zuneigung blieben im Verborgenen. Die bitteren Früchte dieser belasteten Kindheit und Jugendzeit traten erst später zutage. Denn unter der scheinbar glatten Oberfläche verursachten die Splitter der zerborstenen Beziehungen tiefe Wunden.

Ein prägender Vorfall dieser Art hatte sich in einer schwülwarmen Juninacht kurz vor Sonnwend ereignet. Ich war knapp vierzehn Jahre alt und durfte meine große Schwester zu einer Vereinsfeier begleiten. Zunächst wurde gegrillt, dann gesungen und getanzt. Es ging ausgelassen zu. Amelie hatte gerade den Führerschein gemacht und mit ihrer Clique kräftig gefeiert. Kurz nach Mitternacht, als alle anderen Leute schon nach Hause gegangen waren, standen die sechs jungen Frauen und Männer plötzlich ratlos herum. Das Lokal war bereits geschlossen und der Stimmungspegel begann zu sinken. Da hatte jemand die Schnapsidee, eine Spritztour zum nahen See zu machen, um baden zu gehen. Amelie wollte unbedingt fahren. Niemand hatte beachtet, dass sie betrunken war. Sie setzte sich ans Steuer eines nagelneuen Golf-Cabrios. Der Wagen gehörte der Mutter eines Freundes, der neben ihr saß. Drei weitere Leute quetschten sich in das Auto, einer drehte die Musik auf und Amelie fuhr los. Sie war zu schnell, schätzte gleich die erste Kurve falsch ein und setzte den Wagen auf einen Straßenpfosten. Außer einem gehörigen Schrecken und ein paar Kratzern und Prellungen war allen Insassen nichts passiert. Aber das Auto war Schrott. Da kamen Amelie und ihr Freund auf den zündenden Einfall, zu behaupten, ich sei gefahren. Und es brauchte auch gar keine großen Überredungskünste. Ich willigte sofort ein, ohne eine Sekunde lang zu zögern. Nach dem Verhör auf der Polizeiwache war ich sogar richtig stolz auf mich. Ich kam mir gut vor als Schauspielerin mit einer tragenden Rolle. Überzeugend hatte ich dem uniformierten Beamten vorgelogen, dass ich den Schlüssel geschnappt und Gas gegeben hätte. Einfach so. Man glaubte mir, zweifelte kein bischen an meiner Schilderung, dass ich meiner Schwester und deren Freunden, in meinem jugendlichen Leichtsinn, davongefahren war. Naiv wie ein Kleinkind hatte ich den beschwörenden Worten meiner großen Schwester geglaubt. Ich fand es einleuchtend, dass einer Minderjährigen die Sanktionen nicht viel anhaben könnten. Eines hatte ich jedoch dabei nicht bedacht. Die Folgen waren mir nicht klar gewesen. Die Erleichterung und Dankbarkeit meiner Schwester erstreckte sich lediglich auf einen Zeitraum von wenigen Tagen, dafür sprach Papa wochenlang nicht mehr mit mir, zumindest nicht mehr so wie früher. Etwas war zwischen uns zerbrochen.

»Franka benimmt sich wie ein missratenes Kind. Erst raucht sie heimlich, dann schwänzt sie die Schule und jetzt fährt sie fremde Autos zu Schrott. Ich bin zutiefst enttäuscht«, hatte er an einem jener Abende in resigniertem Tonfall geäußert.

Mit dieser Aussage, vergleichbar mit einer giftigen Pille, die ich damals wortlos schluckte, begann eine grundlegende Veränderung. Mein Widerstand legte sich. Er wurde von einem Gefühl der Resignation und des Zweifelns abgelöst. Als Pubertierende begann ich an meiner Schwester zu zweifeln, verstand ihr Rollenspiel nicht, zweifelte an der Zuneigung meines Vaters, der sich mir schon längst entfremdet hatte, und zweifelte an mir selbst, denn ich verspürte neben einer plötzlich aufkeimenden Traurigkeit auch eine tiefe Leere und Einsamkeit. Am schlimmsten aber war die Furcht vor der Gewissheit, von keinem Menschen mehr geliebt zu werden und das damit zusammenhängende Schuldgefühl, das immer mehr Platz in meinem Inneren beanspruchte und in stillen Momenten zu einem Monstrum anschwoll, das Magen, Brust und Herz schwer zu schaffen machte.

Vielleicht ist es das. Otto steht für die Schuld, die still in einem Winkel meines Gewissens haust, bis sie plötzlich erwacht und ihr gieriges Maul aufreißt. Das Analysieren fällt schwer in meiner Lage. Diese Ausrede lässt sich gut auf meinen Zustand schieben. Ich versuche mir einzureden, das logische Denkvermögen in meinem Gehirn habe Schaden genommen. Aber es geht nicht. Der Selbstbetrug will nicht gelingen. Die Konfrontation scheint unausweichlich. Überraschend wie ein Geistesblitz aus heiterem Himmel brennt sich die Schlussfolgerung ein. Vermutlich lassen sich wesentliche Erkenntnisse, wenn sie erst einmal gewonnen sind, nicht wieder löschen. Schon gar nicht, wenn die Flucht in Arbeit, Hobby, Sport oder diverse Freizeitaktivitäten unmöglich ist. Gefangen in der Welt der Gedanken sehe ich es ganz deutlich vor mir, so als stünde es in großen Lettern schwarz auf weiß an der Wand vor mir: Ich komme Amelie allmählich näher, auf dem Weg zu mir selbst, in ganz kleinen Schritten.

Aus der Ferne Gesang. Ich bilde mir ein, die Stimme von Deep Purple-Sänger Ian Gillan zu hören. Er singt das tausendfach gehörte Lied tiefschwarzer Nächte *child in time*. Die Worte, diese deutschen Worte, hallen jetzt in meinem Kopf wider.

Süßes Kind, sieh die Grenze, die gezogen wurde, zwischen Gut und Böse, sieh den blinden Mann, der auf die Welt schießt, sieh die Kugeln fliegen, die ihren Tribut fordern. Wenn du böse warst, und Gott, ich glaube, du warst es, und du noch nicht vom umherfliegenden Blei getroffen wurdest, schließt du am besten deine Augen, neigst lieber dein Haupt und wartest auf den Querschläger. Ich weine um dich, Tag und Nacht. Ich wäre gern an deiner Stelle.

Draußen geht es munter zu. Eine Geräuschkulisse, die mir beinahe vertraut erscheint. Ein Auto hat soeben gehupt, zweimal kurz hintereinander.

»Mieeep, mieeep.« Es war ein anderer Klang, dieses Mal. Weshalb hupen hier die Fahrzeuge überhaupt? Es kommt ja so gut wie nie eines vorbei. Vielleicht deshalb. Jedenfalls schlagen gerade wieder irgendwelche Türen und Stimmen sind auch zu hören. Ich kann sie nicht zuordnen. Absätze klappern über den Steinfußboden. Es hallt in diesem Raum. Die Natursteine übertragen den Schall viel stärker, als ich gedacht hätte. Wie gut, dass ich keine Kopfschmerzen habe, das wäre nicht auszuhalten. Es sind die Ledersohlen von Amelies schicken Riemchensandalen. Langsam wird die knarrende Tür geöffnet und ihr Kopf schaut herein.

»Franka! Meine Liebe. Wie schön, dass du wach bist.«

Mit ausladenden Schritten nähert sie sich meinem Bett. Ihr geblümter, fast bodenlanger Rock schwingt dabei kräftig mit. Ein mildes Lächeln huscht über Amelies Gesicht, während sie sich über mein Gesicht beugt und mir mit ihrem Handrücken sanft über die Wange streicht.

»Du siehst schon viel besser aus. Hast du gut geschlafen?«

Als ob ich antworten könnte, schaut sie mich erwartungsvoll an. Dann blickt sie sich im Zimmer um, dreht sich in Richtung des Fensters und zieht einen der beiden Vorhänge zurück.

»Es ist ja ganz schwül hier drinnen. Lorina wird gleich kommen und dir behilflich sein. Du hast nämlich Besuhuch.«

Sie flötet derart ungewohnt, dass ich mich erst an den Tonfall gewöhnen muss. Besuch? Wer sollte mich hier besuchen? Es wird doch nicht Arne sein? Mir wird heiß. An ihn habe ich vor lauter Aufregung bis jetzt noch gar nicht gedacht. Er steckt bis über beide Ohren in einem wichtigen Planungsprojekt und zeitlichen Verzug kann er sich nicht leisten. Und die Kinder haben beide Schule. Er kann unmöglich weg von zu Hause. Meine Schwester hat ihn hoffentlich nicht angerufen. Ich schicke ein Stoßgebet zum Himmel.

»Stell dir vor. Jorge ist hier. Er hat einen ganzen Korb voll frischer Früchte für dich gebracht. Ich hab ihm gesagt, er müsse sich noch ein klein wenig gedulden.«

Mir fällt ein Stein vom Herzen. Ich habe zwar nicht die geringste Lust, Besuch zu empfangen, so wie ich aussehe, aber das ist wohl nicht zu ändern. Und besser Jorge kommt vorbei als Arne. Wenn mein Mann wüsste, wie es um mich steht, säße er ganz sicher in der nächsten Maschine. Arbeit hin oder her. In diesem Punkt kenne ich ihn sehr gut. Die Familie geht ihm über alles. Gleichzeitig wünschte ich jetzt nichts mehr als seine tröstende Nähe.

Er würde mich ohne Worte verstehen, all meine Fragen beantworten und das Richtige tun mit dem Instinkt, der auf einer langjährigen, tiefen Verbindung beruht. Ein innerer Widerstreit tobt in meinem Körper. Gefühl gegen Verstand. Wie so oft siegt dabei der Verstand. Ich atme tief in den Bauch hinein und schlucke die Sehnsuchtstränen hinunter. Irgendwie muss ich Amelie unbedingt klar machen, dass sie auf keinen Fall mit meiner Familie telefonieren soll.

»Du streckst die Hand nach mir aus. Oh, Franka, wenn ich nur wüsste, wie ich dir helfen kann. Sicher hast Du Hunger und Durst. Du bekommst gleich wieder einen ganz wunderbaren, nahrhaften Fruchtsaft. Eine wahre Vitaminbombe. Veronique müsste auch bald hier sein. Sie wollte nur einen kurzen Strandspaziergang machen.«

Ich brauche einen Block und einen Stift zum Schreiben. Auch mein rechter Arm lässt sich schon problemlos anheben und beinahe schmerzfrei beugen. Und die Schwellung im Handgelenk ist abgeklungen. Die Finger fühlen sich weniger taub an. Ich versuche sie zu bewegen, mache vorsichtige Trockenübungen wie eine betagte Pianistin, die gegen die Gicht ankämpft. Doch die Bedeutung meiner Luftsignale mit der rechten Hand gehen ins Leere. Warum versteht sie denn nicht? Amelie blickt verständnislos auf meine unruhige Hand, streicht mir sanft über die Stirn und kann meine Blicke nicht deuten. Vielleicht denkt sie, ich leide an nervösen Zuckungen. Wenn Veronique kommt, werde ich es nochmals versuchen, sie hat empfindsame Antennen. Schlurfende Schlappen nähern sich. Das muss Lorina sein. Ihr frischer Duft nach Waschmittel, heute chlorfrei, lässt mich innerlich lächeln. Die gute Fee strahlt solch eine gemütliche Zufriedenheit aus, dass man den Eindruck bekommt, nichts und niemand könne sie jemals aus der Ruhe bringen. Selbst eine so schwierige Aufgabe wie Krankenpflege geht ihr gut gelaunt und lässig von der Hand. Sicher hat sie viele Kinder, vielleicht betreut sie auch ältere, gebrechliche Verwandte, was hierzulande üblich ist. Sogar über Hundertjährige, von denen es in diesem Dorf ein halbes Dutzend gibt, dürfen ihren Lebensabend im Kreise der Familie zu Hause verbringen. Der Begriff des Altenpflegeheims existiert gar nicht. So selbstverständlich und routiniert, wie Lorina arbeitet, verliert die Körperhygiene ihren Schrecken und ich bin mehr als froh darüber, in diesem Bereich nicht von meiner Schwester abhängig zu sein.

In dem Maße, wie der Körper Fortschritte macht, scheint der Geist hinterherzuhinken. Glaube ich Veronique, und es gibt keinen Grund an ihrer Wahrhaftigkeit zu zweifeln, fruchtet die Behandlung so gut, dass man bei der Heilung beinahe zusehen kann. Die hässlichen blaugrünen Flecken an den Armen sind sichtlich verblasst und die Schwellungen gehen auch zurück. Aber noch immer fehlt mir jedes Gefühl für Zeit. Wann habe ich Jorge, dessen tiefes Husten jetzt den ganzen Vorraum ausfüllt, zuletzt gesehen? Ich kann nicht sagen, ob das gestern oder vor einer Woche war, als er mich in seinem rosaroten Aufzug in Porto Novo überraschte.

»Franka. Bom dia!« Jorge schiebt sich im Türrahmen an Lorina vorbei, die sich mit dem Arm voller Wäsche entfernt, und postiert sich breitbeinig neben meinem Bett. Er riecht gut nach einem herben Aftershave, sieht man davon ab, dass es auch etwas weniger getan hätte. Seine Zähne funkeln wie Diamanten in dem dunkelbraunen Gesicht. Mit seinem weißen Hemd, der hellen Hose und den ölig glänzenden Haaren hätte man ihn glatt für einen Arzt halten können, der seiner Patientin mit positiver Ausstrahlung Mut machen möchte. Allerdings verändert sich seine Mimik mit dem lausbubenhaften Augenzwinkern und der hochgezogenen Stirn rasch. Die Muskeln, die für das Lächeln zuständig sind und die Mundwinkel so charmant dehnen, verlieren an Kraft. Sie lassen die vollen Lippen zusammenschrumpfen, fast so, als habe Jorge auf eine Zitrone gebissen. Etwas verlegen knetet er seine kräftigen Hände und nestelt an der Manschette seines Hemdes. Er scheint nach den passenden Worten zu suchen.

»Ein guter Ort zum Ausruhen. Bem, muito bem. Hier können deine Füße dem Kopf nicht davonlaufen«, sagt er mit fester Stimme.

Bevor ich über die Bedeutung dieses Satzes nachdenken kann, nähert sich Amelie, schaut Jorge bedeutungsvoll an und streicht ihm sanft mit dem Handrücken über den Arm. Diese vertrauliche Geste irritiert mich. Überhaupt wirkt sie gelöst, beinahe übermütig beschwingt, wie sie ihre Hüften dreht und die Haare schwungvoll über die Schultern wirft. Mit den Augen einer Verliebten lächelt sie Jorge an und flüstert:

»Franka kann nicht antworten. Ihr Kiefer ist noch geschwollen. Aber sie wird bald wieder ganz gesund sein. Wir müssen jetzt einfach Geduld haben. Bei uns sagt man, die Zeit heilt alle Wunden.« Wie ein ungeduldiger Teenager zupft sie Jorge am Ärmel seines Hemdes, schaut mir dabei spitzbübisch ins Gesicht.

»Schwesterchen. Wir lassen dich nun in Ruhe. Bis später«, sagt sie. Leicht und anmutig, wie eine Tänzerin, dreht sie sich um und schwebt zur Tür. Jorge hebt die Hand, deutet ein Winken an, legt dabei die Stirn in Falten und zieht den Mund zu einem verkrampften Lächeln, das ihm eine kuriose Mimik verleiht. Weinender Clown kommt mir in den Sinn. Sichtlich erleichtert folgt er Amelie mit zwei, drei entschlossenen Schritten. Sicher ist er froh, seine Beklemmung und Hilflosigkeit rasch loszuwerden und dieses Krankenzimmer zu verlassen, das seine Düsternis trotz des erhellenden Sonnenlichts nicht verliert.

Über das Verhalten meiner Schwester nachzudenken, ist ziemlich sinnlos. Ob sie in Jorge verliebt ist oder nicht, lässt sich nicht wirklich deuten. Und ob ihre unbekümmerte Art, die sie an den Tag legt, etwas mit mir zu tun hat, ist ebenfalls unklar. Und Jorge? Hat seine Aussage einen tieferen Sinn? Vielleicht wollte er damit ausdrücken, dass ich zu schnell bin, zu hastig und unüberlegt. Es ist gut möglich, dass ich geradewegs in mein Unglück gerannt bin, es selbst verschuldet habe. Auch würde mich nicht wundern, wenn wir Ausländer hierzulande als kopflose Geschöpfe auf ihrer Jagd nach Bestätigung und Erfolg betrachtet werden. Das afrikanische Sprichwort grassiert bestimmt auch auf den Inseln:

Die Europäer haben die Uhr, wir haben die Zeit.

Mir fällt Tonino ein. Bei meinem ersten Besuch auf diesem Eiland hatte ich ihn, den fünfzigjährigen Sohn eines betagten Einheimischen, zufällig vor einer Bar kennen gelernt. Er drückte damals seine Bewunderung für die Eigenschaften der Europäer aus. Zuverlässigkeit und Ehrgeiz nannte er an erster Stelle. Während ich mich insgeheim über diese typischen Klischees ärgerte, stellte er fest, dass uns Deutschen gleichzeitig die Gelassenheit und Ruhe fehle.

»Wenn ihr zu Mittag esst, denkt ihr schon an den Abend. Wir tun eines nach dem anderen und manchmal auch gar nichts. Es gibt nichts Schöneres, als die Zeit durch die Finger rieseln zu lassen wie feiner Sand.« Tonino, der die meiste Zeit in Luxemburg lebte, stimmte mich mit seinen Weisheiten nachdenklich. Er hatte mich auf eine Wanderung auf schmalen Maultierwegen, vorbei an Pflanzungen, Wasserfällen, Riesenlavablöcken, ins Hochland eingeladen. Dort, in dieser bizarren, ständig wechselnden Vegetation auf über siebenhundert Höhenmetern, von wo aus man die vielen Gesichter des Ozeans, steile Berge und tiefe Täler bewundern konnte, war er als fünftes von neun Kindern zur Welt gekommen. Sein Elternhaus stand unverändert in einem kleinen Weiler neben verwitterten Hütten aus Bambus- und Zuckerrohrgeflecht. Tonino begrüßte die wenigen Bewohner, stellte mich seinem Vater vor und ließ mich dort zurück, weil mir die Puste fehlte, noch weiter hinaufzusteigen zu seiner entfernteren Verwandtschaft. Und diese Entscheidung war gut, denn die Begegnung erwies sich als nachhaltiges Erlebnis. Dennoch hatte ich mir nicht einmal die Zeit gegönnt, diesen freundlichen alten Mann in seinem schlichten Steinhaus, in dem einmal eine ganze Großfamilie lebte, zwischen den blühenden Zitrus- und Kaffeebäumen ein weiteres Mal zu besuchen. Dabei hatte ich es mir fest vorgenommen. So fasziniert war ich von diesem einsamen, abgelegenen Ort, an dem die Nebel und der Wind unaufhörlich Geschichten erzählen und manchmal, wenn man Glück hat, auch die Menschen.

Aber auch ohne Worte erschloss sich vieles, wenn man nur hinschaute. Die Körper und Gesichtszüge offenbarten alle Höhen und Tiefen des menschlichen Daseins. Ausgezehrte Körper mit aufrechtem Rückgrat, muskulösen Händen mit Fingern, die an harte Arbeit gewohnt waren, breiten Füßen mit Sohlen, die jahrzehntelang staubtrockener Erde, Steinen und Stacheln standhielten und einer feinen, gegerbten Haut, die von der erbarmungslosen Sonne und dem entbehrungsreichen Landleben gezeichnet war.

Tausend Fältchen, Falten, Narben und Risse, verwoben zu einem bewegten Lebensmuster. Der alte Mann, der seine Worte gründlich abwog, bevor er sie aus dem Kopf entließ, hatte Augen mit dem Glanz frischer Datteln und einer Intensität, die an die Struktur von feuchtem Mahagoniholz erinnerte, einer reichen Farbpalette jedenfalls, die eine geheimnisvolle Tiefe offenbart, ohne gleich alles preiszugeben. Es verbarg sich viel hinter diesem Ausdruck, diesem ganz bestimmten Blick, der Stolz und Gelassenheit in sich vereinte. Eine ganze Weile saß ich neben diesem Einheimischen, dessen Name ich vergessen habe, auf einem unebenen Steinmäuerchen vor seinem kleinen Garten. Wir unterhielten uns zunächst schweigend und lächelten verlegen, bis sich auf einmal das Ventil öffnete und die Worte, holperig wie Kieselsteine, durcheinanderpurzelten. Sein eigenwilliges Kreol, gemischt mit meinem Schulportugiesisch, ergab eine wilde Mischung. Dennoch fügte sich ein Bild zusammen, das sich eingeprägt hat, weil es so anders als die gewohnten Ansichten meiner Welt war. Ich erkannte, dass es Menschen gibt, die Stimmungen spüren, Worte riechen und Taten sehen, lange bevor sie eintreten. Die verschiedenen Formen von Befürchtungen, Verunsicherungen und Panik, die mir bestens vertraut sind, kennen sie nicht. Das unerschütterliche Vertrauen in das Schicksal, das allein in Gottes Hand liegt, macht eine Angst vor äußeren Einflüssen und Naturgewalten überflüssig. Jeder neue Tag gilt als Gottes Geschenk. Diese Dankbarkeit und Gläubigkeit bilden den Rahmen, an dem nicht gerüttelt wird. Durch die enge Verbundenheit zur Natur und Schöpfung entwickeln diese Menschen auch ganz besondere Sinne und Talente. Darüber wollte ich mehr erfahren und ein wenig teilhaben an diesem armen reichen Leben, von dem man so viel lernen kann.

Irgendetwas war dazwischengekommen. Vielleicht hatte ich auch bereits an den Abend und das nächste Vorhaben gedacht oder ich war noch nicht reif dafür, diese Ruhe auszuhalten. Diesen inneren Spannungsdruck, dieses Gefühl des Getriebenseins im Urlaub ganz loszuwerden, schaffte ich nicht. Mir fehlte einfach die Übung. Sich nur auf eine Sache zu konzentrieren, sich wirklich einzulassen, darauf wurde ich nicht vorbereitet, das habe ich nicht gelernt, weder in der Schule noch zuvor. Die emsige Betriebsamkeit und Hektik, die im Berufsleben mit den stetig wachsenden Anforderungen so manchen Burn-out auslöst, beginnt meist schon frühzeitig. Zumindest bei mir war das so. Immer gab es etwas zu tun. Die Devise meiner Mutter »wer rastet, der rostet«, die sie nach bäuerlicher Tradition mit der Muttermilch aufgesogen hatte, sollten auch ihre Töchter im Kindesalter verinnerlichen. Bedächtigkeit und Melancholie wurden gleichgesetzt mit Faulheit und Desinteresse. »Trödel nicht herum, Kind. Vergeude nicht sinnlos deine Zeit.« Hundertmal wiederholte Floskeln, die nicht besser wurden, weil sie gut gemeint waren, sich aber im Laufe der Zeit einprägten und eine automatisierte Betriebsamkeit in Gang setzten. Müßiggang war keine

Tugend, das galt es zu begreifen. Leistung dagegen wurde stets belohnt. Zu Hause gab es Streicheleinheiten in Form von Aufmerksamkeit, im Kindergarten lobende Worte, in der Schule bunte Fleißbildchen mit Pferden, Affen, Katzen, Hunden darauf. Wer Glück hatte, besaß irgendwann einen ganzen Zoo. Amelie hätte die Wände ihres Zimmers damit tapezieren können. Bei mir wäre das Muster lückenhaft mit großen weißen Flächen ausgefallen. In meinem Leben lief nicht alles glatt und reibungslos, wie geschmiert. Wenn der Druck zu groß wurde, geriet von Zeit zu Zeit etwas außer Takt. Mein Sprechrhythmus stockte. Ich begann zu stottern. Manchmal verweigerte auch das Gehirn seine Tätigkeit. Dann fiel mir nichts mehr ein. Völlige Leere. Das waren jene Momente, in denen nichts mehr funktionierte, weil ich die Werkzeuge wie Gelassenheit und Diplomatie nicht finden konnte. Ich fühlte mich dann wie ein isoliertes Wesen, losgelöst von der Gemeinschaft. Sprachlos, verloren in einem Vakuum ohne Farbe und Klang. Und schlimmstenfalls begegnete ich mir dabei selbst.

»Dos Kilos. Obrigada.« Fröhliches Kinderlachen und Händeklatschen. Ein Junge krächzt mit solch rauer Stimme, als habe sich Sand auf seine zarten Stimmbänder gelegt: »Canetta. Canetta.« Dazwischen Geraschel von Papier oder Plastik und Klappern von Geschirr, kleine Mädchen, die durcheinanderplappern. Ich muss eingenickt sein, versuche mich zu erinnern. Jorge kam zu Besuch, danach behandelte mich Veronique, die ich jetzt deutlich höre: »Amelie, soll ich mehr als zwei Kilo Tomaten kaufen? Die Kinder haben einen ganzen Eimer voll, die meisten davon sind aber noch grün.« Amelies Schuhsohlen nähern sich.

»Nein, mehr brauchen wir heute nicht. Die kleinen da, die du gewogen hast, sind perfekt, die schmecken herrlich aromatisch.« Dann wechseln die Frauen die Sprache. Alle scheinen gleichzeitig und durcheinanderzusprechen. Ich verstehe den Sinn der Worte nur bruchstückhaft. Es geht um Bananen und Eier und darum, wer wann welche liefert. Pfeifend und singend entfernen sich die fröhlichen Kinderstimmen. Hundegebell dringt von irgendwoher herüber.

»Der Kuchen ist gerade fertig geworden. Sollen wir gleich Kaffee trinken?« Meine Schwester kann wohl auch backen.

»Gerne. Ich schneide noch etwas Zitronengras ab für den Aufguss, das gibt einen herrlichen Tee. Für später.« Der Schweizer Akzent schwebt direkt an meinem Fenster vorbei. Offenbar wächst das Zitronengras in unmittelbarer Nähe. So sehr ich mich bemühe, etwas davon zu schnuppern, es gelingt nicht. Die Luft riecht süßlich nach Jasmin, es ist kein Hauch eines frischen Kräuterdufts auszumachen. Die Lotion, die Veronique heute auf meine Haut aufgetragen hat, entfaltet bei der Wärme eine intensive, blumige Note. Zwar nicht ganz mein Geschmack, aber zumindest riecht es nicht klinisch steril oder scharf nach Desinfektionsmitteln wie in Krankenhäusern. Überhaupt vermittelt das ganze Ambiente hier eine gewisse Wohlfühlatmosphäre, wäre da nicht dieser eingeschränkte Zustand. Man könnte unter normalen Umständen beinahe Urlaubsgefühle bekommen, trotz der Querstreifen, die das Sonnenlicht heute an die Wand wirft und die an eine Gefängniszelle erinnern. Ganz sicher kann diejenige, die gegen Sonne und Hitze vorsorglich die Holzfensterläden zugeklappt hat, nicht im Entferntesten erahnen, was dies in einem kranken Kopf so alles anrichtet. Wie auch? Kein gesunder Mensch kann sich in die Gedankenwelt und Empfindungen eines stummen Kranken hineinversetzen, außer er besitzt übersinnliche Kräfte. So würden Amelie und Veronique auch niemals vermuten, dass ich jedes Wort, das auf der Terrasse gewechselt wird, verstehe, jedes noch so leise Geräusch vernehme, auf die Zwischentöne höre und dabei auf Klang, Rhythmus und Lautstärke ihrer Stimmen achte und selbst das Schweigen, die kurzen Pausen in ihrem Dialog, deute.

Amelies Stimme zum Beispiel verändert sich manchmal innerhalb kürzester Zeit. Als sie mit Jorge sprach, klang sie jugendlich beschwingt, dehnte dabei die Silben charmant, wobei ein leichtes Flattern mitschwang. Mit den Kindern unterhielt sie sich soeben in einem munteren und quirligen, aber gleichförmigen Takt und jetzt plaudert sie mit einem tieferen Tonfall und in einer langsameren Sprechweise, die auf Entspannung schließen lässt. Die Gespräche zwischen den beiden Frauen beruhen auf einer vertrauensvollen Freundschaft. Vermutlich ist es unmöglich, blinde Menschen durch vorgespielte Emotionen hinters Licht zu führen. Sie hören auch Dinge, die nicht ausgesprochen werden, und hinterfragen öfters den Wahrheitsgehalt des Gesagten.

»Du warst lange unterwegs heute früh. Hast du das Bad im Meer genossen? Vor lauter Besuchen kamen wir noch gar nicht dazu, uns zu unterhalten. Nicht einmal über Frankas Fortschritte konnten wir richtig sprechen. Da platzte Manuel dazwischen, der Lorina abgeholt hat und die Leiter gleich noch dazu. Bin gespannt, wann ich die wieder sehe. Die Leiter, meine ich.« Geschirr klappert. Und der betörende, intensive Duft frisch gebrühten Kaffees weht herein. Wie gerne hätte ich jetzt eine Tasse dieses schwarzen Gebräus. Sicher verwendet meine Schwester keinen Importkaffee, sondern den besonders edlen, der auf den Hochlagen der Insel angebaut wird. Vermutlich bin ich kaffeesüchtig, denn mein Verlangen danach ist unbeschreiblich stark. Und Kuchen, daran will ich jetzt gar nicht denken, sonst erwacht der schlafende Hund in meinem Magen wieder.

»Gut, beginnen wir mit den wichtigen Dingen. Ich hab Dir ja gesagt, dass ich bei der Behandlung von Franka auch versucht habe, die Spannungen zu lösen. Sie hat einige Blockaden und reagiert auf manche Berührungen sehr verkrampft. Allerdings spricht sie so gut auf meine Therapie an, dass es eine Freude ist, die Fortschritte zu erleben.

Auch die äußeren Verletzungen heilen viel schneller als üblich. Sie hat ein gutes Immunsystem.« Ich richte mich etwas auf, damit mir kein Wort entgeht, denn der Wind bläst zum Konzert. Er dirigiert die großen Blätter im Baum vor dem Fenster, lässt morsche Äste und trockene Früchte herabfallen und gibt wieder einmal zum unpassendsten Moment ein Beispiel seiner ungezügelten Spielfreude. Dann flaut er ab und ich höre Geschirr, das klappert und Stühle, die gerückt werden. Hoffentlich ziehen sich die beiden Frauen nicht ins Haus zurück. Dann wäre es vorbei mit der spannenden Nachrichtensendung. Meine Angst ist unbegründet. Amelie hüstelt.

»Veronique, ich bin dir so dankbar.«

»Hör auf damit. Dank nicht mir, dank dem Herrgott. Deine Schwester hat ja auch mit dir und deiner Geschichte zu tun.«

»Wir sollten daran arbeiten, ich weiß. Bislang war ich noch nicht bereit für die Seelenfeldauflösung. Ich hielt das für Humbug. Aber es leuchtet ein, dass negative Zellerinnerungen aufgehoben werden können. Vielleicht könnte es helfen, mein Trauma loszuwerden.«

»Hast du den *healing code* gelesen?«

»Ja. Deshalb bin ich mir jetzt auch im Klaren darüber, dass mir der letzte Schritt noch fehlt, meine Altlasten zu bereinigen oder ganz loszuwerden. Was Franka betrifft, fällt es mir schwer, objektiv zu sein. Ich empfand sie, je älter sie wurde, als zunehmend schwierig, hypersensibel beinahe. Kritik von mir ertrug sie nicht und reagierte entweder aufbrausend oder gekränkt. Ich hatte manchmal das Gefühl, sie falle wieder in die Rolle des Kleinkindes zurück. Da war sie oft bockig und verschlossen wie eine Auster. Und sie konnte gemein sein. Einmal hatte sie mir sogar Regenwürmer und Schnecken ins Bett gelegt, das war so ekelig, davon bekam ich Alpträume. Ein anderes Mal, als ich vom Reitunterricht zurückkam, waren meine Ballettschuhe verschwunden. Ich fand sie im Katzenklo, mit dem roten Nagellack unserer Mutter bemalt.« Ein quietschendes Lachen ertönt, während ich zu schwitzen beginne und die Ohren spitze.

»Ich kann Dir sagen. Das gab einen Riesenkrach. Sie stellte immer irgendwelche haarsträubenden Dinge an, wenn sie Hausarrest hatte, vermutlich aus Rache. Wir hatten oft heftigen Streit deswegen. Als meine Mutter dann damit begonnen hatte, sie im Keller einzusperren, manchmal stundenlang, war ich richtig erleichtert. Später, als sie vernünftiger wurde, hatte es sich bereits so eingespielt, dass wir meine Schwester meistens alleine zu Hause gelassen haben. Meine Mutter ging mit mir einkaufen, Eis essen, in den Reitstall oder sonst wohin. Heute schäme ich mich wirklich dafür, dass ich so vieles ausgeblendet habe. Ich hätte doch merken müssen, was mit unserer Familie los war. Es gab so viele Indizien dafür. Aber ich wollte es gar nicht wissen. Ich habe es genossen, von meiner Mutter verhätschelt zu werden, verwöhnt wie eine Prinzessin. Dafür entsprach ich dem Bild, das sie von mir haben wollte. Gegenüber meiner Schwester hatte ich kaum Gefühle. Es hat mich auch nicht gestört, dass meine Geburtstage mit vielen Freundinnen gefeiert wurden und Franka nie welche einlud beziehungsweise einladen durfte. Sie war mir fremd und gleichgültig. Später hasste ich sie für ihre verbalen Attacken. Und für ihre einnehmende Art, ihren Erfolg, ihre Selbstständigkeit. Ich hasste sie auch dafür, dass sich die Männer für sie interessierten. Aber ich hatte ja früh gelernt, meine Emotionen im Griff zu haben. Amelie, die Liebenswürdige und Gütige. Merde! Alles wäre anders gekommen ohne diese ganze verlogene Familiengeschichte. Mein ganzes verpfuschtes Leben wäre anders verlaufen.«

Amelie schluchzt laut. Und mein Herz klopft bis zum Hals. Was redet sie denn da? Schweiß läuft in kleinen Rinnsalen über meinen Körper. In meinem Kopf beginnt sich ein Karussell voller funkelnder Sterne zu drehen. Der Wind kommt zurück, lässt die Blätter rascheln. In meinen Ohren dröhnt ein Orkan. Das gewaltige Rauschen betäubt meine Sinne. Es wird dunkel. Ich schlafe ein.

»Die Gärten und diese mächtigen Lavablöcke, die als natürliche Zäune eingebaut werden, sind vergleichbar mit unserem Tal. Die Vegetation ist hier lediglich weniger üppig. Es liegt eben an den Niederschlägen.« Musik von *Cordas do sol*, einer meiner kapverdischen Lieblingsgruppen, und die Worte der Schweizerin holen mich sanft aus dem traumlosen Schlafzustand zurück. Ich blinzle zaghaft in Richtung Fenster. Die Zelle hat ihr Gesicht verändert. Die

Farben sind weicher, milchig beinahe, und die Schattenstreifen sind gewandert. Vielleicht habe ich eine oder zwei Stunden oder länger geschlafen. Es spielt keine Rolle. Zeit verliert einmal mehr seine Bedeutung. Meine Schwester und Veronique scheinen noch immer draußen zu sitzen. Sie haben sich viel zu sagen. Und mir ist flau im Magen. Das, was Amelie da gesagt hat über sich und mich, über unsere Familie, muss ich erst verdauen.

»Aber wie gesagt, der absolute Genuss war das Meer heute. Ich habe zwar keine Buckelwale, Thunfischschwärme, Delfine oder so entdeckt, dafür etwas viel Wichtigeres gefunden. Absolute Ruhe. Keine Menschenseele am Strand. Und der Ozean war zahm, so glatt wie ein See, ohne starke Strömung und Quallen. Es tut so gut, einfach in die Fluten zu tauchen, durch den Sand zu waten und bunte Steine zu sammeln. Weißt du noch, wie wir vergangenes Jahr abends die Sonne und frühmorgens um sechs den Vollmond im Meer versinken sahen? Das vergesse ich nie. Und das erlebe ich bei mir zu Hause nicht. Die Küste ist zu steil, die Brandung zu stark. Aber alles kann man eben nicht haben.«

»Da hast du einen Grund mehr, mich zu besuchen.« Amelie lacht. Offenbar haben sie das Thema gewechselt.

»Morgen nach der Behandlung, wenn Franka schläft, würde ich gerne mit dir zum Wasserfall wandern, wenn du Lust hast. Den solltest du endlich mal sehen, bevor du wieder abfährst. Es ist so schade, dass du schon wieder zurück musst. Ich wünschte mir wirklich, dass du jemanden hättest, auf den du dich voll und ganz verlassen kannst. Jemanden, dem du vertraust und der Haus und Hof hütet, während du weg bist und nicht derweil seine Freunde oder Sippe einquartiert.«

»Du spielst schon wieder auf Mattu oder auf sonst einen Lover an, hab ich recht?« Die Schweizerin lässt ihr kehliges Lachen hören.

»Na ja, die Männer hier sind eben, wie sie sind. Aber wirklich nicht zu verachten. Und es gibt Ausnahmen.« Meine Schwester hat wieder diesen Säuselsingsang in der Stimme.

»Amelie. Ich glaube, dich hat's erwischt. Aber hör auf den guten Rat einer Freundin, pass gut auf deine Gefühle auf und verliere deinen klugen Kopf nicht. Ich weiß, wovon ich spreche.« »Schon klar, ich bin ja kein Teenager mehr, hab die Fünfzig überschritten. Aber es ist das erste Mal seit Jahren, dass ich wieder solch ein Kribbeln im Körper und ein echtes Hochgefühl verspüre. Es ist verrückt. Nur weil mir mal einer tief in die Augen blickt und ein paar Komplimente von sich gibt, werden meine Knie weich wie Pudding. In Deutschland ist mir das seit Jahren nicht mehr passiert. Vielleicht deshalb. Ich bin aus der Übung. Und mein Mann, der Analytiker, wusste noch nie, wie man Romantik schreibt und von Frauen versteht er so viel wie ich von Paragraphen. Seine Neue klebt an ihm, weil er die kühle Unnahbarkeit verströmt und zehn Meilen gegen den Wind nach Geld und Einfluss riecht. Würde er einen Mittelklassewagen statt eines Porsche fahren, trüge er keine maßgeschneiderten Anzüge und hätte er nicht diese Position, sie würde nicht einmal einen Kaffee im Stehen mit ihm trinken, geschweige denn sonst noch was tun.« Ein Stuhl wird heftig gerückt.

»Ich hole jetzt den Sekt aus dem Kühlschrank. Zu viel Tee ist auch nicht gesund.«

Veronique ist wohl kein Kind von Traurigkeit. Gläser klingen und Geschirr klappert. Kurz darauf knallt ein Korken.

»Saude!« »Prost!« Streichhölzer werden entzündet. Ich kann den Schwefel riechen und süßlichen Zigarettenrauch. Amelie räuspert sich.

»Ich hab mich bislang nicht getraut zu fragen, warum du dich von Mattu getrennt hast. Dabei interessiert mich brennend, weshalb Beziehungen zwischen Menschen aus verschiedenen Kulturen so oft scheitern. Versteh mich bitte nicht falsch, aber ich möchte einfach begreifen, wo das Problem liegt. Vielleicht denke ich auch zu klischeehaft, in schwarz-weißen Mustern, und man kann das nicht verallgemeinern, sondern muss Partnerschaften prinzipiell individuell sehen. Manche gehen gut, andere nicht. Dabei sind lebenslange Liebesverbindungen, in denen sich die Paare gegenseitig respektieren und schätzen, eher die Ausnahme, nicht nur heutzutage. Selbst der Philosoph Sokrates behauptete *heirate oder heirate nicht, du wirst es bereuen*. Und das war rund 500 Jahre vor Christus.«

»Puuh, da hast du ein Thema angefangen. Aber es ist auch das schönste der Welt. Die Liebe bestimmt unser ganzes Dasein. Das war seit Menschengedenken so. Ich versuche mal zu schildern, wie das aus meiner Sicht ist und was Mattu und mich betrifft. Ganz ähnlich wie du das gerade beschrieben hast, dass du weiche Knie bekommst und dich fühlst wie siebzehn, so ging es mir auch. Dazu muss ich noch sagen, dass ich in der Schweiz nach meiner Trennung von Konrad zwei Jahre lang mit einer Frau zusammengelebt habe, was sehr harmonisch begann, jedoch im Fiasko endete. Das ist aber eine andere Geschichte. Jedenfalls habe ich Mattu hier kennen gelernt und war verknallt bis über beide Ohren. Blitzverliebt nennt man so etwas.«

Sie macht eine Pause. Es ist ziemlich still. Kein Hund, der bellt. Nicht einmal der Klang von Hacken der Landarbeiter aus der Ferne, die manchmal in ihrem gleichmäßigen Takt herüberwehen. Selbst die Vögel sind verstummt und halten Siesta oder lauschen in ihren schattigen Behausungen den menschlichen Geschichten.

»Wenn ich es mir so recht überlege, gefiel mir auch, dass er so natürlich und unverkrampft fröhlich war. Er strahlte eine ansteckende Lebensfreude aus, war immer gut gelaunt, nichts schien für ihn ein Problem zu sein. Na ja, und körperlich waren wir wie aus einem Guss. Das bemerkte ich schon beim Tanzen. Das muss man sich einmal vorstellen, am helllichten Tag stellte vor dem Krämerladen einer seinen Ghettoblaster auf, und die Leute fingen spontan an, zu tanzen. Einfach so. Und ich war plötzlich mitten drin. Mattu strahlte mich an, nahm meine Hand. Unsere Bewegungen flossen harmonisch ineinander, perfekt aufeinander abgestimmt. Nicht nur beim Tanzen, stellte sich später heraus. Ich hatte das Gefühl, meinen Körper neu zu entdecken. Man kann das vergleichen mit einer Blume, die am Verwelken ist, plötzlich frisches Wasser bekommt und neu erblüht. Beinahe ein kleines Wunder. Mattu, der ja etliche Jahre jünger ist als ich, hat mir mit seinem Charme und seiner makellosen Figur mächtig imponiert. In der Schweiz hätte ich mich das nie getraut. Stell Dir das mal vor. Die Patienten wären ausgeblieben und hätten hinter vorgehaltener Hand getuschelt, die Nachbarn hätten Dauerstellung hinter den Vorhängen bezogen und die Verwandtschaft hätte mich sofort in die Nervenheilanstalt oder ins Exil geschickt. Einen jüngeren Mann zu haben, und noch dazu einen Schwarzen, undenkbar.«

Ein heiseres Lachen erklingt.

»Aber ich hatte der Schweiz ja längst den Rücken gekehrt und war weit weg. Da konnte ich mich ohne schlechtes Gewissen und Scham fallen lassen. Und Mattu machte es mir leicht dabei. Er besaß die Gabe, sich auf mich einzustellen und behutsam Neues auszuprobieren, verspielt wie ein Kind. Ich hatte mir wirklich eingebildet, er würde nie satt werden von mir, aber das war ein Irrtum, wie sich schon bald herausstellte. Obwohl ich die Chemie und den Hormonhaushalt des weiblichen Körpers genau kenne und weiß, wieviel Dopamin das Gehirn einer Verliebten ausschüttet und wieviel Testosteron dabei freigesetzt wird, war ich verblendet. Zu sehr hat mir geschmeichelt, wie er mich und vor allem meinen Körper liebte, mit einer Zärtlichkeit und Leidenschaft, die ich so nicht kannte. Das gab mir eine unglaubliche Energie und Euphorie, gerade so als wäre ich ein neuer Mensch geworden. Nach der ersten Verliebtheit, das war nach ein paar Wochen, reichte dann das Bett als Basis für die partnerschaftliche Beziehung nicht mehr aus. Zu jener Zeit begannen wir uns immer häufiger zu zanken. Meistens ging es um Kleinigkeiten, dass er sich nie an Verabredungen hielt zum Beispiel, oder dass er Grogue wie Wasser soff, aber mit meiner Kritik konnte er überhaupt nicht umgehen. Seine Art, Konflikte zu lösen, bestand darin davonzulaufen, manchmal zu seinen Kumpanen, manchmal zu seiner weitverzweigten Familie und manchmal auch zu einer anderen Frau, wie ich später erfahren habe. Jedenfalls kam er dann irgendwann wieder, nach ein paar Stunden oder Tagen, und wir landeten im Bett. Es bedurfte dazu nicht viel. Nur eine leichte Berührung seiner samtig weichen Haut und ein paar gehauchte Worte: ›Du bringst mich zum Glühen, wie ein Eisen im Feuer‹, da war es passiert. Über das eigentliche Problem zu sprechen, war völlig sinnlos. Er meinte, ich verderbe ihm jeden Spaß, schaute zornig drein oder tieftraurig wie ein großes Kind, das sein Spielzeug verloren hat, jedenfalls verließ er dann meistens wortlos das Haus. Irgendwann hatte ich genug von diesem Theater, genug davon, immer wieder nach den Hochphasen in ein tiefes Loch zu fallen. In meiner Verzweiflung habe ich den Spruch von Konrad Adenauer übersetzt und auf einen Karton gemalt, den ich ihm vor die Nase gehalten habe, als es wieder zu kriseln begann: ›Wir leben alle unter demselben Himmel, haben aber nicht den gleichen Horizont‹. Damit hatte ich ihn dann so beleidigt, dass endgültig Schluss war.«

»Aber heute versteht ihr euch doch wieder ganz gut, oder nicht?«, fragt Amelie.

»Seit wir kein Paar mehr sind, klappt das bestens. Ich habe irgendwann auch verstanden, wo unser Grundproblem lag und heute bin ich so etwas wie seine Schwester oder Mutter, vielleicht auch Freundin auf anderer Ebene. Wenn ich Hilfe brauche, kommt er. Meistens jedenfalls. Und wenn er etwas braucht, helfe ich ihm. Meistens. Es ist gut so. Und weißt du was? Am liebsten lebe ich alleine. Ich komme wunderbar mit mir zurecht. Und die Abenteuer, die sexuellen Erfahrungen, sind mir mittlerweile auch nicht mehr wichtig. Viel zu anstrengend. Das ist der Vorteil des Älterwerdens. Ich bin einfach gesättigt. Bislang zumindest.«

Es klappert wieder und raschelt. Eine Zigarette wird angezündet. Dann spricht Veronique weiter.

»Aber nun zum Kern Deiner Frage. Ich glaube, Menschen aus verschiedenen Kulturkreisen könnten sich wunderbar ergänzen, wenn man den anderen so respektiert und lässt, wie er ist. Das ist mir nicht gelungen. Und vielen Frauen, die ich kenne, geht es ebenso. Sie glauben in der ersten Verliebtheit, Charaktereigenschaften des anderen allmählich verändern zu können. Aber man kann einen Menschen und dessen Prägung nicht grundlegend umkrempeln und soll es auch gar nicht. Spätestens dann, wenn die gegenseitige Anziehungskraft, die Sexualität, nachlässt oder zur Gewohnheit wird, kommen die Probleme. Immer wieder höre ich von Frauen, die nur für eine bestimmte Zeit auf die Inseln kommen können, weil sie in Europa ihre Brötchen verdienen, ganz ähnliche Geschichten. Abgesehen von den wenigen, die diesen Männern hörig werden. Das endet dann oftmals in Alkohol- und anderen Drogenexzessen. Aber die Extreme meine ich jetzt nicht. Die meisten dieser Frauen haben die Kultur hier nicht verstanden und sind enttäuscht, wenn ihr Freund während ihrer Abwesenheit fremdgeht, was in Europa auch nicht gerade selten vorkommt. Und vermutlich wollen diese Frauen auch gar nicht so genau wissen, dass sie dem Idealbild irgendeiner Telenovela entsprechen oder der personifizierte Schlüssel nach Europa sind. Worüber sie ebenfalls stolpern, ist die Tatsache, dass sich ihr einheimischer Freund ganz selbstverständlich einladen lässt. Wer aus Europa kommt, hat Geld. Und wer Geld hat, teilt. Hier bezahlt immer der, der gerade etwas verdient und das gleicht sich in der Regel auch aus. Aus der Sichtweise der Einheimischen ist es also nur logisch, dass die europäische Freundin gibt, was sie hat, zum Beispiel den Einkauf übernimmt oder der Familie ein kleines Geschenk mitbringt, dafür teilt der einheimische Freund seine Zeit, seine Freunde, seine Familie und alles, was er hat, mit ihr. Wenn sich die Frau dann darüber echauffiert, dass ihr Lover einen Schokoriegel ungefragt in ihren Einkaufswagen legt oder die Milch im Kühlschrank leert, ohne sie sofort wieder aufzufüllen, versteht er die Welt nicht mehr. Und dass die Männer hier etwas anderes unter Treue verstehen und oftmals Schürzenjäger sind, dürfte auch keiner Europäerin entgangen sein. Sie muss ganz einfach damit rechnen, dass er sich während ihrer Abwesenheit anderweitig vergnügt. Dafür trägt er sie auf Händen, wenn sie hier ist.« »Oh, wie schön.« Amelie scheint wirklich verliebt zu sein. Veronique lacht. »Das ist wirklich wunderschön, sich so begehrt zu fühlen. Dabei sollte frau aber nicht erwarten, dass auf intellektueller Ebene eine gemeinsame Basis gegeben ist. Die Ansichten über Literatur, Musik, Politik, Ökologie oder was auch immer gehen sehr oft stark auseinander. Zu grundverschieden sind die Welten, in denen wir uns bewegen. Und wir sind hier zu Gast. Deshalb verhalte ich mich nach meinen jahrelangen Erfahrungen mittlerweile sehr zurückhaltend. Ich habe keine Lust, zu missionieren oder jemandem meine Sichtweise aufzudrängen. Im Gegenteil, ich lerne so viel von dieser wunderbaren Kultur hier.«

»Und ich lerne von dir, Veronique. Eigentlich gibt es genau diese Missverständnisse zwischen Mann und Frau in vielen Kulturen. Der griechische Schriftsteller Theodor Kallifatides, der in Schweden lebt, sagte einmal etwas, das dem Selbstverständnis vieler deutscher Männer entspricht. Sinngemäß beklagte er im Zeitalter der Emanzipation das Verhalten vieler Frauen. Einerseits pochten sie auf ihre Selbstständigkeit, andererseits, wenn es ihnen gerade passt und ihr Urinstinkt erwacht, ließen sie sich gerne umwerben und sehnten sich nach dem Beschützer, dem Macho, der deutlich Position bezieht, die Rechnung bezahlt, die Türe aufhält, bei einer Panne hilft, einfühlsam zuhört wie die beste Freundin, ohne gleich einen Lösungsvorschlag parat zu haben, sich für Mode interessiert und Veränderungen wahrnimmt. So ähnlich hat das auch Esther Vilar in ihrem heftig umstrittenen Bestseller *Der dressierte Mann* vor über vierzig Jahren beschrieben. Und das ist heute so aktuell wie früher. Da ist es doch verständlich, dass die kapverdischen Männer die Europäerinnen als äußerst kompliziert empfinden. Sind sie ja auch irgendwie. Uns ausgenommen, natürlich.«

Die beiden Frauen prusten vor Lachen. Wie junge Gören.

Wenn meine Schwester nicht wäre, wenn ich gesund wäre, wenn, wenn, wenn, nichts als Konjunktive, wie gerne würde ich jetzt da draußen sitzen, Sekt trinken und mir den Bauch halten. Ich könnte locker noch etwas beisteuern, um die Unterhaltung anzuheizen. Stattdessen spiele ich wieder Luftklavier, beuge und strecke vorsichtig meinen schwerfälligen Arm und wackle mit den Zehen. Draußen klappert es. Irgendwo hämmert ein Fensterladen gegen das Mauerwerk oder eine Dachrinne ist locker und schlägt diesen unregelmäßigen Takt an. Der Wind frischt heftig auf und fegt irgendeinen Gegenstand um.

»Ich werde mal nach Franka sehen.« Das ist die entschlossene Stimme von Amelie. Ich schließe die Augen.

6

Stern des Südens

Sie ist beharrlich. Meine Schwester flüstert mit Engelszungen in mein linkes Ohr. Ich spüre ihre Wärme, rieche ihr Parfum, höre ihre Worte.

»Franka, Liebes, schläfst Du?«

Ja, ich schlafe, antworte ich stimmlos, aber sie versteht nicht. Ich kann sie jetzt nicht ansehen, in diese dunklen Augen blicken, die selbst den Rehen Komplexe einjagen, ertrage ihre Nähe nicht, muss zunächst über all das Gesagte nachdenken, Ordnung in den Wirbelwind der Gefühle bringen. Dabei versuche ich ganz ruhig und flach zu atmen, nicht zu blinzeln und die Lider unter Kontrolle zu halten, damit kein Zittern mich verrät. Wie eine Schauspielerin, die im Scheinwerferlicht eine Tote mimt. Etwas Kühles kitzelt plötzlich meinen Hals. Ich erschrecke, reiße die Augen auf und Amelie weicht zurück. Mit dieser heftigen Reaktion hat sie nicht gerechnet. Nun sehe ich, was mich eiskalt berührt hat, es ist ein Schmuckstück, das an einer langen, feinen Kette von ihrem schlanken Hals baumelt. Das Amulett. Ich traue meinen Augen nicht. Sie trägt den Anhänger unserer Mutter. Dieses rätselhafte, ovale Stück Altsilber, auf dem der Stern des Südens filigran eingraviert ist.

Mutter hatte es nie abgelegt, so deplatziert und irritierend dies manchmal wirkte, wenn sie zum Beispiel ihre Perlenkette oder ein Collier trug. Dieser Schmuck schien auf unerklärbare Weise mit ihr verwachsen zu sein, gleichzeitig war er sehr empfindlich gegenüber der Berührung von Kinderhänden. Nie durften wir diesen Anhänger betasten, der umso interessanter wurde, weil nichts über dessen Bedeutung und Herkunft zu erfahren war und er in seiner schlichten, fremdartigen Beschaffenheit so gar nicht zu Mutters sonstigem Geschmeide passte. Ich konnte mir auch nicht recht vorstellen, dass der Anhänger aus irgendeinem badischen Familiennachlass stammte, zu bodenständig waren diese Wurzeln. Abenteurer, Auswanderer oder Menschen, die in einem Umkreis von mehr als fünfzig Kilometern sesshaft wurden, entsprangen dem Stammbaum der Kiefers nicht. Elisabeth machte ihrem Name Ehre und war die Erste. Ein Relikt ihrer Jugendzeit konnte es eigentlich auch nicht sein, denn zur damaligen Zeit im Nachkriegsdeutschland strebte die Tochter der tüchtigen Bauernfamilie nach Bildung und Erfolg. Einen Hang zum experimentellen, alternativen Lebensstil hätte sie sich niemals gegönnt, so wenig, wie ihre Zeit mit Gleichaltrigen zu vertrödeln. Vielleicht keimte in der jungen Elisabeth auch der starke Wille, sich rasch aus dem engen familiären Korsett und der Kuhstallluft zu befreien und das war nur durch Entbehrungen, Fleiß und Disziplin zu erreichen. Das würde erklären, weshalb sie diesen immensen Ehrgeiz entwickelte und zur Musterschülerin wurde, die mehrere Sprachen erlernte, zur Verblüffung der restlichen Familie. Den mutigen Sprung von ihrem beschaulichen Heimatdorf in die große weite Welt schaffte sie schließlich mit ihrem Diplom als Fremdsprachenkorrespondentin in der Tasche. Wenn schon nicht Sidney, Tokyo, Rom oder Madrid, dann sollte es wenigstens eine Metropole sein, weit weg im hohen Norden Deutschlands, die vor Internationalität und Buntheit nur so strotzte: Die pulsierende Hansestadt Hamburg.

Von all den erträumten Möglichkeiten in Städten mit Namen, die den verheißungsvollen Glanz und die vielfältigen Verlockungen des Unbekannten trugen, bekam ich in jungen Jahren eine nahezu plastische Vorstellung, so oft hatte sie davon geschwärmt. Mit sehnsuchtsvoller Stimme, die Augen dabei immer wieder zur Decke gerichtet, als weise der Leibhaftige ihr den Weg, gab sie in Auszügen wieder, was in Reiseführern besonders hervorgehoben und angepriesen wurde. »Hätte ich nicht geheiratet, dann wäre ich sicher in Sidney, Madrid, Tokyo erfolgreich geworden.« Aber es sollte eben anders kommen und so blieb es bei Hamburg. Und wir fieberten in Kindermanier mit, wie die junge Elisabeth Kiefer vom Land in der hanseatischen Metropole gelandet war. Mit Sack und Pack, Schwarzwälder Schinken, gut gemeinten Ratschlägen der Familie im

Gepäck und einer Menge Idealismus. »Kiefer nicht Tanne, obwohl ich aus dem Schwarzwald komme«, gab sie gerne zum Besten und hatte die Lacher auf ihrer Seite.

Ob der Stern des Südens sie damals schon begleitet hatte oder ob sie ihn als erstes Souvenir, vielleicht als Omen für eine internationale Karriere von ihrem ersten Gehalt erwarb, blieb ihr Geheimnis. Ein Geschenk meines Vaters war er jedenfalls nicht. »Nein. Euer Vater pflegte einen anderen Stil.« Der scharfe Tonfall, der sich einen Weg durch die schmalen Lippen bahnte und der strafende Blick, der die stahlblauen Augen verdunkelte, als wenn ein Gewitter aufzöge, erstickten weitere Fragen. Dafür schilderte sie bereitwillig andere Details, immer und immer wieder. Wie sich Elisabeth bereits nach wenigen Monaten ihres Aufenthaltes in Finkenwerder eine eigene kleine Wohnung einrichtete, mit einem rot gestreiften Biedermeiersofa und Vorhängen aus englischem Stoff mit Rosenmuster darauf, und wie sie einen Monatslohn gespart hatte für ein besonders schönes Taftkleid, das sie nur zu außergewöhnlichen Anlässen trug. In- und auswendig kannten wir die Geschichten ihrer ersten beruflichen Erfolge als Büroangestellte und die Erzählung von dem Tag, an dem sie dem hochgewachsenen Robert Johann Stammann in der Kantine auf besondere Weise begegnet war. Bei *Blohm & Voss*, einer der bedeutendsten Großwerften, verdiente der junge Robert als Ingenieur damals sein Brot, ganz nach Tradition seiner hanseatischen Herkunft. Die Schilderung variierte im Laufe der Jahre nur wenig. Ich erinnere mich genau an jene Worte, so schlicht und dennoch schicksalhaft waren sie. »Ich hatte das große Glück bei dieser gutgehenden Firma eine ausgezeichnete Anstellung zu bekommen. Und damals waren die Aufgaben sehr vielfältig und anspruchsvoll. Ich durfte stolz darauf sein, denn in unserer Abteilung hatten wir ein solch gutes, kollegiales Verhältnis untereinander. Mobbing, so wie heute, gab es damals nicht, auch keine lästigen Auseinandersetzungen unter den Mitarbeitern. Man wusste noch, was Anstand war und was sich gehörte. Erst abends nach Feierabend verließen wir das Betriebsgelände. Die ganze Belegschaft aß dort täglich zu Mittag. Und eines schönen Tages bin ich beim Verlassen der Kantine gestolpert und wäre beinahe gestürzt, hätte mich euer Vater nicht aufgefangen. Robert war solch ein stattlicher Mann mit guten Manieren. Ich wusste sofort, dass das ein Zeichen war. Mein Leben würde sich verändern. Er kam aus sehr gutem Hause, wie ihr ja wisst.« Ja, ich wusste. Denn genau jene preußische Prägung war die Lunte des Zündstoffs in unserer Familie, die ich mit meinen widerständischen Gedanken immer wieder entfacht hatte, so lange bis die Bombe schließlich platzte und ich Hals über Kopf auszog.

Als kleines Mädchen hatte dieses Amulett eine magische Wirkung auf mich, weil ich glaubte, dass es etwas verändern könnte. Ich bildete mir ganz fest ein, dass es über Zauberkräfte verfüge. Ich brauchte nur den richtigen Moment zu erwischen, und meine Mutter verwandelte sich in ein anderes Wesen. Ihre hellen Haare bekämen dann denselben Glanz wie die blonden Locken meiner Fee aus dem Bilderbuch. Dabei schaute sie mich mit einem warmherzigen Ausdruck an, der den Mund weich machte und die Stirn glättete. Auch ihre Stimme wurde anders, ganz sanft und melodiös, und sie erzählte gerade so, als erlebe sie das alles noch einmal. Und ich war dabei, meiner Mutter ganz nahe.

Einmal, als Tante Dodo, die ich sehr mochte, weil sie mich mochte, zu Besuch war, hörte ich folgenden Dialog:

»Diesen Schmuck trägst du gerne, nicht wahr Elisabeth? Es ist ein schönes Stück.«

Falls Dodo gehofft hatte, damit der Mutter eine Erklärung zu entlocken, hatte sie sich getäuscht, denn Mutter antwortete mit einem für sie unüblichen, originellen Wortwitz.

»An manchen Dingen hängt man eben. Deshalb heißen sie ja auch Anhänger.«

Stern des Südens. Du bist nicht untergegangen, nur weitergezogen, mit deinem geheimnisvollen Glanz, ganz nah ans Herz meiner Schwester. Ob du ihr den Weg weist?

Amelie verfolgt meine Blicke schweigend und streicht eine lockige, widerspenstige Haarsträhne aus ihrem Gesicht. Sie hat sich aufgerichtet, steht kerzengerade neben meinem Bett und mustert mich, als sehe sie mich zum ersten Mal.

»Franka. Ich wollte dich nicht erschrecken, entschuldige. Hast Du Lust auf frischen Maracujásaft? Gib mir ein Zeichen, dann mache ich Dir einen. Mangos sind aus, die Zeit ist leider vorbei. Die kannst du ja wieder zu Hause essen.« Sie versucht, mir Mut zu machen mit einer hilflosen Geste ihrer Hand und einem schwachen Lächeln. Ich recke den rechten Daumen in die Höhe und signalisiere Zustimmung. Flugs dreht sie sich um und verlässt den Raum.

Traurig. Der Refrain im Remake-Song von Udo Lindenberg und Jan Delay ... *irgendwie bin ich so traurig* fällt mir ein. Genau so fühle ich mich, alles irgendwie traurig. Auch die Folgen der Globalisierung, dass fast alle exotischen Früchte aus der ganzen Welt in Deutschland angeboten werden, sind traurig. Und das Traurigste ist, dass es mir in meinem ganzen Leben nicht wirklich gelang, mich mit meinen Eltern gut zu verstehen. Mit meinem Vater nicht und mit meiner Mutter noch weniger. Mit Vater hatte es eine Zeit gegeben, in der ich das Gefühl hatte, ihm wichtig zu sein. Das war in den ersten beiden Jahren, als ich das Gymnasium besuchte. Vermutlich aus einem Nachholbedürfnis heraus versuchte er, mir die Kunst näherzubringen. Er rezitierte die großen Meister und nahm mich zu zwei Ausstellungen in Museen mit. Auch an mehreren kulturhistorischen Führungen nahmen wir teil, besuchten zwei klassische Konzerte und eine Lesung. Ich tat zunächst so, als interessiere mich dies. Dabei bemühte ich mich vergeblich, dem Stoff und ihm folgen zu können, war es doch eine staubtrockene Materie, der ich nicht viel abgewinnen konnte. Beinahe wäre ich daran erstickt, denn während der Lesung des Geschichtsprofessors war ich eingeschlafen. Um ein Haar wäre ich vom Stuhl gekippt, wenn mein Vater mir keinen Knuff in die Rippen gegeben hätte, was einen heftigen Hustenanfall auslöste. Eine unangenehme Sache. Nach jenem Abend verschwand das Interesse an seiner jüngeren Tochter schließlich, wie es gekommen war.

Viele Jahre später, als ich bereits im Süden Deutschlands in Freiburg lebte, sahen wir uns lediglich zum obligatorischen Weihnachtsfest. Diese alljährliche Zusammenkunft als harmonisch zu bezeichnen, käme blankem Sarkasmus gleich. Möchte man diesen Treffen etwas Positives abgewinnen, könnte man sie höchstens als Satire bezeichnen. Und noch etwas später, als ich bereits eine eigene Familie gegründet hatte, gab ich die Hoffnung dann beinahe ganz auf, mit meinen Eltern eine gemeinsame Basis zu finden oder zumindest solch ein Verhältnis zwischen Alt und Jung, um die ich viele Freunde und Bekannte beneidete. Ein Miteinander, bei dem sich alle gegenseitig achten und mögen, vielleicht sogar bereichern, in der die Großeltern sich über ihre Enkel freuen und umgekehrt, und in der sich die Geschwister und deren Familien respektvoll begegnen. Friede, Freude, Eierkuchen eben. Seifenoper. Uns betreffend nichts als Utopie. Angesichts des Elends auf der ganzen Welt, das uns jeden Tag aufs Neue über den Äther, den Bildschirm oder die Printmedien deutlich machte, wie unbedeutend unsere Sorgen sind, kamen mir meine Probleme tatsächlich ziemlich lächerlich und regelrecht peinlich vor. Dann rief ich mir ganz bewusst die schönen Momente meiner Kindheit in Erinnerung. Sah den Stolz in den Augen meines Vaters, wenn seine kleine Tochter auf dem Siegertreppchen einer Schwimmmeisterschaft stand oder das anerkennende Lächeln meiner Mutter, wenn ich meine Bilderbücher besonders schön ausgemalt hatte. Immerhin hatte ich eine Familie. Und ich war ein Teil des Ganzen. Alles hatte seinen Sinn.

Nach der Geburt meines zweiten Sohnes nahm ich mir fest vor, die Dinge von nun an positiv zu sehen und dankbar dafür zu sein, was ich habe und nicht mehr zu beklagen, was ich nicht habe. Einen Modus, wie wir uns bei Familienfeiern möglichst reibungsfrei begegnen konnten, fand ich schließlich auch. Oberflächliche und freundliche Konversation lautete meine Zauberformel, nach dem Motto: »Liebe deinen Nächsten, egal wie er ist.« Nur leider vergaß ich den Zauberspruch hie und da. Nicht mehr einfallen wollte er mir, wenn es um meinen Mann und die Kinder ging. Arne genügte von Anfang an so wenig ihren Vorstellungen wie unsere Söhne. So sehr wir uns bemühten, es änderte nichts. Arne war ein zu selbstbewusster, kreativer Freidenker, Mick und Ole zu ungestüm, eigenwillig und verspielt. Mit dieser Art und Einstellung würden sie dem Druck der heutigen Zeit nicht standhalten können und sowohl in der Schule als auch im späteren Leben scheitern. Das war vorprogrammiert, wussten Oma und Opa. Und sie wussten auch, weshalb. Unsere lockeren, inkonsequenten Erziehungsmethoden waren daran schuld. Amelies Mann Wolfram und deren Kinder Patricia und Julian dagegen waren tadellos geraten und wohlerzogen. Sie hatte keine Flausen im Kopf und wussten, wie man sich zu benehmen hat. Die ständigen Vergleiche und Angriffe stachen wie spitze Nadeln in mein Gemüt und ließen plötzlich die Narben der Kindheit wieder aufplatzen. Ich sah schließlich nur noch einen Ausweg. Endlich die Gangart zu wechseln und den Rückspiegel außer Acht zu lassen. Wer mit angezogener Handbremse ständig nach hinten blickt, verliert sein Ziel aus den Augen und kommt nicht vorwärts. Die Prägungen der Kindheit wollte ich nicht so lange im Schlepptau haben, bis ich selbst alt und grau geworden wäre. Schluss mit der Vergangenheit. Wäre nicht dieser Brief von Amelie gekommen, hätte es auch geklappt. Ganz sicher. Vielleicht.

»Das Telefon ist tot. Mausetot.« Veronique jammert in einem Tonfall, als ginge davon die Welt unter. Na, wenn schon, dann bekommt Arne wenigstens keine Verbindung, wenn er versuchen sollte, hier anzurufen, kommt mir in den Sinn. Allerdings hatten wir vereinbart, dass ich mich bei Gelegenheit bei ihm melde. Und die Gelegenheiten sind rar. Das weiß er. Das kapverdische Mobilfunknetz hat seine Lücken und Tücken und mit dem Handy zu telefonieren, würde sowieso unser Budget sprengen. Den Apparat meiner Schwester wollten wir nicht benutzen. Außerdem kennt er nicht einmal die Nummer. Oder doch? Ich muss an meinem Erinnerungsvermögen arbeiten, was bei den ständigen Ablenkungen noch schwerer fällt, als es ohnehin schon ist.

»Vielleicht liegt es am *bruma secca*. Der Horizont ist so diffus, dass man glaubt, die Sahara blase Nebel anstatt Wüstensand herüber. Ich mag ihn nicht, diesen trüben, milchigen Brei, der bei vielen Menschen für Melancholie sorgt und so manche technische Anlage lahmlegt. Oder es ist der böige Wind gewesen, der wieder einmal einen Strom- oder Telefonmasten umgestürzt hat. Würde mich auch nicht wundern«, erwidert Amelie.

»Na, wenn es nicht schlimmer kommt, halten wir das aus. Ich wollte nur Mattu anrufen, damit er nicht vergisst, was er versprochen hat. Schließlich wollen wir ja weiterkommen mit den Recherchen. Und jemanden auf den Inseln zu finden dürfte leichter sein, als eine Nadel im Heuhaufen zu suchen. Hier kennt doch beinahe jeder jeden.« Veronique klatscht in die Hände. »Was steht jetzt an?«

»Eine Vitaminbombe basteln für Franka. Du kannst mir helfen, die Maracujás zu pflücken. Schau, es hängen schon viele gelbe an der Pergola. Die haben ein tolles Aroma. Wir pflücken gleich alle ab, auch die grünen, denn die reifen wunderbar nach und wenn sie eine schrumpelige Haut bekommen, schmecken sie am besten. Die Reife hat viele Vorzüge. Das sollten die Männer, die immer nach den jungen Früchtchen schielen, ruhig glauben«, sagt Amelie und Veronique lacht schallend.

»Falls der Strom ausgefallen ist, presse ich die Früchte von Hand und siebe sie dann kräftig durch. Du wirst es kaum glauben, aber die elektrischen Geräte benutze ich immer seltener. Wenn ich es noch einmal zu tun hätte, würde meine Einrichtung viel spartanischer aussehen. Am Anfang dachte ich, Hilfe, wo bin ich hier gelandet? Es ist alles so mühsam zu beschaffen. Heute schmunzele ich darüber. Wozu all der Plunder? Ich brauche ihn nicht wirklich, habe ihn abgestreift. Sauberkeit hat wenig zu tun mit der Ausstattung. Ich hatte von Anfang an keine Kakerlaken, Ratten oder sonstiges Ungeziefer im Haus. Nur Spinnen lieben das Haus so sehr, dass sie sich über jeden Vertreibungsversuch hinwegsetzen und unermüdlich ihre filigranen Netze bauen.«

Nach ein, zwei Minuten Redepause fährt Amelie schließlich fort.

»Wenn ich an meine elegante Garderobe denke, die mir so heilig war, dann muss ich wirklich lachen. Absolut fehl am Platz, so unnötig wie eine Maus im Kleiderschrank. Keine Ahnung, weshalb wir auf den Konsumrausch in Deutschland so abfahren. Wie unwichtig das alles ist, habe ich erst hier erfahren. Meine Perspektive hat sich völlig verändert und ich werde immer lässiger. Manchmal sehe ich Schmutz sogar als Patina und den Wildwuchs im Garten als die eigentliche Idylle an.«

Es knackt und raschelt. Die Frauen sind mit der Ernte beschäftigt. Hier und da scheint eine Frucht zu Boden zu fallen. Es klingt dann so, als rollten Boule-Kugeln über den Boden. Amelies Redefluss ist versiegt.
Nun räuspert sich Veronique und beginnt wieder zu sprechen.

»Mir fällt auf, meine Liebe, wie häufig du herrliche Metaphern und Vergleiche benutzt. Es hat schon einiges auf dich abgefärbt.«

»Lorina und ein paar andere Leute haben mich darauf gebracht. Meine gute Fee hat manchmal witzige Geschichten auf Lager. Nichts Spektakuläres, eher Dinge aus dem Alltagsleben, die so geschehen. Neulich erzählte sie von ihrem Neffen, der Augen gemacht habe wie ein gegrillter Fisch, ihre Schwester sei gerannt wie eine Eidechse im Fressnapf der Hühner und ein anderer habe Panik bekommen wie eine Spinne im Netz bei Regen. Daran muss ich immer wieder denken und schmunzeln. Wenn die Menschen diese Vergleiche benutzen, wird ihre Schilderung auf wunderbare Art plastisch. Sprichwörter liebe ich ebenfalls, dadurch bekommt man eine andere Sicht auf die Dinge. Überhaupt hat es mir die Dichtung, die Poesie angetan, seit ich hier bin.«

»Ich höre soeben ein Geräusch, wie wenn frisches Fleisch auf hartes Holz geschlagen wird.« »Bitte? Du sprichst in Rätseln, Veronique.«

»Na, es klopft.« Amelie lacht und die klappernden Schuhsohlen entfernen sich eilig.

Ein paar Sekunden vergehen, dann wird so hastig auf Kreol gesprochen, dazwischen ein paar Worte auf Deutsch und Schweizerdeutsch, dass ich Mühe habe, zu folgen. Eine männliche und eine Jungmädchenstimme mischen sich in den Klangteppich von Amelie und Veroniques Tönen. Ein Sprachgewirr, das sich in den Windungen meines Gehirns verfängt und mit Stimmen aus den Tiefen der Vergangenheit oder des Jenseits paart. Jemand singt ein Kinderlied. Kirchenglocken läuten. Ich sehe einen dunkelhäutigen, nackten Mann mit kräftigem Körperbau und ausgezehrtem Gesicht. Er treibt auf dem Grund des Ozeans und wispert *ma waar, ma waar, ma waar*. Schwerelos gleitet er über ein Bett aus Algen, Steinen und bunten Meerespflanzen mit einem verzweifelten Blick aus angstvollen, großen Augen. Immer wieder haucht er *ma waar*, eindringlich beschwörend, Angst einflößend. Haifische mit totem Blick und aufgeklappten Mäulern inmitten eines Schwarms von hektischen Winzlingen mit Flossen tauchen auf und verschwinden im blauschwarzen Nichts. Rufe von Männern und Frauen, verzerrtes Kinderweinen und dumpfe Trommelschläge hallen durch die diffuse Unterwasserwelt. Sonnenstrahlen blitzen auf und geben Krabbeltieren und Luftblasen ein Gesicht. Irgendwo in den Weiten des Ozeans treibt ein Fischerboot, leer und blass und wie eine ausgehöhlte Nussschale. Mit den Bewegungen der Wellen schaukelt es gemächlich dahin. Etwas berührt meine Wange. Ich zucke heftig zusammen und öffne erschrocken die Augen. Es ist eine Fliege. Ich wäre beinahe eingeschlafen. Was sind das für Menschen, die sich in meinen Dämmerzustand schleichen? Ich kenne sie nicht. Bootsflüchtlinge vielleicht, die keine Ruhestätte finden und deren Geister hilflos umherirren.

Die Fliege ist neugierig und krabbelt in meiner linken Ohrmuschel herum. Ihre dünnen Beinchen kitzeln unangenehm. Ich werde sie mit einer Kopfbewegung los, für eine Sekunde, dann landet sie auf meiner Nasenspitze und versucht mein Nasenloch zu erobern. Bei aller Liebe zu Tieren, aber das ist zu viel. Ich hebe den rechten Arm und schaffe es problemlos, die Hand zum Gesicht zu führen, beinahe schmerzfrei. Die Fliege hat mich aus der Lethargie geholt. Wenn ich mich nur ein bisschen bemühe, gelingt vielleicht noch mehr. Das Aufsitzen macht zwar Mühe, aber es geht. Unter Umständen könnte ich schon längst aufstehen, wenn ich mich etwas mehr anstrengen würde.

Was ist los mit dir Franka? Nutzt du deine Situation aus, gefällst dir in der wehrlosen Lage und genießt es, umsorgt zu werden? Ich höre meine innere Stimme, bewege ein wenig den Kopf sanft hin und her, versuche die Stirn zu runzeln und den Mund zu bewegen, ganz gemächlich wie ein Dromedar, nur nicht so weit. Aber die Fragen lassen sich nicht so leicht abschütteln. Und wenn ich es recht bedenke, hat diese Lage wirklich etwas für sich. Ich erlebe das, was ich mir schon oft bei bestimmten Anlässen gewünscht habe, Mäuschen zu spielen. Unbemerkt zu lauschen. Franka, du bist mir eine, flüstert der Zwerg, der in einem Winkel meines Gewissens haust.

»Auf Kredit kaufen heißt, die Ernte des nächsten Jahres zu berauben.« Amelie schmettert die Zwergenstimme nieder. Sie spricht in aufgebrachtem Tonfall.

Ich lege mich wieder entspannt auf mein Kissen zurück mit einem guten Gefühl und offenen Ohren. Die Fliege hat sich verzogen. Unbehelligt lausche ich den Worten meiner Schwester.

»Das ist ein altes afrikanisches Sprichwort. Und es stimmt einfach. Damit werden nur Löcher gestopft. Ich verstehe das Bitten um eine Finanzspritze, wenn es sich um Notfälle handelt. Arztbesuche oder dergleichen. Aber wofür bitteschön braucht Nilson ein neues Smartphone? Wenn ich ihm das Geld gebe, was ich ja schon öfters getan habe, sehe ich es nie wieder. Und auf dem Grundstück arbeiten will er nicht. Da hat er immer eine andere Ausrede oder schiebt irgendeine Unpässlichkeit vor. Als er während meiner Abwesenheit die Bewässerung der Pflanzen übernehmen sollte, hat das keine vier Wochen geklappt. Ich kam von Deutschland zurück, und alles war vertrocknet. Er ähnelt seinem Bruder, der Fischer ist und ständig nur jammert. Wenn er ein paar Escudos verdient hat, ertränkt er sie im Brackwasser seiner unerfüllten Sehnsüchte. Dabei gibt es ganz andere Beispiele, die etwas aus ihrem Leben machen. Was mich übrigens auch ärgert, ist, dass Nilson nicht einmal die Courage hat, alleine hierher zu kommen. Immer hat er jemanden dabei, einen Bruder oder zwei, einen Freund und heute seine Cousine. Die Kinder müssen doch nicht immer alles mitbekommen, oder?« »Weshalb regst du dich denn so auf?« Veronique scheint sich über Amelies Ärger zu amüsieren.

»Weil es sich um Lorinas Verwandtschaft handelt und ich mich schlecht dabei fühle, die Leute so direkt abzuweisen. Nilson ist Lorinas Halbbruder. Gleichzeitig möchte ich nicht die Wohlfahrt sein, die für das halbe Dorf hier zuständig ist, weil alle irgendwie miteinander verwandt sind und Lorina für mich arbeitet. Außerdem mag ich Lorina sehr, sie ist eine ganz liebe, zuverlässige Person. Das miese Gefühl kennst du doch auch, oder nicht?«, fragt Amelie.

»Deshalb muss ich ja schmunzeln. Natürlich ging es mir nicht viel anders. Aber mittlerweile handhabe ich das so, dass ich für Leistungen bezahle, solange sie erbracht werden. Falls sich das ändert, weshalb auch immer, gibt es kein Geld mehr. Ganz einfach, eigentlich. Bei Freunden ist das natürlich etwas anderes. Man muss lernen, zwischen Arbeitnehmern und Freunden zu trennen. Das machst du zu Hause doch nicht anders«, erklärt Veronique.

»Das lässt sich schwer vergleichen. In Deutschland wurde ich erstens nie so direkt gefragt und zweitens war auch niemand, den ich kenne, jemals in einer solchen Notlage. Wer die Armut hier sieht, fühlt sich automatisch verpflichtet, zu helfen.«

»Amelie, du verwechselt da etwas. Wer kein oder wenig Einkommen hat, ist nicht zwangsläufig arbeitsunfähig. Dino könnte auch arbeiten. Er ist jung, kräftig und gesund. Würde er weniger trinken, wäre er noch gesünder. Aber dieses Problem löst du nicht, indem du ihm immer wieder Geld gibst, im Gegenteil. Du unterstützt bettelnde Kinder auf der Straße ja auch nicht durch Almosen aus vielbesagten Gründen. Damit löst man das Problem der Armut am wenigsten.«

»Du hast recht. Und weil heute Sonntag ist und Lorina frei hat, machen wir jetzt den Saft für meine Schwester selbst, sonst verdurstet sie uns am Ende noch. Und danach muss ich tatsächlich noch ein paar Dinge erledigen, die frisch gesetzten Pflanzen hinter dem Haus gießen, die Wäsche aufhängen und uns etwas Feines kochen. Da du Curry liebst, wird es ein Risotto mit Gemüse, Kokosnuss und Fisch geben. Ich habe auch nicht vergessen, was ich dir gestern Abend versprechen musste. Du sollst deinen Spaß haben. Nach dem Essen zeige ich dir die Fotos von früher, damit du dir ein richtiges Bild machen kannst von meinem ersten Leben. Und von meiner vielbesagten Familie.«

»Vier Hände sind besser als zwei, sprach der Affe und packte die Bananenstaude. Ich helfe dir. Bin nämlich gespannt wie ein Flitzebogen auf die Bilder. Und Hunger habe ich wie ein Bär«, gibt Veronique zum Besten.

Die beiden Frauen entfernen sich und die Vögel erwachen aus ihrer Lethargie. Das allabendliche Konzert beginnt. Auch das Rauschen der Brandung wird stärker. Ein frischer Luftzug bläht die Vorhänge auf und lässt Millionen feinster Staubpartikelchen tanzen. Die leichte Brise salziger Luft, die sich mit einem süßlichen Blumenduft vereint hat, stimuliert die Sinne. Meine Lebensgeister rufen nach Bewegung. Ganz deutlich spüre ich die wachsende Energie, die reinigende Kraft und den frischen Sauerstoff, die allesamt helfen, das Blut durch die Adern zu pumpen und die Willenskraft zu stärken. Die Schmerzen in den Beinen sind zurückgegangen. Dafür tut der ganze Rücken vom langen Liegen weh. Vorsichtig versuche ich ihn zu entlasten und spanne die Bauchmuskeln kräftig an. Tief ein- und ausatmen und die Übung wiederholen. Feldenkrais kommt mir in den Sinn, während ich meine Gliedmaßen minimal anhebe. Es müsste mir bald gelingen, selbstständig, ohne die Unterstützung von Lorina oder Amelie, aufzustehen, durch den Raum zu gehen und den Blick aus dem Fenster über das klare Wasserbecken, das lebendige Grün des Gartens in das unendliche Himmelsblau schweifen zu lassen. Diese Vorstellung verleiht mir beinahe Flügel. Ganz leicht ist mir zumute und ich denke an Arne, Mick und Ole. Was die Jungs jetzt wohl machen? Ob Arne mich vermisst? Schaut er vielleicht gerade in diesem Moment auf das Foto auf seinem Schreibtisch, das in den Dünen an unseren Strand aufgenommen wurde? Denkt er dabei an mich? Ich schließe die Augen und stelle mir den weißen, warmen Sand vor, die gleichmäßigen Wellen und sprudelnden Schaumkronen am weitläufigen Plage de Narbonne. Dann wechselt das Meer die Farbe von Türkisgrün zu Enzianblau. Die Konturen der Bucht verändern sich und der warme Sand, auf dem ich liege, wird dunkler und dunkler. Feine Kristalle prickeln auf der Haut. Sie tragen mich fort, ganz sanft, nehmen mich mit in den Strudel der Erinnerungen.

7

Fragmente

Es ist still. Die Schritte sind verhallt. Lorina hat das Haus verlassen. Sie wird die Tiere füttern, zu den Schweinekoben gehen und nach den Hühnern sehen, hat sie gesagt. Amelie und Veronique sind ebenfalls vor wenigen Minuten zu ihrer mehrstündigen Wandertour aufgebrochen. Der Druck auf den Schläfen ist verschwunden. Und auch sonst fühle ich mich leichter. Das Nachdenken, dieses mühsame Erinnern an die Ereignisse, gelingt immer besser. Die Gedanken drehen sich nicht mehr im Kreis, sie ordnen sich einer gewissen Struktur unter. Sie lassen sich lenken. Es scheint, als würde ich allmählich die Kontrolle über mein Gehirn gewinnen. Die zeitlichen Abläufe, zumindest was die vergangenen Stunden betrifft, habe ich klar vor Augen. Ich versuche sie noch einmal zu rekonstruieren. Veronique hatte mich ausgiebig behandelt und meine Fortschritte gelobt. »Großartig, Franka, ganz großartig«, hatte sie mit ihrem rollenden r mehrfach gesagt. Ihr Duft nach Zitronenmelisse, Rosen und Tabak liegt noch in der Luft. Und das leichte Parfum von Amelie, die ebenfalls hereinkam, um sich zu verabschieden. Das ist vielleicht eine Viertelstunde her. Vor dieser wohltuenden Massage, der Akupunktur, der Lymphdrainage und den Mittelchen, mit denen die Schweizerin mir Gutes angedeihen ließ, hatte Lorina mein feuchtes Bettlaken gewechselt. Sie war wie immer gut gelaunt, trat gemütlich ihre Hüften wiegend in meinen Raum und hatte eine wunderschöne Melodie gesummt, während sie sich mit mir beschäftigte. Es könnte eine Version von *Sodade* gewesen sein. Wenn ich wieder sprechen kann, werde ich sie nach dem Titel fragen. Zu diesem Lied, das jedes Kind auf den Inseln kannte, lange bevor Cesaria Évora es weltberühmt gemacht hat, hatten wir im *Residencial* getanzt. Oh, wie gerne ich mich zur Musik bewege. Eine meiner großen Leidenschaften ist das Tanzen. Wann war das, als wir so ausgelassen in diesem Dorf gefeiert haben? Es muss vor rund drei Jahren gewesen sein. Wie lange mir diese Zeitspanne vorkommt. Beinahe wie ein halbes Leben. Aber immerhin erinnere ich mich an diese Zeit, auch wenn ich bereits wieder abschweife. Was war noch los? Eigentlich nichts Besonderes. Im Morgengrauen war es ungewöhnlich laut gewesen. Immer wieder klapperte plötzlich ein Fensterladen, etwas rieselte vom Dach und ein Gegenstand war mit einem Knall umgefallen, der mich zusammenzucken ließ. Kräftige Böen und unberechenbare Naturgewalten, wie Platzregen und Gewitter, jagen mir immer Angst ein, so wie heute Nacht, als der Wind auffrischte, plötzlich durch die Bäume fegte und das Blätterwerk so heftig rascheln ließ, dass es richtig unheimlich war. Ich wachte mehrmals von merkwürdigen Geräuschen auf. Den Gedanken an Geister, die hier ihr Unwesen treiben, verwarf ich rasch wieder und schob alles dem Wetter zu, um mich zu beruhigen. Gestern Abend hatte es bereits stark zu winden begonnen. Sonntag, richtig, gestern war Sonntag. Ich erinnere mich genau. Auch an das Gespräch zwischen Amelie und Veronique. Bevor die beiden ins Haus gegangen waren, hatten sie sich über Familienfotos unterhalten. Zu gerne würde ich diese jetzt sehen und erfahren, was Amelie bewegt. Warum eigentlich nicht. Ich könnte zumindest versuchen, aufzustehen und ein paar Schritte zu gehen.

Behutsam richte ich mich auf, hieve in Zeitlupe meine schweren Beine aus dem Bett, rutsche vorsichtig, ganz langsam an die Bettkante. Meine Füße berühren den kühlen Fußboden. Es kribbelt in den Zehen, den Waden, den Schenkeln. Nun noch abstützen und aufrichten. Das Stehen, ohne fremde Hilfe, gelingt. Barfuß taste ich mich ein, zwei, drei Schritte vorwärts, zum Fenster. Der Blick ins Freie auf den stahlblauen Himmel, an dem ein paar große weiße Wolken wie Wattebäusche hängen, auf die üppige Pflanzenwelt mit ihren unbekannten Blüten und Trieben, die sonnenbeschienenen Lavablöcke, die aussehen, als wären sie mit feinem Diamantstaub überzuckert, die ganze überwältigende Kulisse zieht mich magisch an. Ich stehe ganz still, staune über das Wunder der Schöpfung, atme tief durch und bewege mich dicht an der Wand entlang ganz gemächlich in Richtung Tür. Ein wenig schwindelig ist mir zumute. Der Kreislauf braucht Zeit, um sich zu stabilisieren. Ich warte ein wenig ab, dann drücke ich die Türklinke sacht nach unten, die Tür öffnet sich mit einem Knarren und mit zwei weiteren kleinen Schritten stehe ich unter freiem Himmel. Eine dicke weiße Wolke schiebt sich vor die Sonne. Es ist warm, aber nicht heiß. Ein Druck auf der Blase bestimmt das Ziel. Der Weg zur Toilette ist mir bestens vertraut. Die warme, salzhaltige Luft und der leichte Wind helfen meinem Kreislauf, den lahmen Muskeln nicht nachzugeben. Ich atme tief ein und aus. Die Knie fühlen sich an, als wären sie aus Butter und die Schenkel zittern leicht. Nicht schlappmachen. Ich halte mich kurz an der Lehne des schweren Holzsessels fest und taste mich dann langsam weiter. Nur wenige Schritte sind es bis zum Badezimmer. Ich schiebe die angelehnte Tür auf und erwische gerade noch das Waschbecken, an dem ich mich abstützen kann. Ich muss dem Körper mehr Zeit lassen als dem Geist. Das leichte Übelkeitsgefühl trägt der frische Wind mit sich fort.

... Nicht Schlappmachen

In aller Ruhe sehe ich mich um und entdecke Dinge, die ich bislang nicht wahrgenommen habe. Das dezente Muster im Fries, das den Abschluss der Wandkacheln bildet, und den breiten Holzrahmen um den großen Spiegel, der mir heute auch ein viel freundlicheres Bild entgegenwirft. Mein Gesicht sieht schon ganz ansehnlich aus. Die Haut ist zwar blass und die Haare sind strähnig, aber ich gleiche keinem Monster mehr. Die dürftige Toilettenausstattung, die auf wenige Cremedosen, einen Parfumflacon, Shampoo, Bürste, Zahnbürste und Becher beschränkt ist, entspricht der Schilderung meiner Schwester, auf überflüssigen Luxus zu verzichten, sieht man von der Eleganz des gesamten Gebäudes einmal ab. Amelies Geschmack und ihr Talent als Innenarchitektin springen einem an jeder Ecke entgegen. Das Haus trägt unverkennbar ihre Handschrift. So hat sie anstatt Regale auf den Natursteinwänden anzubringen, einfach das Gegenteil gemacht und dadurch denselben Zweck erfüllt. Steine wurden aus der Mauer entfernt, wodurch Nischen entstanden, die Bücher oder eine Lampe tragen, was viel interessanter und gleichzeitig heimelig wirkt. Durch die verglasten Türen, die schlanken Sprossenfenster und die Farbtöne von Zitronengelb bis Terrakottarot strahlt das Haus sein besonderes Flair, einen warmen, südlichen Charakter aus.

Ein feiner Hauch von Ingwerduft, Curry und Ananas liegt in der Luft. Ich bilde mir ein, den Essensgeruch von gestern wahrzunehmen, und schlagartig erwacht der Hund in meinem Inneren und knurrt gefährlich. Ich muss versuchen, ihn zu besänftigen und etwas in den Magen zu bekommen. Die Küche ist nicht weit und glücklicherweise ebenerdig zu erreichen. Nachdem sich das taube Gefühl, vergleichbar mit den Nachwehen eines wenig erfreulichen Zahnarztbesuchs, im Mund und Kieferbereich gelegt hat, müsste mehr als ein Saftröhrchen durch meine Lippen passen. Vorsichtig wie ein Dieb, mit dem Gefühl im Nacken, etwas Unrechtes zu tun, schleiche ich der Küche entgegen. Das Knurren ertönt abermals heftig. Die Tür steht weit offen. Ich bleibe im Türrahmen stehen und blicke mich ratlos in Zeitlupe um. Kein Currygericht auf einem Teller oder in einer Schüssel, die auf mich gewartet haben. Habe ich mir diesen Duft nur eingebildet oder sind die Reste des Abendessens im Abfall gelandet, wo sie jetzt vor sich hin gären?

Es ist blitzblank aufgeräumt. Lediglich eine Schale mit grünen Guaven und ein Teller mit Erdnüssen stehen auf dem langen Holztisch. Nichts für Mümmelwesen. Vielleicht hat der verheißungsvoll silbern glänzende, riesengroße Kühlschrank etwas zu bieten. In seinem Inneren offenbart sich nichts Weiches außer Butter und Ziegenkäse, den ich nicht mag, und Joghurt. Einen Löffel finde ich in einer Schublade. Nun muss ich es nur noch schaffen, den Deckel vom Becher zu bekommen. Ich lasse mich umständlich auf den Hocker sinken und versuche die Schmerzen in den Gelenken und im Steißbein auszublenden. Irgendwie gelingt es, den fest verschweißten, dünnen Aluverschluss vom Plastikrand zu trennen und den Löffel in die weiße Masse zu tauchen. Auch den Mund erreiche ich mit einiger Anstrengung und endlich beruhigt sich der Magen und gibt Ruhe. Noch nie hat Joghurt so intensiv geschmeckt wie jetzt. Meiner Zunge, dem Gaumen und den Eingeweiden tut die kühle, nach Zitrone und Vanille schmeckende Creme unvergleichlich gut. Sie scheint die frisch erwachte Willenskraft in mir zu stärken. Doch der schwache Körper hält meinem Geist nicht stand. Die Muskelkraft lässt sich nicht überlisten. Bevor ich gleich vom Hocker kippe, muss ich es zurückschaffen, in mein Bett. Wie lange das dauert, ist unwichtig. Was zählt, ist einzig und allein die Bewegung. Kleine Schritte, sonst nichts. In aller Ruhe schiebe ich die Füße über die rauen Fußplatten vorwärts immer weiter, zurück über die Terrasse in mein Zimmer. Mit letzter Kraft gelingt es mir, meine müden Gliedmaßen auf die Matratze zu betten. Mit einem leichten, pulsierenden Rauschen und Glucksen in den Ohren, das den Tiefen meiner Organe entspringt, und einem zufriedenen Gefühl schließe ich die Augen.

Ein Segelboot schaukelt auf und ab, hin und her. Es hängt an einer gelben Boje. Der starke Mast ist aus Holz. Zwischen Seilen und Tauen zittert ein großes kunstvoll gestaltetes Spinnennetz. Es sieht aus, als wäre es aus lauter feinen Perlenschnüren gewoben. Der Großbaum schwingt wie ein Pendel aus. Die Segel sind eingeholt. An der Mastspitze flattern Fetzen einer Fahne im Wind. Ein paar Seeadler kreisen über der Stelle. Am Bug des Schiffes taucht ein kräftig gebauter männlicher Rücken mit breiten Schultern auf. Schweißperlen benetzen die nackte Haut. Die ausgeprägten Muskeln glänzen goldbraun ölig. Der Mann bückt sich, geht in die Hocke und zieht an einer Ankerkette. Dann richtet er seinen Oberkörper auf, wendet den Kopf und lacht mich spitzbübisch an. Es ist Jorge. Die weißen Zähne blitzen im Sonnenlicht. Er wirft mir eine Kusshand zu. Es kribbelt in der Magengegend. Dann schaut er aufs Meer, gestikuliert mit den Armen und ruft ein paar Fischern in einem Holzkahn etwas zu. Die Männer lassen eine große Reuse ins Wasser. Einige Gesichter kommen mir bekannt vor. Andere habe ich noch nie zuvor gesehen. In einem anderen schmalen Ruderboot sitzen Menschen dicht gedrängt. Ich erkenne Filipa aus dem *Residencial* und Tambra, das Mädchen mit dem wilden Haarschopf und den grünen Augen, das aussieht wie ein Raubtier im Käfig. Amelie geht dicht an mir vorüber. Ihre Lockenmähne weht im Wind. Sie trägt ein kurzes, bunt gemustertes, trägerloses Kleid, das eng anliegt und ihre schlanke Figur betont. Sie wirkt jugendlich und schön, wie sie so lässig in Richtung Bug schlendert. In der einen Hand hält sie eine Sektflasche, mit der anderen Hand streicht sie Jorge über den Rücken. Er schmiegt sich an sie. Dann dreht sie sich um und kommt auf mich zu. Irgendetwas Kühles berührt meine Füße. Ich blicke zu Boden und erstarre. Es wimmelt von Meeresgetier, überall. Blut und Schleim läuft über die Holzplanken. Kleine, bunt schillernde Fische zwischen Langusten und Muscheln zappeln heftig, ringen um ihr Leben. Eine Dorade zuckt neben einem toten Hai. Er liegt mit seinen schwarzen kugelrunden Augen und aufgerissenem Maul direkt vor mir. Ekelige Moränen winden sich wie Aale. Ich zittere vor Angst, unfähig mich zu rühren. Amelie geht barfuß mitten durch dieses glitschige Meer aus Fischen, ohne sie zu beachten. Unverwandt schaut sie mich an. Sie steht nun dicht vor mir und lächelt. Ich weiche ihrem Blick aus, sehe die Reling. Es ist ein dünnes Stahlseil. Ich packe meine Schwester mit beiden Händen und schubse sie. Sie fällt rücklings ins Wasser. Es quietscht. Die Tür. Lorina. Mein Herz klopft bis zum Hals. Schweiß klebt an meinem ganzen Körper.

Mein Gott. Was ist nur los mit mir? Ich fühle eine starke Beklemmung, bekomme kaum Luft. Der Druck im Brustkorb weitet sich aus. Es ist wie eine zenterschwere Last, die in meiner Seele wohnt. Als ob dieses schlechte Gewissen, dieser unsägliche Zwerg, der von Zeit zu Zeit erwacht, untrennbar mit mir verbunden wäre. Weshalb ist das nur so? Warum träume ich oft von grausamen Dingen, die mit meinem realen Leben nichts zu tun haben, die mir Rätsel aufgeben und dieses schlechte Gefühl von Schuld hinterlassen? Vielleicht ist die Lösung ganz einfach. Ich muss mich befreien, dieses ständige Schuldempfinden loswerden. Am besten auch das Gefühl, für alles und jeden verantwortlich zu sein. Ich würde meiner Schwester nie Schaden zufügen. Ich liebe sie doch insgeheim. Womöglich ist das auch ein Trugschluss.

Lorina reißt mich aus meinen Gedanken. Zart streicht sie mit ihrer kühlenden Hand über meine heiße Stirn, schiebt sodann ihren ganzen Arm unter das Kopfkissen und hebt meinen Oberkörper an. Ich richte mich auf und lasse mir helfen, obwohl das gar nicht mehr notwendig wäre. Fürsorglich wie eine liebevolle Mutter flößt mir die gute Fee einen dickflüssigen Fruchtsaft ein. Das Schlucken geht problemlos. Dann fragt sie in höflichem Portugiesisch: »Você quer alguma coisa, querida?« Nein, ich brauche nichts mehr. Sie lächelt über mein Handzeichen und gibt mir zu verstehen, dass sie nun Einkäufe im Dorf machen wird. »Até logo«, sagt sie, bis später, tätschelt sanft meinen Arm und geht eine Melodie summend hinaus. Ich höre Geschirr klappern. Wenig später fällt die Haustüre ins Schloss. Das Haus ist stumm. Nur die Geräusche, die die Vögel und ein Hund aus der Ferne von sich geben, und die leise Meeresbrandung dringen durch das Fenster herein. Das Gedankenkarussell beginnt wieder, seine Runden zu drehen.

Fragmente tauchen auf. Familienfotos. Amelies Zimmer. Wie es wohl aussieht? Bei unserem Rundgang hatte sie mir keinen richtigen Einblick in ihre Intimsphäre gewährt. Weshalb? Vielleicht verbergen sich Dinge dort, die für meine Augen nicht bestimmt sind. Dabei interessiert mich ihr Umfeld und all das, was sie umgibt, brennend, um dem zerfledderten Puzzle allmählich ein Gesicht zu geben. Ich spüre, wie die Energie durch jede Zelle meines Körpers fließt. Nach den Fortschritten, die ich heute schon gemacht habe, wird es mir gelingen, nochmals aufzustehen. Vorsichtig hebe ich meine Beine an, lasse sie aus dem Bett auf den Boden gleiten und stütze meinen Körper ab. Der Kreislauf spielt mir keine Streiche. Aber das Gehen auf den unebenen Bodenplatten macht mich noch etwas unsicher. Es fühlt sich an wie eine unsanfte Massage meiner Fußsohlen. Ich schlurfe wie Lorina, nur leiser und viel langsamer. Ich kann mich gut erinnern, wo sich Amelies Zimmer befindet, es liegt schräg gegenüber meines Raumes. Ich muss es also nur über die Terrasse schaffen. Dort stehen, wenn nötig, die schweren Holzsessel zum Ausruhen. Wie in Zeitlupe bewege ich meinen Körper vorwärts, unter der dicht bewachsenen Pergola hindurch, vorbei am einladenden Mobiliar. Aber ich brauche die Ruhepolster nicht. Die Neugier und eine gehörige Portion Spannung treiben mich an.

Die Tür ist zu. Vorsichtig drücke ich die geschwungene Klinke aus Messing herunter. Das schlechte Gewissen schleicht sich wieder an. Ohne Erlaubnis hier einzudringen ist Unrecht. Ich schiebe diesen Gedanken einfach beiseite, so wie ich es mir vorgenommen habe. Die massive Holztüre lässt sich geräuschlos öffnen. Ich betrete den Raum mit einem Gefühl leichter Ehrfurcht. Er ist nahezu doppelt so groß wie das Gästezimmer, das ich bewohne. Gleichzeitig bin ich überrascht. Dieser Ort wirkt neben seiner kühlen Ausstrahlung völlig überladen und steht in krassem Gegensatz zur restlichen Einrichtung, die eher spartanisch gehalten wurde. Es scheint, als habe Amelie hier viele Dinge versammelt, die ihr wichtig sind. Über dem Doppelbett, auf dem eine blau gemusterte Baumwolldecke liegt, ziehen zwei farbenfrohe Gemälde mit afrikanischen Motiven den Blick auf sich. Die Wände sind hellgrün gestrichen. Die Decke, von der eine Messinglampe baumelt, ist weiß. An der linken Wand steht ein schöner Vollholzschrank. An dessen Seite hängen mehrere Kleider auf Bügeln übereinander. Neben dem geschlossenen Fenster sitzt ein Plüschtier auf einem Holzstuhl. Es ist Benni, der Hase, den Amelie schon als Kind hatte. Auf einem Hocker entdecke ich einen weiteren Gegenstand aus Kindertagen, ein verblasstes Batikkissen. Nie hätte ich gedacht, dass sie das noch hat. Eine geschwungene Stehlampe im Kolonialstil und ein schmaler Sekretär aus Mahagoniholz tragen dazu bei, der Einrichtung einen antiquierten Anstrich zu verleihen. Das Zentrum des Zimmers bildet ein ausladender, massiver Schreibtisch, auf dem sich haufenweise Zeitungen, Papiere und Briefe stapeln. Mein Blick bleibt an der Wand rechts vom Schreibtisch hängen, denn die ist übersät mit Fotos in verschieden großen Rahmen. Auch die Beschaffenheit der Rahmen variiert. Manche sind aus breitem, braunen Holz, andere aus verziertem Metall, vielleicht aus Kupfer oder mit Goldfarbe bemalt und manche schlicht und schmal.

Ich muss mich zunächst setzen, auf dem alten Hocker eine Weile ausruhen. Es ist kein Schwindelanfall, der mich lähmt, eher die instinktive, undefinierbare Ahnung, etwas zu entdecken, das man besser nicht ausgräbt. Beinahe so wie Archäologen, die altägyptische Königsgräber ausheben und anschließend selbst zu Tode kommen. Doch wie eine Grabschänderin muss ich mich eigentlich nicht fühlen, denn ich schaue mich ja nur um, zudem sind auch Abbildungen von mir dabei. Das erkenne ich von hier aus, trotz meiner Kurzsichtigkeit. Und damit hätte ich nicht gerechnet. Behutsam stehe ich wieder auf und nähere mich langsam der Fotogalerie. Es ist erstaunlich, verwirrend beinahe. Amelie hat mehrere Aufnahmen von mir aufgehängt. Auf einer sitze ich als Vierjährige breitbeinig auf einer Wiese und teile mir ein Eis mit Tristan, dem ungestümen Rauhaardackel von Tante Dodo. Ich bin von oben bis unten mit Eiscreme bekleckert und finde es lustig, dass der Hund über mein sommersprossiges Gesicht leckt. Daneben ein ernstes Foto von meiner Erstkommunion im weißen Kleid, Blumenkränzchen auf den kurzgeschorenen roten Stoppelhaaren und eine geflickte Kerze, die ich zuvor versehentlich zerbrochen hatte. Von den Tränen, die vor der Aufnahme geflossen sind, sieht man nichts. Darüber ein großformatigeres Foto, das kurz vor dem Abiball gemacht wurde und worauf ich in einem dämlichen, lila gemusterten Kleid so cool schaue, als könne mich nichts und niemand aus der Ruhe bringen. Bei genauer Betrachtung würde man sicher vermuten, ich hätte ziemlich bekifft in die Linse geblickt, und läge damit nicht daneben. Darunter ein Miniformat, das einem Automaten eines Berliner Bahnhofs entsprungen ist, worauf ich mit meinen blauen Haarsträhnen spiele und frech die Zunge rausstrecke. Momentaufnahmen, die verschiedene Lebensabschnitte spiegeln. Mein ganzes Leben, scheibchenweise dargestellt, nur die vergangenen zehn Jahre fehlen.

In der Mitte dieser Fotowand prangt die Familie in einem breiten Holzrahmen. Nicht Amelies Familie, sondern Vater, Mutter, Amelie und ich. Wir stehen statisch und steif wie Marionetten im Eingang des historischen Hotels am Hafen, alle festlich gekleidet und mit demselben gewichtigen, ernsten Gesichtsausdruck, der sich anlässlich des fünfundsiebzigsten Geburtstages des Familienoberhauptes gebührte. Das Foto hatte Wolfram geschossen. Auf ausdrücklichen Wunsch unserer Mutter sollte eine Aufnahme mit allen Familienmitgliedern und eine weitere von ihrem Mann, den Töchtern und ihr gemacht werden. Vater sieht auf dem Bild blass und hagerer als sonst aus, die Krankheit stand ihm schon ins Gesicht geschrieben. Mutter hingegen strahlt ungebrochen Stolz und Würde aus. Sie zog auch noch im Alter als gut aussehende, hochgewachsene Dame mit vollem Haar und glatter Haut die Blicke auf sich. Amelie rechts von der Mama im dunklen Kostüm die eleganteste und ich im hellen Hosenanzug links von Papa die bunteste.

Da fällt mir auf, dass nirgendwo ein Foto von Wolfram zu sehen ist. Aber eigentlich verwundert es nicht. Dafür lächeln Patricia und Julian in verschiedenem Alter und in unterschiedlichen Posen von der Wand. Spannend, was man auf Fotos so alles entdeckt. Julian, der vom Charakter eher seinem Vater entspricht und erfolgreich Jura in Tübingen studiert, hat Amelies Züge, tiefbraune Augen und einen lockigen, vollen Haarschopf. Patricia gleicht äußerlich eher ihrem Vater, ist schmal gebaut und sehr hellhäutig, hat eisblaue Augen und feines, blondes Haar. Wie ich sie erlebt habe, ist ihr Naturell jedoch nicht mit dem ihrer Eltern vergleichbar. Patricia ist eine stille, in sich gekehrte Persönlichkeit, die zart und verletzbar wie ein junges Pflänzchen wirkt. Sie wird sich nicht ohne Grund für Psychologie in Heidelberg eingeschrieben haben. Was die Kinder wohl vom neuen Leben ihrer Mutter halten und ob Amelie einen engen Kontakt zu ihnen pflegt?

Neben zwei Abbildungen, auf denen unsere Großeltern und deren Häuser, der prächtige Schwarzwaldhof im badischen Wiesental und die noch stattlichere Jugendstilvilla im Hamburger Stadtteil Winterhude, zu sehen sind, zeigen die restlichen Fotos Menschen, die ich nicht kenne. So wie es aussieht, hat Amelie auch einen Faible für die Einheimischen und deren Umgebung, denn sie hat verschiedene dunkelhäutige Männer, Frauen und diverse kapverdische Häuser gerahmt, darunter eine einfache, marode Steinhütte, vor der ein Esel angebunden ist, ein unverputzter Betonbau sowie zwei große, stilvolle Stadthäuser, an denen der Zahn der Zeit nagt. Der farbige Verputz der Gebäude aus der Zeit der portugiesischen Kolonialzeit ist zu großen Teilen abgebröckelt, Fenster sind eingeschlagen und die Dachplatten sehen wenig vertrauenerweckend aus. Diese Bilder haben dennoch ihren Reiz, sie strahlen Ruhe und Atmosphäre aus. Anders die Porträts. Diese vielen Blicke verschiedenster Menschen würden mich durch ihre Präsenz unruhig stimmen. Möglich, dass Amelie sich mit ihnen umgibt, weil sie ihr Zuhause aufgegeben hat. Auf diese Art begleitet sie ein Teil der Vergangenheit Tag für Tag.

Die Muskeln meiner Schenkel werden schwach. Bevor nun auch noch die Knie nachgeben, setze ich mich, dieses mal lieber auf den gepolsterten Holzstuhl mit der hohen Lehne, der an ihrem Schreibtisch steht. Vor mir der Stapel Zeitungen, eine Petroleumlampe, Stifte und Papiere, daneben eine flache Holzschachtel, in der verstreut Umschläge und Briefe liegen. Franka, lass die Finger weg! Mein Zwerg ist aufgewacht und erhebt seine warnende Stimme. Das geht dich nichts an, ruft er aus der Ecke des Gewissens. Doch, es geht mich etwas an, denn es hat auch etwas mit mir zu tun. Weshalb bin ich sonst hier? Der Zwerg weiß nun, dass er keine Chance hat gegen meinen Willen und schweigt, während ich wahllos aus dem Haufen verstreuter Papiere und Zettel ein großes Blatt ziehe, auf das in Amelies Handschrift verschiedene Namen und dahinter Ziffern geschrieben wurden. Vermutlich sind es Telefonnummern von Leuten, die irgendwie wichtig sind. Manche davon sind unterstrichen, andere eingekreist und mit Pfeilen versehen, die sich kreuz und quer über das Papier ziehen. Ich werde aus dem Gekritzel nicht schlau. Seltsam ist auch, dass nach verschiedenen Vornamen stets der derselbe Nachname auftaucht: Almeida. Offenbar sucht sie eine Person namens Almeida, was nicht leicht sein dürfte, denn selbst mir begegnete der Name schon mehrfach, und ich habe mich nicht sehr lange hier aufgehalten. Bald jeder Zweite scheint Almeida zu heißen. Vielleicht wie früher bei uns Müller oder Meier, Becker oder Kiefer. Um den Namen Carlos Almeida de Cruz hat sie einen dicken, roten Kringel gemalt. Sternförmig gehen von hier aus Striche zu weiteren Namen.

Ich lege das Blatt zurück, schiebe es zwischen den Stapel, sodass nicht auffällt, dass hier jemand gewühlt hat. Dabei fällt mein Blick auf die Schachtel ohne Deckel. Ein Stich ins Herz. Dort erkenne ich einen Brief meiner Mutter. In ihrer schönen, geradlinigen Handschrift steht mit indigoblauer Tinte *Für meine liebe Amelie* auf dem cremefarbenen Kuvert. Ich erkenne es sofort, denn unsere Mutter benutzte zeitlebens hell getöntes Briefpapier. Die Farbnuancen reichten höchstens von Elfenbeinfarben bis Champagnergelb. Außerdem benutzte sie einen besonders wertvollen Füllfederhalter, ein Weihnachtsgeschenk meines Vaters, und diese blaue Tinte. Ohne weiter auf meinen Zwerg zu achten, der seine Stimme gerade wieder erheben will, nehme ich den Umschlag, rieche an ihm, was mir einen Stich ins Herz versetzt, denn einerseits macht das Beugen des Arms Probleme und andererseits meine ich Mutters Parfum zu erkennen. Mein Magen verkrampft sich und das Herz klopft heftig. Vorsichtig, um nichts zu beschädigen, ziehe ich zwei ineinandergefaltete Bögen heraus. Es ist dickes Papier mit gezackten Rändern, wie es Mutter gerne benutzte. Sie sind eng beschrieben. Ich atme tief durch und beginne zu lesen.

Meine über alles geliebte Amelie!

Wenn du diese Zeilen liest, bin ich nicht mehr unter den Lebenden. Sei nicht traurig, denn da, wo ich hingegangen bin, geht es mir besser.

Gott wird mir sicher verzeihen und mich von der schweren Last befreien, die ich in diesem Leben nicht losgeworden bin. Nur mein starker Glaube hat mir geholfen, nicht an meiner Lebenslüge zu zerbrechen, und Gott stand mir wahrlich mehr als einmal bei. Als Schicksal könnte man auch bezeichnen, was sich mir als göttliche Fügung erwies.

Bitte, liebes Kind, verzeih mir, dass ich nicht die Kraft hatte, Dir in Deine schönen Augen zu blicken und Dir das mitzuteilen, was Du schon längst hättest wissen müssen.

Du hast ein Recht darauf, zu erfahren, wo Deine wahren Wurzeln liegen.

Ich beginne am besten von vorne:

Wie ich Euch Kindern erzählt habe, kam ich als junge Frau nach Hamburg. Die Fremde war jedoch nicht so gut zu ertragen, wie ich es stets geschildert habe. Ich hatte keinen Freundeskreis und fühlte mich sehr einsam so weit weg von Zuhause. Eines Abends, als ich zusammen mit vielen anderen Mitarbeitern das Werftgelände verlassen wollte, zog ein starkes Gewitter auf. Plötzlich krachte es heftig. Der Blitz hatte ganz in der Nähe in ein hohes Gebäude eingeschlagen und es brach Panik aus. Alle rannten los, wie um ihr Leben. Ich zog meine Stöckelschuhe aus, um schneller laufen zu können, dabei riss mir eine Windböe den Regenschirm aus der Hand und er prallte in eine Gruppe von Arbeitern, die hinter mir waren. Einer von ihnen hob ihn auf, packte meine Hand und wir liefen gemeinsam weiter. Ich dachte keinen Moment lang nach und rannte zusammen mit dem jungen Mann, den ich noch nie zuvor gesehen hatte, immer noch Hand in Hand, in die nächste Hafenkneipe. Dort stellte er sich vor.

Carlos Almeida da Cruz. Carlos war zwei Jahre älter als ich, gerade fünfundzwanzig, hatte als Gastarbeiter eine Beschäftigung auf der Werft und stammte von einer der Kapverdischen Inseln. Ich hatte keine Ahnung, wo das ist. Seine Mutter war Kreolin, sein Vater Portugiese. Er hatte neun Geschwister, wovon zwei gestorben waren und drei im Ausland lebten.

Carlos war der schönste Mann, den ich je gesehen hatte und er wurde meine erste große Liebe. Seine Haut hatte eine dunklere Farbe als die der Menschen meiner Heimat. Mit seinem schwarzen, dichten Haar, dem starken Bartwuchs und den rehbraunen Augen wirkte er sehr südländisch. Das war damals nicht gesellschaftsfähig. Wir gingen nie zusammen aus, denn das schickte sich für eine junge Dame nicht, trafen uns stattdessen in dem winzigen Zimmer seiner Wohnung, die er sich mit Kameraden teilte. Ich habe kein Detail vergessen, sehe diese Kammer, das Bild auf der braun gemusterten Tapete mit der Muttergottes darauf genau vor mir und erinnere mich an die abgestandene, nach Bratkartoffeln und Fisch riechende Luft der schäbigen Küche, durch die wir uns nachts schlichen. Aber ich war glücklich und fühlte mich dabei wie eine Abenteurerin, die fremdes, verbotenes Gebiet betritt.

Ungefähr vier Monate später bekam er von seinem Bruder Manuel ein viel besser bezahltes Jobangebot. Darauf hatte

Carlos sehnsüchtig gewartet, denn er plante, so bald wie möglich zu seinem Bruder nach Holland zu ziehen. Carlos drängte darauf, dass ich mit ihm gehe, nach Rotterdam. Er flehte mich an, mit ihm zusammenzuleben, ihn zu heiraten und mit ihm eine Familie zu gründen. Aber ich konnte nicht. Ich war zu feige, obwohl ich ihn liebte. Eine Heirat wäre für mich niemals infrage gekommen. Die Schande hätte ich meiner Familie nicht zugemutet. Mutter und Vater waren stolz und überzeugt davon, dass es ihre Tochter zu etwas bringen würde. Carlos war sehr gekränkt und traurig. Zum Abschied schenkte er mir den silbernen Anhänger, damit ich ihn nie vergesse.

Drei Wochen nachdem Carlos weggezogen war, bestätigte sich meine Vermutung. Ich war in anderen Umständen. Ich würde Carlos nie vergessen, denn er hatte mir etwas hinterlassen, das Wichtigste in meinem Leben: DICH.

Carlos hat nie erfahren, dass er eine Tochter hier hat. Seine Briefe, die ich Dir überlasse, habe ich nicht beantwortet. Ebenso wenig wusste Robert, dass Du nicht sein leibliches Kind bist. Ich bin ihm sozusagen Hals über Kopf in die Arme gefallen und setzte alles daran, ihn nicht wieder zu verlieren. Robert war sehr verliebt in mich. Wir heirateten, bevor Du zur Welt kamst. Ich hatte große Angst vor dieser Geburt. Jeden Abend betete ich darum, dass die genetischen Anlagen Deiner großmütterlichen Linie nicht so stark zum Tragen kämen. Gott hat mich erhört. Er hat mir ein gesundes Mädchen mit etwas exotischem Aussehen geschenkt. Deine Haare waren bei der Geburt dicht gelockt und pechschwarz, Dein Teint hatte lediglich einen dunklen Schimmer. Dass Deine Gesichtszüge, die

Grübchen und der Leberfleck auf der Wange und die braunschwarzen Schattierungen Deiner Augen den typischen Merkmalen Deines leiblichen Vaters glichen, sogar das eigentümliche Lachen zum Verwechseln ähnlich war, wusste niemand außer mir.

Nun weißt Du, weshalb Du Dich manchmal so fremd gefühlt hast. Vielleicht erinnerst Du Dich daran, wie Du als kleines Mädchen davon überzeugt warst, Du kämst von einem anderen Stern. Einmal hast Du mich gefragt, ob Kinder von Engeln gebracht würden, und mir hat es einen Stich ins Herz gejagt.

Du hast es gespürt. Und ich habe nie den richtigen Zeitpunkt und den Mut gefunden, es Dir zu sagen. Ich fand es besser, alles so zu belassen, wie es war, aber diese Lüge schnürte mein ganzes Leben ein. Ich wurde auch den Eindruck nicht los, dass Robert es instinktiv gewusst hat, denn er bekam manchmal solch einen melancholischen und distanzierten Blick, wenn er Dich und mich ansah, aber er hat nie ein Wort darüber verloren. Vielleicht spürte es auch Franka.

Liebste Amelie. Die Buchstaben Deines Namens decken sich mit Almeida. Möge Dir Dein Erbe Glück bringen und der Stern des Südens Dich auf all Deinen Wegen begleiten und beschützen.

Falls Du Deinen Vater suchst und findest, dann sage ihm, er war die größte Liebe meines Lebens. Bekäme ich eine zweite Chance, dann würde ich alles anders machen.

Bitte verzeih mir!

Deine Mama

Mir wird speiübel. Etwas brennt in den Augen, vernebelt den Durchblick. Mit zitternden Fingern versuche ich, den Brief zusammenzufalten und in das Kuvert zurückzuschieben. Es gelingt mir nicht. Ich lasse ihn liegen. Mein Magen rebelliert. Wenn ich nicht sofort hier rauskomme, kommt etwas anderes heraus. Eine unappetitliche Joghurtsauce. Das wäre der Hohn. Mit aller Kraft schlurfe ich aus diesem Raum voller Schwermut, über den Korridor und die Terrasse zurück zu meinem Bett. Die Gedanken fahren Karussell. Amelie ist meine Halbschwester. Und Mutter hat uns alle belogen und betrogen, ein Leben lang. Almeida. Deshalb steht *Casa Ame* auf den Wandkacheln und deshalb hat Amelie dieses Haus gekauft. Sie sucht nach ihren Wurzeln, nach ihrem Vater, nach Geschwistern, Halbgeschwistern, Tanten, Onkeln, Cousinen, nach der Kultur ihrer Vorfahren und ihrer eigenen. Mir fällt es wie Schuppen von den Augen. Vielleicht wollte sie deshalb ihrem Leben ein Ende setzen, weil sich die jahrelange Prägung und Erziehung nicht einfach abschütteln lässt. Vermutlich weiß sie gar nicht mehr, wer sie wirklich ist. Unter anderen Umständen hätte sie sich ganz anders entwickelt, vielleicht gar nicht studiert und einen handwerklichen Beruf gewählt, einen anderen Mann geheiratet oder gar keinen. Jedenfalls wäre alles anders gekommen. Es könnte gut sein, dass sie während unserer Kindheit und Jugendzeit einer ähnlich starken Belastung standhalten musste wie ich, nur anders herum. Das Korsett, in das sie gepresst wurde, hatte zwar einen glänzenden Anstrich, aber es war nicht weniger eng. Amelie könnte sich dabei ebenso unwohl gefühlt haben, von der unnatürlichen Liebe unserer Mutter erdrückt und vom Vater als Vorzeigetochter unter Leistungsdruck gesetzt.

So gesehen hatte ich es sogar leichter. Wer klare Feindbilder hat, weiß wenigstens, gegen was oder wen er kämpft. Ohne diese konkrete Vorstellung verliert man sich leicht in einem Meer aus schalen Empfindungen. Man treibt zwar mitten im Strom, aber mit einem seltsamen Unbehagen, so als könne man jeden Moment untergehen. Die plötzliche Orientierungslosigkeit, die einem dabei manchmal in die Quere kommt und die merkwürdige Unsicherheit, die jede kraftvolle Vorwärtsbewegung lähmt, fördern das Festhalten an gewohnten Mustern. Es ist ganz natürlich, sich bei aufkommendem Sturm an den Rettungsanker zu klammern, dieses Netz aus Geborgenheit und Sicherheit zu lieben, das die Eltern auswerfen. Man braucht eine gehörige Portion Überwindungskraft, um loszulassen und sich freizuschwimmen. Vielleicht fehlte Amelie dieser Mut, sich zu widersetzen. Möglicherweise hatte sie auch Angst davor, den hohen Erwartungen und Ansprüchen unserer Eltern und der Gesellschaft nicht gerecht zu werden, vielleicht war sie deshalb verbissen und zielstrebig auf der Jagd nach Erfolgen.

Was wohl in ihr vorgegangen sein mag, als sie diese Zeilen gelesen hat? Was fühlt ein Mensch, wenn er plötzlich erfährt, dass die eigene Herkunft eine ganz andere ist, als ein halbes Jahrhundert lang angenommen? In jedem Fall muss eine derartig gravierende Lebenslüge ein schweres Schockerlebnis bedeuten, ganz gleich wie charakterstark jemand ist und wie ausgeprägt dessen Fähigkeiten sind, mit Schicksalsschlägen umzugehen.

Ich weiß nicht, wie ich auf eine solche Nachricht reagieren würde, aber ganz sicher nicht gelassen und bedacht. Vermutlich wäre ich fassungslos und zutiefst gekränkt und hilflos. So gesehen kann ich gut verstehen, weshalb meine Schwester unser Elternhaus so rasch verkauft hat. Nichts wie weg damit. Und warum sie sich so kühl und distanziert verhielt bei unserer letzten Begegnung in eben diesem Haus. Sie muss Hamburg, die Villa und alle damit verbundenen Erinnerungen gehasst haben. Vielleicht wollte sie damals mit mir darüber sprechen und meine heftige Reaktion hat dies zunichtegemacht. Plötzlich wird jetzt alles so klar und einleuchtend. Alle ihre Handlungen, dieses überdrehte, merkwürdige Verhalten und ihre schroffe, abweisende Art sind die logische Folge des Erlebten. Und wenn ich an unsere Kindheit zurückdenke, löst sich selbst das Rätsel um die abgöttische Affenliebe unserer Mutter zu ihrem Kuckuckskind. Sicher wäre jedem Außenstehenden sofort aufgefallen, weshalb unsere Mutter ihr Goldstück angepriesen hat wie einen besonders kostbaren Schatz, dieses perfekte Abbild ihres geliebten, schönen Mannes, nur ich war verblendet. Und Amelie auch.

Der Druck im Magen lässt nicht nach, er wird sogar noch stärker und es beginnt unter dem linken Rippenbogen zu brennen wie loderndes Feuer. Dazu gesellt sich ein dicker Kloss im Hals, der das Atmen erschwert. In der tiefen Quelle meiner Seele brodelt es. Wasser bahnt sich einen Weg durch unsichtbare Kanäle. Ich beherrsche meinen Körper nicht mehr, kann die Tränen nicht länger zurückhalten. Es ist einfach alles so erbärmlich und zum Heulen. Es gibt keinen Grund, sich noch dagegen zu wehren.

8

Der Gipfel

»Pesch!« Es klopft so heftig an die Eingangstüre, dass die Wände wackeln. »Senhora! Pesch!« Nochmaliges Hämmern. Dann Stille. Die Fischverkäuferin sieht ein, dass wohl niemand zu Hause ist, und entfernt sich. Zumindest höre ich kein Klopfen mehr. Aber ihr Rufen hat etwas in mir bewirkt. Sie war es, die mich schon einmal aus meinem Tief geholt hat und jetzt ist wieder sie es, die mich aufrüttelt. Fisch, ein Symbol der Christen, will Gott mir dadurch etwas sagen? Ich sehe jetzt alles ganz deutlich. Es war heiß an diesem Abend. Amelie hatte mich freundlich begrüßt und das Haus und den Garten gezeigt. Nach der Führung habe ich geduscht, bevor wir uns auf die Terrasse zum Essen setzten. Es gab scharf gewürztes Ziegenfleisch, Kartoffeln, Maniok und Gemüse. Ich erinnere mich, dass das Gemüse besonders gut schmeckte. Okra in einem Sud aus Kurkuma, Zwiebeln und Knoblauch. Wir unterhielten uns locker, sprachen über Belanglosigkeiten, irgendwelche kulinarischen Rezepte, die Anreise, das Klima und dieses kapverdische Haus mit seiner Geschichte. Weder Amelie noch ich verloren ein Wort über unseren

Zwist oder sonst ein Problem. Auch das Thema dieses Zusammentreffens, den Grund ihrer Einladung, sprachen wir nicht an. Während des Essens, zu dem wir mehr Wein als Wasser tranken, entspannte ich mich. Ich begann die laue Luft und die Ruhe zu genießen, wurde dabei hundemüde und musste ständig gähnen. Als das Konzert der Zikaden einsetzte und die ersten Sterne am wolkenlosen Himmel erschienen, bin ich bereits zu Bett gegangen, um am Morgen fit für eine kleine Wanderung zu sein. Es sei nicht weit, hatte sie gesagt, aber wunderschön. Hoch hinauf ginge es, und ob ich mir das zutraue, hatte sie gefragt. Von den Bergen aus habe man eine ganz andere Perspektive, erklärte sie. Und ich willigte sofort ein. War gespannt darauf, was sie mir zeigen würde.

Amelie weckte mich. Es war bereits sehr warm und ich fühlte mich gut erholt. Nicht einmal eine Stechmücke hatte mich heimgesucht. Nach dem reichhaltigen Frühstück, das aus einem bunten Fruchtsalat, Honig, Maisbrot, Mango-Feigen-Marmelade und Zitronengrastee bestand, trank ich noch einen Espresso in der Küche im Stehen. Amelie füllte nebenbei zwei Literflaschen mit Wasser und steckte sie zu Bananen und Keksen in einen kleinen Rucksack. »Wird das ein Tagesmarsch?«, fragte ich ironisch.

»Je nachdem, wie deine Kondition ist. Du musst einfach sagen, wenn es dir zu viel wird. Wir müssen diesen Ausflug nicht machen, können ihn auch auf später verschieben. Es geht immer hinauf, auf einem unbefestigten

Trampelpfad. Kilometermäßig nicht sehr viel, aber die Höhenmeter sind beträchtlich. Ich gehe die Strecke in gut zwei Stunden. Die Einheimischen brauchen nicht einmal die Hälfte.« Amelie warf mir einen fragenden Blick zu.

»Dann ist das ein Kinderspiel für mich«, scherzte ich und war mir dabei nicht sicher, ob es wirklich ein Scherz war. Gerüstet war ich jedenfalls für alles. Seit meinen letzten Wanderungen durch die Berge auf diesem Archipel breche ich nie mehr ohne festes Schuhwerk und Sonnenhut auf. Und so stand ich perfekt ausgestattet, bereit für die Tour, neben der Kaffeemaschine.

Wie ein Film läuft das Ganze vor meinem geistigen Auge ab. Amelie sprach kurz mit Maria, einer älteren Frau, die ihr zwei Mal pro Woche im Haushalt hilft, dann fragte sie mich, ob ich genügend Sonnencreme aufgetragen habe.

»Du mit deiner weißen Haut musst besonders vorsichtig sein.«

Jetzt sehe ich hinter so manchem Satz oder Wort, ja sogar der ganz bestimmten Betonung einer Silbe, eine tiefere Bedeutung oder eine Anspielung. Hatte sie sich dieses Ziel vielleicht ausgesucht, um mir dort unsere ganze Familiengeschichte zu erzählen? Möglich. Jedenfalls gingen wir los. Zunächst führte der Weg vorbei an Zuckerrohrfeldern und Maniokpflanzen, die sich rechts des Weges den Hang hinauf fortsetzten und kontrastreiche, ganz und gar grüne Felder in der eher kargen Landschaft abgaben. Links von uns, an einem betonierten Wasserkanal entlang, wuchsen ausladende Bananenstauden. Schaute man von dort ins Tal hinab, blickte man auf eine Vielzahl bewirtschafteter Flächen und kleine Gärten. Amelie winkte hie und da Arbeitern, die ihr etwas zuriefen, was ich nicht verstand. Sie hatte einen flotten Schritt, und ich wollte ihr keinesfalls nachstehen. Aber ich hatte einige Mühe, mir nichts anmerken zu lassen, denn ich schwitzte schon nach den ersten hundert Metern. Wir sprachen kaum ein Wort, was mir entgegenkam. Nach weiteren vielleicht hundert Metern ging es dann in ein Seitental, zunächst bergab auf einem schmalen Weg.

»Das war früher der Eselspfad«, klärte mich meine Schwester auf. Das beruhigte mich wenig, denn das Geröll rutschte immer wieder unter meinen Wanderstiefeln weg. Ich kam mir vor wie auf einer Eisbahn. Amelie trippelte leichtfüßig wie eine Bergziege, die man hier und da auf dem kärglichen Weidegrund nach etwas Fressbarem suchen sah. Sie schaute über die Schulter und bemerkte:

»Nur ein paar Meter noch, dann wird der Weg wieder breiter. Wir durchqueren ein besonders schönes Tal und dann geht es weiter hinauf in ein kleines Bergdorf.«

Es war keine Übertreibung. Das Tal, das wir sahen, war zauberhaft. Von einer steilen Felswand plätscherten dicke Tropfen hinab, die sich mancherorts zu einem kleinen Wasserfall bündelten und verschiedene Grünpflanzen zum Wuchern brachten. Dunkle, weitverzweigte Moosflechten klebten an den nassen, glatten Wänden. Es war erfrischend kühl dort. Und ein paar Meter weiter balancierten wir auf der gemauerten *Levada* entlang, in der so viel Wasser lief, als hätte irgendjemand einen Löschschlauch geöffnet. Tatsächlich hatte ein junger Mann das Wasser zum Laufen gebracht. Er hatte den Ablaufstutzen eines riesigen Wasserauffangbeckens geöffnet und war sichtlich in Hektik. Am liebsten wäre ich in diesen zwanzig Meter langen Pool gesprungen, so einladend sah das klare, frische Bergwasser aus, das nun seinen Weg durch die Gärten und Anlagen fand. Ein ausgeklügeltes Bewässerungssystem, bei dem sich die Landarbeiter stets beeilen mussten, das Wasser entsprechend zu leiten, um Überschwemmungen zu vermeiden. Wären meine Schwester und dieser Junge nicht gewesen, hätte mich nichts daran gehindert, in das kühle Nass zu tauchen. Ich habe schon viele Einheimische gesehen, die in diese Becken sprangen, zum Spaß oder zur Körperhygiene. Ich hielt mich jedoch damit zurück, wollte keine Blicke auf mich ziehen. Das geziemte sich nicht. Die Erziehung ließ sich nicht so leicht abschütteln wie Wassertropfen von der Haut. An diesem Ort wäre das allerdings perfekt gewesen, in dieser abgelegenen und vor Blicken geschützten Lage. Lange konnte ich an diesem Wasserspeicher nicht verweilen. Ich tauchte nur kurz die Hände hinein und meine Schwester war schon wieder zwanzig Meter voraus.

Sie wusste, wie man am besten mitten durch die Gärten gelangte. Auf schmalen Wegen schlängelten wir uns durch beinahe mannshohe Yamsplantagen, deren herzförmige Blätter einen schönen, natürlichen Sonnenschutz abgaben. Mal balancierten wir auf gerade eben fußbreiten Mäuerchen durch dieses Flussbett, mal auf einem feinen Sandbett. Überall lief Wasser und man musste aufpassen, wohin man trat, um die jungen Pflänzchen nicht zu beschädigen. Die Bauern hier nutzten jedes noch so kleine Fleckchen Erde für den Anbau irgendeiner Nutzpflanze. Fruchtbarer Boden und Wasser waren ein besonders kostbares Gut, weshalb das gesamte Flussbett für den Landbau genutzt wurde. Die Verwüstungen der Regenzeit, die manchmal heftig ausfiel und alles wegschwemmte, nahm man in Kauf. Irgendwo in einem Seitental, nicht weit von hier, musste eigentlich Antonia wohnen. Ich dachte an unsere Begegnung, als ich die Mutter von Filipa bei meinem letzten Aufenthalt kennen gelernt hatte. Das Leben dieser Frau war durch viele harte Schicksalsschläge geprägt und doch hatte sie eine herzliche und zufriedene Ausstrahlung. Ich hatte die sprichwörtliche *morabeza*, die vielbesagte Gastfreundschaft, bei ihr hautnah erlebt, als sie duftenden Kuchen und Kaffee unter der Akazie vor ihrem kleinen Haus anbot.

»Hier wird überwiegend Yams angebaut, denn der braucht viel Wasser.« Meine Schwester holte mich aus meinen Träumereien zurück. Sie hatte wieder den lehrmeisterhaften Ton angeschlagen, und ich hatte keine Lust, sie nach Antonia zu fragen. Stumm schritt ich weiter, nun bergan, vorbei an vereinzelten Steinhäusern, vor denen kleine Hunde bellten, Katzen in der Sonne dösten, Hühner pickten, Tauben und Enten saßen und Hunderte von Vögeln in den mächtigen Baumkronen zwitscherten. Schlanke, hohe Dattelpalmen, ein gigantischer Gummibaum, bereits das zweite Exemplar seiner Art, das mir hier begegnete, fanden meine bewundernden, flüchtigen Blicke. Etwas weiter unten sah ich Frauen im Fluss beim Waschen ihrer Wäsche und ein Mädchen beim Verlesen von Maiskörnern. Ein buntes Bild.

Amelie hatte die Kondition, die mir fehlte und von der ich geprahlt hatte. Offenbar war ich durch Stadtluft und Bürostuhl nicht mehr an derlei Ausflüge gewöhnt, was ich nie zugegeben hätte. Ich erinnere mich, dass mich störte, dass sie keine Rücksicht zu nehmen schien, obwohl ich erst einen Tag zuvor angekommen und auch durch die klimatische Umstellung erschöpft war. Wenn ich es jetzt aber betrachte, konnte sie nichts dafür, denn ich gab mich als die vitale jüngere Schwester, durchtrainiert und voller Tatendrang. Sie stieg in ihrem gleichmäßigen, steten Tempo auf dem Trampelpfad bergauf, wie es geübten Bergwanderern eigen ist, und ich hechelte hinterher wie ein lahmer Hund seinem Frauchen. Erste Häuser konnte ich schon erkennen, was mir ein wenig Auftrieb gab. Dann war da dieser Esel. Hinter einer Biegung stand er mitten auf dem Weg und schaute uns aus seinen treuen Augen an. Mein Herz zerschmolz bei diesem Anblick. Ich liebe Esel, Pferde, auch Mulis, eigentlich so ziemlich alle Tiere. Aber Esel und Maultiere haben es mir besonders angetan. Und das weiß meine Schwester. Amelie hielt jedoch nicht eine Sekunde inne, sie ging an ihm vorbei, ohne ihn weiter zu beachten. Ich hielt an, streichelte das Tier und sprach mit ihm.

»Kommst du? Franka, es gibt hier Tausende Esel!«, hatte sie gerufen, nachdem sie mein Fehlen bemerkte. Sie begann mir zunehmend auf die Nerven zu gehen.

Ich löste mich von dem Eselchen und stapfte weiter, folgte ihr in das Dorf, wo sie allen Leuten bekannt war. Sie grüßte, lachte und plauderte mit verschiedenen Menschen. Ich fühlte mich wie Luft neben ihr. Der Schatten der ach so tollen Schwester, die von allen geliebt oder bewundert wird. So ähnlich muss es dem Personal berühmter Filmdiven auch gehen. Als sie dann den Rucksack abstellte, die vier Bananen herausnahm, von denen sie mir wortlos eine in die Hand drückte, die anderen beiden den Kindern gab, die uns begleitet hatten, dachte ich, dass sie sich die Freundschaften erkauft.

So ist das also, Amelie beeindruckt hier die Leute mit ihrem Geld. Ekelhaft. Die Banane schmeckte nicht. Dabei lag es nicht an der krummen, gelben Frucht. Es hätte auch eine reife Walderdbeere sein können. Mir schmeckte nichts mehr. Ich hätte sie ebenso verschenken können, hätte ich sie nicht schon angebissen. Bananen als Almosen, lächerlich, als ob die Kinder hier keine bekämen und nicht etwas anderes viel nötiger hätten. Diese Gedanken beschäftigten mich, als ich auf dem Steinmäuerchen saß und schlecht gelaunt die mehlige Frucht in mich hineinstopfte. Ein Schluck aus der Wasserflasche und es ging weiter. Ich hoffte noch vage, irgendwo eine kleine Bar, einen Minikrämerladen zu entdecken, in dem man einen Kaffee trinken konnte, eine Cola oder ein Bier, irgendetwas zum Aufputschen oder Beruhigen. Meine Verfassung verlangte dringend nach einer Veränderung, vergeblich, weit und breit nichts Derartiges in Sicht.

»Alles in Ordnung?«, fragte Amelie.

»Klar, prima«, gab ich zurück. So stiefelten wir weiter und ich konnte die eigenwillige Schönheit und die gelassene Ausstrahlung der Menschen gar nicht mehr richtig aufnehmen.

»Zurück wird es dann bequemer. Man kann von hier aus direkt hinabgehen. In einer knappen Viertelstunde sind wir vom Dorfende aus gesehen bei meinem Haus.« Amelie deutete mit dem Finger auf einen Fahrweg, der so breit war, dass selbst Jeeps ihn benutzten. Ein Fahrzeug staubte gerade die Straße hinab. Ich dachte, sie will mich veräppeln. Weshalb mutet sie mir diese Strapaze über die steilen Wege zu, auf denen selbst die Ziegen Mühe haben, wenn es einen so viel einfacheren Weg gab, ging es mir im Kopf herum und machte mich wütend. Ich hätte sie würgen können, als ich aufblickte und in ihr Gesicht mit diesem überheblichen Zug um die Mundwinkel sah. Sie hatte dieses eigentümliche Lächeln aufgesetzt, das ich nicht leiden konnte, weil es eine zynische Wesensart verriet.

»Hier hinauf geht es«, meinte sie und zeigte in Richtung Berg. Und mit einem leichten Unterton setzte sie nach:

»Oder schaffst du das nicht? Du musst es sagen, Franka. Dann drehen wir lieber gleich um.« »Glaubst du, ich bin eine Mimose? Ich könnte den Weg locker zweimal gehen«, zischte ich zurück.

Meine Stimmung in der schwülwarmen Luft war mehr als eisig. Amelie schüttelte den Kopf und stapfte voraus, ich hinterher. Die Vegetation wurde karger. Ich schaute zu Boden auf die rote, staubtrockene Erde und das feine Lavageröll, das die Hitze wie eine große Speicherfläche aufnahm und abgab. Eine perfekte Fußbodenheizung, dachte ich, als ich mich kurz hinhockte und so tat, als müsse ich meine Schnürsenkel fester binden. Unter keinen Umständen hätte ich zugegeben, dass mir die Puste ausgegangen war und ich etwas verschnaufen musste. Meine Schwester marschierte unterdessen langsam, aber stetig weiter. Mein Groll auf sie wuchs mit jedem Zentimeter, den sie sich entfernte.

Stopp. Ich muss den Film anhalten. Es poltert im Haus. Ein Einbrecher etwa? Seltsame Geräusche kommen von irgendwo her, gerade so als rücke jemand schwere Möbelstücke hin und her. Dann höre ich schlurfende Schlappen. Lorina. Sicher ist sie von ihrem Einkauf zurückgekehrt. Auch die Stimmen von Amelie und Veronique tauchen jetzt auf. Der Geräuschpegel ist gedämpft. Sie müssen im Hausinneren sein, von der Terrasse her klingt kein Lärm herein. Vielleicht haben sie ebenfalls gerade das Haus betreten und ich habe es nicht bemerkt. Das leise Knarren der Tür in den Angeln verrät, dass jemand den Raum betritt. Ich rieche den Waschmittelduft und halte die Augen geschlossen. Bitte jetzt keine Ablenkung. Lorina scheint zu verstehen und schlurft leise von dannen. Sanft wird die Tür wieder geschlossen. Dann schrillt das Telefon. Es scheint wieder zu funktionieren.

»Mattu!« Amelies Stimme klingt aufgeregt. Sie ruft nach Veronique. Eilige Schritte klackern über den Fußboden.

»Sim. Bom.« Die Schweizerin begrüßt ihren Freund und flötet dann unverständliche Worte. Ich verstehe nur so viel wie ja, wer und wo. Dann sagt sie auf Deutsch, vermutlich zu Amelie:

»Bring mal einen Zettel und einen Stift.« Absätze fliegen in schnellem Galopp über die Steinplatten. Veronique spricht unterdessen weiter auf Kreol mit einer ungewöhnlich hellen Stimme. Sie scheint Mattu noch immer sehr zu mögen. Wenn ich mich nicht irre, lädt sie ihn zum Essen ein. Jedenfalls verstehe ich deutlich, dass sie sich überschwänglich bedankt, ihn Schatz nennt und den Hörer mit einem lauten Knall auf die Gabel fallen lässt.

»Sag schon. Was hat er herausgefunden?« Amelie drängelt, während die Schuhsohlen klackern und Stühle gerückt werden. Die Frauen nehmen auf der Gartenterrasse Platz.

»Mattu war wirklich fleißig. Er hat eine Menge herausgefunden. Ich sag's ja immer, manchmal ist er ein wahrer

Goldjunge.« Eine Zigarette wird angezündet. Ich höre das Zischen des Streichholzes und nehme leichten Schwefelgeruch und Rauch wahr.

»Nun mach es bitte nicht so spannend. Was gibt es Neues?« Amelie spricht hastig in ziemlich genervtem Tonfall. Dann räuspert sich Veronique.

»Also, zunächst einmal die gute Nachricht. Du hast Familienzuwachs bekommen.«

»Das ist ja das Beste seit Langem.« Amelie scheint sich zu freuen und klatscht in die Hände. Veronique lacht.

»Merke dir gut, was ich dir jetzt sage. Alles im Leben hat zwei Seiten. Vielleicht wirst du bald schon darüber stöhnen, solch eine riesige Verwandtschaft zu haben. Aber nun der Reihe nach. Ich will dich nicht unnötig lange auf die Folter spannen. Hier habe ich die Namen von Leuten aufgeschrieben, die Mattu ermittelt hat. Ich lese sie dir gleich vor. Aber zunächst noch das, womit wir rechnen mussten. Die schlechte Nachricht. Dein Vater ist vor rund zwei Jahren ziemlich unerwartet gestorben. Er habe mit Freunden abends in einer Bar noch gescherzt und Karten gespielt und sei auf dem Nachhauseweg zusammengebrochen. Genau weiß man es nicht, aber es muss wohl ein Schlaganfall oder Infarkt gewesen sein. Ein Ziegenhirte habe beobachtet, wie er gestürzt sei, konnte ihm aber wohl nicht mehr helfen.« Es raschelt. »Amelie sei nicht traurig. Bis vor Kurzem wusstest du doch gar nicht, dass es ihn gibt. Er war in Praia verheiratet. Und hatte mit einer Frau vier Kinder, von denen zwei auf den Inseln leben und die anderen beiden nach Kanada und Spanien ausgewandert sind. Ein Sohn namens Claudio lebt in Mindelo. Er ist Ingenieur und arbeitet bei der Enacol. Und stell dir vor, ein guter Freund von Mattu kennt ihn und weiß, wo er wohnt. Er kann jederzeit ein Treffen mit ihm organisieren, wenn du willst. Die andere Tochter, also Deine Halbschwester, ist auf Fogo verheiratet. Sie heißt Lisa Maria, arbeitet bei der Gemeinde in São Filipe und hat zwei Kinder, einen Jungen und ein Mädchen. Dann gibt es Cousinen und Cousins, Neffen, Nichten, Tanten. Schau mal die lange Liste an.«

Mir wird ganz seltsam und schwindelig zumute, angesichts der vielen Namen, die sie nennt, der neuen Ereignisse, mit denen ich im Entfernten ja auch etwas zu tun habe. Aber wo war ich gerade noch? Richtig, beim schweißtreibenden Anstieg auf den Gipfel. Ich schließe die Augen und versuche den Wust meines Erinnerungsknäuels zu entwirren. Bilder tauchen verschwommen auf, bruchstückhaft, wie zerrissene Fotos, deren Einzelteile wild verstreut wurden. Dann fügen sie sich zusammen. Ich sehe den gefährlichen Abgrund neben dem steil ansteigenden Weg, die lose aufgesetzten Steine, die als niedere Randbegrenzungen dienen – wenig vertrauenerweckend, wenn man an Höhenangst leidet, die Rückenansicht meiner Schwester und ihre lockere Handbewegung, mit der sie die Haare, diese Flut aus dunkel glänzenden Locken, über die Schulter wirft. Und das Plateau, auf dem wir wenig später stehen. Hoch über allem, mit einer Aussicht, die einem den restlichen Atem raubt. In Miniatur unter uns die Häuseransammlung, die weite Bucht mit dem schwarzen Lavasand, ein Segelboot, so klein wie eine Laus, die Fischerboote noch kleiner, Stecknadelköpfe, die Felsenküste, die Brandung und die unendliche Weite des geheimnisvollen Ozeans. Hinter uns die menschenleere Ebene, die sanften Hügel mit dem flachen, blassgrünen Bewuchs, dann eine zitronengelb blühende Fläche und etwas weiter entfernt eine karge, wüstenähnliche Mondlandschaft. Atemberaubend. Amelie stand dicht neben mir. Ich konnte ihre Ausdünstung, ein herbsüßes Gemisch aus Parfum, Deo und Schweiß riechen. Sie strich sich eine Haarsträhne aus dem Gesicht, sah mich mit einem triumphierenden Blick an, machte mit dem Arm eine weit ausladende Bewegung, wie eine Monarchin auf dem Thron, und sagte mit stolz erhabenem Kopf, jedes Wort einzeln betonend:

»Das alles ist mein Paradies.«

Eine Wut, brennend wie Feuer, wurde in meiner Seele entfacht. Ich spüre es ganz deutlich, wie es in meinen Eingeweiden kochte, wie sich die Hitze ausbreitete, den Schweiß durch die Poren trieb und jede Zelle meines Körpers erfasste. Ein Gefühl des Zorns über ihre Arroganz kam in mir hoch. Mein, mein, immer nur mein. Ich konnte es nicht mehr hören. Dachte sie jemals auch an andere Menschen? Was bildete sie sich eigentlich ein? In meinem Kopf begann es zu rauschen, so wild und heftig wie die Meeresbrandung an stürmischen Tagen.

Das Bild verschwimmt vor meinem geistigen Auge und ein schrecklicher Gedanke schiebt sich darüber. In den Schläfen beginnt es zu stechen. Sternchen und Blitze vollführen ihren Tanz. Ich muss mich konzentrieren und auf meinen Zwerg hören, der in meinem Inneren tobt. Er schmettert eine ungeheuerliche Frage in mein Gehirn. Franka! Was hast du getan? Habe ich etwas getan? Trage ich Schuld? Wollte ich Amelie stoßen und sie hat sich gewehrt? Ich würde doch nicht so weit gehen, jemanden, noch dazu meine eigene Schwester, tätlich anzugreifen oder ihr gar den Tod zu wünschen. Wozu Menschen in bestimmten Situationen in der Lage sind, ist bekannt. Aus Liebe, Eifersucht und Rache entstehen die meisten Verbrechen. Aber ich? Ist es möglich, dass ich im Affekt? Mein Herz schlägt unregelmäßig und so heftig, dass es im ganzen Brustraum schmerzt. Es kann nicht sein, dass ich zu Derartigem fähig wäre. Ich kann ja nicht einmal eine Stechmücke totschlagen ohne schlechtes Gewissen. Oder doch? Vielleicht bin ich in Wahrheit ein schlechter Mensch mit bösen Absichten. Womöglich ist mein kleiner Zwerg ein hinterlistiger Teufel, der sich hinter der Maske eines Engelsgesichts verbirgt und gut getarnt sein Unwesen treibt. Ich weiß gar nichts mehr. Alles dreht sich, stellt die Fragen auf den Kopf. Vielleicht hat mein Gehirn aus Selbstschutz ausgeblendet, was dort oben auf dem Gipfel der Gefühle geschehen ist. Ich sehe es nicht. Weshalb erkenne ich es nicht? Ich denke krampfhaft nach und kann mich einfach nicht erinnern. Leere. Nichts. Die totale

Finsternis. Ein Heulanfall schüttelt meinen Körper. Es ist, als laufe meine ganze Seele leer.

Etwas Feuchtes, Kühles wird auf meine Stirn gelegt. Ich glühe. Das Feuer frisst mich auf.

»Franka.« Ich zucke zusammen und erkenne die Rehaugen. Glasig und gerötet sind sie, mit einer dünnen Wasserschicht bedeckt. Amelie beugt sich ganz dicht über mich. Ihre Lippen zittern. Ich kann ihr Parfum riechen, spüre ihre Wärme. Sie stammelt zaghaft leise Worte in mein Ohr:

»Es tut mir alles unendlich leid.« Sie schluchzt und fährt mit einem Tuch über ihren Hals, bevor sie weiterspricht.

»Nun musstest du so erfahren, was ich dir da oben auf dem Berg sagen wollte, wenn du nicht plötzlich ohnmächtig geworden wärst. Um ein Haar wärst du in die Tiefe gestürzt. Ich konnte dich gerade noch halten und von dem Felsvorsprung hinaufziehen. Mein Gott. Du hättest tot sein können. Es tut mir alles so unendlich leid.«

Mit ihren beiden Händen umschließt sie sanft meinen Kopf. Es tut gut. Die hämmernden Schläge in meinem Innern lassen nach. Der Zwerg ist verstummt. Ein angenehmes Gefühl, fast so etwas wie Glück, durchströmt meinen Körper. Tränenströme laufen über Amelies Wangen – und über meine.

Irgendwo bellt ein Hund, die Zikaden werden wach und stimmen ihre Liebeslieder an, in der Ferne wirft das Meer hohe Wellen gegen die steile Felsenküste, ein gleichmäßiges rhythmisches Rauschen, Kommen und Gehen, Auf und Ab. Von weit her wehen Fetzen von Gitarrenklängen herüber, ein Summen, Ziepen, Gurren und Bruchstücke eines glockenhellen Gesangs schweben durch die laue Luft. Es duftet betörend nach Zitronengras und Blütenstaub. Ich fühle mich wohlig umhüllt von dieser melodischen Geräuschkulisse, fremd und zauberhaft, wie aus dem Hörbuch des perfekten Urlaubs.

Etwas Warmes berührt meine Wange. Der Duft frisch gebrühten Kaffees und ein anderer, würzig herber Geruch dringen in meine Nase. Das Aftershave von Arne. Ich reiße die Augen auf. Ganz weit. Das helle Licht blendet. Konturen heben sich vom gleißenden Nebel ab, werden zu Flügeln, starren Schwingen, direkt über mir. Das Windspiel, das Mick gebastelt hat. Ein Schwarm bunter Papiervögelchen an feinen Nylonschnüren. Es ist unser Schlafzimmer.

»Du hast lange geschlafen, mein Schatz. Das Fieber ist vorbei. Deine Stirn glüht nicht mehr. Geht es dir besser? Ich bin so froh.«

Der vertraute Klang von Arnes Stimme. Ungläubig schaue ich in die graublauen Augen unter den buschigen dichten Brauen. Ich sehe die feinen, roten geplatzten

Äderchen, die grauen Schatten, die Schwere, die Tiefe in seinem Blick. Das ist kein Traum. Das ist die Wirklichkeit. Oder? Ich hebe den Kopf leicht an, blicke zur Seite. Der Stuhl, das Fenster, die Bilder. Kein Zweifel. Ich bin zu Hause. Vorsichtig betaste ich mein Gesicht und die Arme, betrachte die Handflächen und richte schließlich meinen Oberkörper ganz auf. Keine Gliederschmerzen, keine Prellungen, nichts. Nur ein taubes Gefühl, ein leichter Druck im Kopf, eine leichte Unsicherheit. Um sicher zu gehen, dass meine Sinne wirklich funktionieren, schmiege ich mich dicht an den Körper meines Mannes, schlinge die Arme um seinen Rumpf, spüre den rauen Stoff seines Hemds, rieche seine Haut und lausche seinem gleichmäßigen Herzschlag. Diese heftige Annäherung scheint ihn zu amüsieren. Er streicht mir sanft über die Haare und gibt ein schnalzendes Lachen von sich.

»Du bist über den Berg. Schlaf und Hausmittel wirken wahre Wunder. Die Wadenwickel haben dein Fieber gesenkt. Vielleicht war es auch die Spritze, die der Arzt dir gegeben hat«, sagt er.

»Der Arzt?«, krächze ich. Das Sprechen fällt mir schwer.

»Gestern früh war Doktor Kohler hier, nachdem dein Kreislauf versagt hatte. Du wurdest ohnmächtig, ganz plötzlich. Bist einfach umgekippt. Im Bad. Gott sei Dank lag der Haufen Wäsche dort. Erinnerst du dich nicht? Ich habe dich ins Bett getragen und sofort den Notdienst gerufen. Du warst völlig apathisch. Dann stieg deine Temperatur auf über 40 Grad. Du hattest heftige Fieberträume. Ein paarmal hast du aufgeschrien, geseufzt und geweint und nach Amelie und Otto gerufen. Wir haben uns wahnsinnige Sorgen gemacht.«

»Wir?« Ich verstehe nicht.

»Karen war hier, um die Jungs abzuholen. Sie haben ja noch Ferien. Karen hatte auch für uns gekocht. Curryreis und Fisch. Aber davon hast du vermutlich gar nichts mitbekommen. Auch vom Krach der Handwerker nicht. Ich hab ständig nach dir gesehen, Fieber gemessen und versucht, dir Flüssigkeit einzuflößen. Das war ein regelrechter Kampf.«

Eine unglaubliche Freude steigt in mir auf, ein Glücksgefühl, das die Zunge löst und einen Blitzgedanken in Worte fasst.

»Hast du etwas von Amelie gehört?« Meine Kehle fühlt sich rau an. Arne zieht die Augenbrauen hoch und legt die Stirn in Falten.

»Amelie? Weshalb kommst du jetzt gerade auf deine Schwester? Und wer ist eigentlich dieser Otto?«

Er räuspert sich und schaut mich mit einem merkwürdigen Blick an, geradeso als stünde er vor einem unlösbaren Rätsel. Dann sagt er gedehnt:

»Heute früh hat der Postbote einen Brief für dich gebracht mit einer bunten kapverdischen Briefmarke. Als Absender steht Amelie darauf. Sie ist wohl auf den Kapverden.«

I

Es ist kühl in der Boeing. Angesichts der zu erwartenden südlichen Temperaturen habe ich mich für eine dünne Bluse entschieden und die Strickjacke ganz unten im Rucksack verstaut. Und dieser liegt hinter einem Berg von Gepäck im Ablagefach über mir. Zu alledem sitze ich auf einem Platz am Fenster. Wie dumm. Aus dem ovalen Guckloch hinter der Tragfläche ist ohnehin nicht viel zu erkennen. Ein dichtes Wolkenmeer, die strahlende Sonne, das Himmelsblau.

Das Frösteln nimmt zu. Ich beginne am ganzen Körper zu frieren. Selbst über den Rücken wandert die Gänsehaut. Möchte ich nicht mit einem dicken Hals auf den Kapverden ankommen, muss ich wohl oder übel unangenehm werden.

»Wären Sie so nett und würden mich kurz vorbeilassen?« Mein charmantes Lächeln und der Hundeblick, der mir manchmal recht gut gelingt, erweichen die Dame neben mir. Sie faltet augenblicklich ihre Zeitung zusammen, klemmt den Papierpacken in das enge Ablagefach, steht auf und bittet den älteren Herrn zu ihrer Linken, sich ebenfalls zu erheben. So quetschen wir uns der Reihe nach in den schmalen Gang, wo weitere Passagiere stehen. Es hat sich bereits eine Schlange vor der Toilette gebildet. Mit klammen Fingern versuche ich, die Klappe der Gepäckablage zu öffnen. Doch der Verschluss schnappt nicht aus der Verankerung. Der gut gekleidete Herr, der ebenfalls meinetwegen seine Lektüre unterbrechen musste, lächelt mitleidig. Mit einem fachmännischen Griff kommt er mir zu Hilfe. Die Klappe springt wie von selbst auf – und ich sehe alles, nur meinen Rucksack nicht. Er verbirgt sich irgendwo hinter Trolleys, Laptoptaschen, Schminkköfferchen. Wie peinlich: Dieses umständliche Kramen zwischen fremden Gepäckstücken und die Blicke, die mich dabei begleiten. Es dauert eine ganze Weile, bis ich das gute Stück sichte und den Trageriemen zu fassen kriege. Weshalb musste ich mir ausgerechnet schwarzes Gepäck zulegen, weshalb nicht knallgelbes oder grünes, das sich deutlich von anderen abhebt? Schick und stilvoll sollte es sein. Auf keinen Fall hätte ich meinen alten, aber praktischen Rucksack mitgenommen, der mich schon um die halbe Welt begleitet hatte. Nein, Amelie sollte einen guten Eindruck von mir haben. Dafür hatte ich tief in die Tasche gegriffen und das edelste Reisegepäck ausgewählt, das ich finden konnte. Es ist wie mit dunkeln Mänteln oder Jacken an den Garderoben teurer Restaurants. Oberflächlich betrachtet gleichen sich alle derart, dass ich mich stets unbehaglich fühle, wenn meine Suche nach dem eigenen Stück länger als ein paar Sekunden dauert.

Endlich gelingt es mir, das schmucke Teil herauszuzerren. Damit nicht genug. Um an die Jacke zu kommen, muss ich beinahe den gesamten Inhalt freilegen. Mir wird allmählich warm, ganz ohne Wolle. Nachdem ich bereits zum Blickfang einiger Mitreisender geworden bin, kann ich auch gleich noch die Lesebrille, die Tempotaschentücher und den Roman suchen. Besser jetzt, als später noch einmal für Unruhe sorgen zu müssen. Wo war doch gleich das Etui? So viele Fächer und keine Ordnung. Das ist die Strafe für die Eitelkeit. Mit dem alten Rucksack wäre mir das nicht passiert. Da gab es nur ein einziges großes Fach mit einem winzigen Innentäschchen und keine Versuchung, zig Reißverschlüsse umsonst zu öffnen und zu schließen und sich den Anschein zu geben, an Demenz zu leiden. Endlich habe ich meine sieben Sachen zusammen. Nun muss nur noch meine schwarze Neuerwerbung, die mir zunehmend unsympathischer wird, zurück in das Ablagefach bugsiert werden, bevor ich mich zurück auf meinen Sitz quetschen kann. Die Turbulenzen, die das Flugzeug so heftig vibrieren lassen, als ob es jeden Moment auseinanderbräche, lenken die Gedanken in eine andere Richtung. Was, wenn die Maschine abstürzt? Dann bleibe ich Arne und den Kindern in schlechter Erinnerung. Denn es war alles andere als ein guter Abschied gewesen, heute früh.

Die schlechte Stimmung vom Abend vorher lag noch in der Luft, als wir nach lästiger Parkplatzsuche in der Abflughalle standen und nach der Rolltreppe, die zur Aussichtsterrasse führt, Ausschau hielten. Mick und Ole wollten den Flughafenbetrieb aus der Vogelperspektive beobachten. Arne stimmte sofort zu. Vermutlich kam ihm die Ablenkung entgegen. Ich schwieg. Ich fühlte mich unwohl und dachte, während wir auf die Plattform hinaustraten, über unseren Zwist am Tag zuvor nach. Laut und windig war es. Außerdem stank es nach Kerosin. Und viele Leute tummelten sich bereits dort. Das hätte ich um diese frühe Uhrzeit nicht erwartet. Vielleicht starten und landen an Samstagen noch mehr Maschinen als unter der Woche. Lärmende, lachende, fremde Menschen, Urlaubslaune. Und wir mittendrin.

Arne machte keinen Versuch, die angespannte Atmosphäre zu lockern. Im Gegenteil. Er vergrub sich hinter seiner Zeitung. Lächerlich, denn es windete derart, dass Lesen ganz und gar unmöglich war. Mir fiel nichts ein, was ich hätte tun können, um unsere Gemütsverfassung zu bessern. Zum Grund meiner Reise hatte ich bereits alles gesagt. Und er auch. Dabei waren wir auf keinen gemeinsamen Nenner gekommen. Und schuld daran waren nicht einmal die unterschiedlichen Wünsche und Wahrnehmungen: Frau will einen verständnisvollen Zuhörer, Mann bietet konkrete Lösungsansätze. Bei uns war es genau umgekehrt. Arne suchte nicht die Spur einer Lösung. Für ihn gab es keinen nachvollziehbaren Grund, weshalb ich spontan beschlossen hatte, der Einladung meiner Schwester zu folgen. Er verstand die Wandlung meiner Stimmungslage nicht, fragte, weshalb ich mich plötzlich um Amelie sorgte und das dringende Bedürfnis hätte,

Licht in das Dunkel unserer Beziehung zu bringen. Ich konnte es mir selbst nicht erklären. Dieses Gefühl war einfach da. Eine dürftige Erklärung, mit der Arne nichts anfangen konnte.

Er hatte drei Brüder, zig Cousins und Cousinen, Nichten und Neffen, Tanten und Onkel. Seit ich mich erinnern kann, gab es im Allgäu diese alljährlichen Treffen der Großfamilie Maas, bei denen gewandert, geredet, gesungen, gelacht und gefeiert wurde. Ausgiebig. Zwei Tage lang. Beinahe zum Namen passend: Maaslos. Ich hatte keine näheren Verwandten mehr, bis auf meine Schwester, zu der der Kontakt nach diesem Erbschaftsstreit vollkommen abgebrochen war. Arne war durch seine familiäre Prägung gar nicht in der Lage, sich in meine Situation hineinzuversetzen. Stattdessen meinte er pragmatisch:

»Lade sie doch ein zu uns. Und wenn es ein neutraler Ort sein muss, trefft euch eben irgendwo in Deutschland. Das wäre vernünftig und normal.« Dabei hatte unsere Beziehung nicht das Geringste mit Vernunft und Normalität zu tun. Dann rechnete er mir vor, wie schmal unser Budget momentan war und was es für ihn bedeutete, die Kinder und den Hund neben seiner Arbeit her zu betreuen. Ganze zwei Wochen lang. Noch dazu so kurzfristig.

»Weshalb muss man um die halbe Welt fliegen, um sich mit seiner Schwester auszusprechen? Und weshalb diese Geheimnistuerei? Sie hat ja nicht einmal eine richtige Adresse hinterlassen. Die spinnt doch.« Als er mich dabei wütend anschaute und sich mit dem Zeigefinger an die

Stirn tippte, konnte ich mich nicht mehr beherrschen. Ich musste ganz einfach aus dem Zimmer rennen, die Türe zuknallen, dass sie fast aus den Angeln gesprungen wäre, ohne Rücksicht auf die Kinder, und packen. Vielleicht hätte ich ihm von meinem Traum erzählen sollen.

Ich werde ihm eine Postkarte schicken. Oder besser noch, einen Brief schreiben. Gleich heute Abend oder morgen früh. Dieser Gedanke beruhigt mein schlechtes Gewissen. Ich werde in mich gehen, meine Emotionen, die heftige Reaktion, die Enttäuschungen und Verlustängste in Ruhe hinterfragen und schriftlich formulieren, was mir verbal nicht gelang. Eigentlich müsste ich vor der Abfahrt in das Dorf genügend Zeit haben, den Brief auf das Postamt zu bringen, in Mindelo oder Porto Novo, dann müsste er vor mir zu Hause sein, sofern man sich auf den Postweg verlassen kann. Einen Versuch ist es wert. Apropos Brief. Seltsam ist wirklich, dass meine Schwester keinen Absender hinterlassen hat. Noch nicht einmal ein Nachname steht auf dem Kuvert. Amelie. Sonst nichts. Grüne Tinte hat sie benützt. Grün. Die Farbe der Hoffnung. Nun halte ich diese Hoffnung in meinen Händen. Habe das Kuvert zwischen zwei Buchseiten des Romans gesteckt. Der wiederum handelt von einem verwaisten Jungen auf der Suche nach seiner Identität. Ein spannender Lesestoff, eigentlich. Aber nicht jetzt. Die Gedanken ziehen Kreise. Ich betaste das Kuvert, betrachte die Schrift, so als könne sie mir etwas über die Verfassung meiner Schwester verraten. Sie hat eine gleichmäßige, nach rechts geneigte Handschrift ohne ausladende Ober- und Unterlinien. Ein harmonisches Schriftbild. Auch auf dem Briefbogen nichts Auffälliges.

Liebe Franka,

es ist viel geschehen in den vergangenen zwei Jahren. In meinem Leben ereigneten sich gravierende Dinge, die es unmöglich machten, mich früher bei Dir zu melden. Aber ich denke oft an Dich. Wie gerne würde ich Dich sehen.

Ich lebe nun in dem kleinen Fischerdorf der kapverdischen Insel, auf der ihr euren Weihnachtsurlaub verbracht habt.

Ich lade Dich herzlich ein, mich zu besuchen.

Bitte sprich mit niemandem über mich (Arne ausgenommen). Und bitte schreibe mir, ob Du kommst. Am besten per Telegramm an folgende Adresse, postlagernd:

Amelie, Porto Novo, Santo Antão, Cabo Verde

Deine Schwester

PS: Die Ziffern auf der Rückseite bedeuten die Rufnummer, unter der Du mich auf der Insel erreichen kannst.

Ich kann ihn noch so oft lesen, diesen Brief. Er eröffnet nichts Neues. Behutsam falte ich das Blatt Papier zusammen und schiebe es zurück in den Umschlag. Die Turbulenzen über den Wolken nehmen wieder zu. Es ist ein unruhiger Flug. Ein Blick auf den Bildschirm, der über Außentemperatur, Flughöhe und Position informiert. Noch knapp zwei Stunden bis zur Landung. Dann ein kurzer Zwischenstopp, sofern der einstündige Weiterflug nicht verschoben wird. Nichts hasse ich mehr, als meine Zeit in stupiden Wartehallen zu verbringen. Abends müsste ich in Mindelo sein, die Nacht in der Pension des deutschsprechenden Senhors verbringen und morgen früh die Fähre nehmen, nach Porto Novo. Wenn alles planmäßig verläuft, geht es dann von dort aus weiter über die Berge. Zu Amelie. Was für eine Reise. Ein regelrechtes Abenteuer. Eine Unternehmung mit ungewissem Ausgang. Aber was im Leben ist schon gewiss? Ich schließe die Augen, ziehe den Wollplüschkragen meiner Jacke etwas fester zu und lausche dem gleichmäßigen Surren der Turbinen.

Die Piloten sind routiniert. Trotz der heftigen Windböen beim Landeanflug dicht über dem Meer gelingt die Landung auf dem kurzen Rollfeld des internationalen Airports der kleinen Insel Sal problemlos. Sanft wie eine Feder setzt die Maschine auf und drosselt ihre Geschwindigkeit in Sekundenschnelle. Auch die Passagiere an Bord sind routiniert. Vielflieger vermutlich. Nicht einer, der klatscht. Wie in Trance verlasse ich die Boeing, bewege mich im Pulk der Reisenden zur Halle, nehme das Gepäck vom Band, checke erneut ein für den Weiterflug nach São Vicente. Routine. Gewohnheit. Schade, eigentlich. Selbst die angenehm warme, würzig riechende Luft, die einem hier um die Nase weht, löst keine Euphorie mehr aus wie früher noch, als das Bereisen fremder Länder, das Fliegen und das Drumherum etwas Besonderes waren. Heute ist es höchstens ein beiläufiges Gefühl, von dem man gestreift wird. Ein flüchtiger Gedanke allenfalls. Ach ja, es ist warm. Die Jacke kann zurück in den Rucksack. Ganz nett, der kleine Flughafen hier. Dabei den Blick rasch auf die Departure-Tafel geheftet. Ah gut, die Maschine startet planmäßig. Die Zeiten scheinen endgültig vorbei zu sein, in denen der Slogan *Der Weg ist das Ziel* zum Inbegriff des bewussten Reisens wurde, mehr noch, zum Lebensmotto avancierte. Für mich zumindest. Weshalb eigentlich? Ich stehe doch gar nicht unter Zeitdruck. Habe keine Geschäftstermine. Bin im Urlaub. Sozusagen.

Es wäre eine gute Übung, die Welt, jenseits der heimatlichen Gefilde, noch einmal so zu sehen, wie sie mir als Jugendliche erschien. Bunt, faszinierend, spannend. Und wer weiß, vielleicht erwacht dabei auch die einstige Neugier, die Lust am Entdecken, die Unbeschwertheit früherer Tage. Ich werde es versuchen. Mich Neuem zuwenden. Die Eindrücke bewusst wirken lassen. Die bereits gemachten Erfahrungen und Erlebnisse sollen sich irgendwo ganz hinten im Gedächtnis schlafen legen. Zumindest eine Zeit lang. Für die nächste Stunde, bis zum Weiterflug, werde ich in die Haut des Teenagers von einst schlüpfen, in die nächstbeste Bar schlendern, herbes Bier und süßen Kuchen bestellen, wie die Einheimischen. Oder Fisch und dazu Ketchup aus der Einliterplastikflasche. Es einfach einmal ausprobieren. Offen bleiben. Den Menschen ohne Vorbehalte begegnen.

Das könnte ein guter Anfang sein.

II

Die Terrasse des Hotels am Rande von Porto Novo habe ich viel kleiner in Erinnerung. Wie fast alles hier. Seit meinem letzten Besuch vor knapp drei Jahren scheinen die Dinge gewachsen zu sein. Der Hafen, die Stadt, die Anzahl der Fähren. Zugenommen hat auch der Autoverkehr. Und es gibt mehr Marktstände und Händler. Und noch mehr Touristen. Entsprechend höher ist der Lärmpegel. In verschiedenen Sprachen wird durcheinandergeplappert. Geblieben ist die Gelassenheit, mit der die Kellnerin versucht, den Wünschen der Fremden nachzukommen. Und die Gerüche. Dieser besondere Duft der goldbraun gebratenen *Cachupa* beispielsweise, die jetzt dampfend vor mir steht. Unverändert gut. Wie der Blick auf den mächtigen Atlantik mit seinem tiefen Blau und den weißen Schaumkronen darauf, der die beiden Inseln und die Hafenstädte Mindelo und Porto Novo voneinander trennt, oder die Sonne, auf deren Kraft man sich ebenfalls ziemlich sicher verlassen kann. Verlässlich sind jetzt auch die Abfahrzeiten der Sammeltaxis in die verschiedenen Richtungen. Glaubt man der jungen, quirligen Französin, die bis vor ein paar Minuten mit ihrer ebenso gesprächigen Begleiterin an meinen Tisch saß, fahren diese pünktlicher ab als die Metro in Paris. Unglaublich.

Gerade will ich mich davon überzeugen, dass die Cachupa so gut schmeckt, wie sie riecht, da halten mich Claudine, die Französin von soeben und deren deutsche Freundin Sarah davon ab.

»Weg! Weg!«, ruft Sarah und bahnt sich einen Weg zwischen den vollbesetzten Stühlen hindurch. Eilig strebt sie auf meinen Tisch zu. Um ein Haar hätte sie soeben mit ihrem Rucksack den Hut vom Kopf des älteren Herrn gefegt, der am Nebentisch sitzt. Dabei gestikuliert sie wild mit den Händen. Es sieht aus, als wolle sie ihre bunten Kettchen und Armbändchen von den Armgelenken schütteln oder eine imaginäre Hummel vertreiben. Dazu zieht sie wilde Grimassen. Ich verstehe nicht.

»Le conducteur«, erklärt Claudine hastig, die sich von der anderen Seite genähert hat und nun vor mir steht. Sarah ist ebenfalls am Tisch angelangt, lässt ihre Tasche zu Boden plumpsen, dass es staubt, und pflanzt sich mit verdrossenem Gesichtsausdruck auf den freien Stuhl neben mir.

»Es ist weg. Unser Taxi ist ohne uns gefahren. Dabei hatte der Fahrer fest versprochen, Punkt zehn vor der *Mercearia* abzufahren. Da war er aber schon längst über alle Berge. Ich habe den Ladenbesitzer gefragt. Und der hat ganz locker gesagt, der Kleinbus sei voll gewesen, da sei der Fahrer eben gestartet. So ein Mist. Was machen wir denn jetzt?«

Wie war das gleich noch mit der Metro?, denke ich, lasse die Gabel wieder sinken und setze ein betrübtes Gesicht auf. Hätte mich auch gewundert, wenn sich hier die Mentalität der Menschen so schnell grundlegend verändert hätte. In Anbetracht der verzweifelten Lage dieser beiden Mädchen kann ich mich nicht guten Gewissens profanen Dingen wie kulinarischen Genüssen hingeben, es sei denn, es fällt mir jetzt ganz schnell eine Lösung ein.

»Es gibt noch eine zweite Möglichkeit nach Ponta do Sol zu kommen. Wenn ihr die Strecke über die Berge nehmt. Die ist übrigens traumhaft. Euer Sammeltaxi ist sicher an der Küste entlanggefahren. Schaut doch mal nach, ob am Hafengebäude noch Fahrzeuge stehen. Um die frühe Uhrzeit findet ihr sicher noch eine Mitfahrgelegenheit.«

Claudine und Sarah springen beinahe gleichzeitig auf, danken mir überschwänglich und verschwinden so rasch, wie sie gekommen waren.

Vielleicht sind der Eintopf und das Getränk ja noch lauwarm. Ich nehme einen kräftigen Schluck Kaffee, der den Namen nicht verdient. Die hellbraune, geschmacksneutrale Brühe gleicht eher einem dünnen Schwarztee. Mit dem Messer schaufle ich einen Haufen Maiskörner auf die Gabel, die immer wieder abrutschen, sobald ich die Gabel einen Zentimeter anhebe. Da dreht sich der ältere Herr mit Strohhut, Modell Panama, vom Nebentisch zu mir um. Ich sehe die Brille und den Bart, der aussieht wie ein unfertiges Vogelnest. Mir fällt ein ehemaliger Chemielehrer ein. Sofort senke ich den Blick, stiere auf den Teller und führe die halbvolle Gabel zum Mund. Es nützt nichts.

»Sie sprechen deutsch und kennen sich hier aus? Darf ich Sie etwas fragen?«

Mir liegt die Antwort auf der Zunge: Erstens möchte ich endlich in Ruhe essen, zweitens haben Sie die Frage sowieso bereits gestellt, ob Sie dürfen oder nicht. Aber ich möchte höflich sein und ihm die Maiskörner beim Sprechen nicht ins Gesicht spucken. Also kaue ich lustlos weiter und schlucke den Brei hinunter ohne jeglichen Genuss. Er schmeckt schal. Der Appetit ist mir ohnehin vergangen. Ich lege das Besteck weg.

»Was möchten Sie denn wissen?«, gebe ich monoton zurück.

»Wissen Sie, meine Frau und ich kommen gerade von einer Bergtour zurück. Wir waren vier Tage lang im Norden der Insel unterwegs und im Osten, wo es diese Misch- und Nadelwälder gibt. Es war anstrengend, aber sehr schön. Vor allem das Paúl-Tal war botanisch betrachtet faszinierend. Und nun überlegen wir, ob wir vielleicht noch den Rest der Insel erkunden sollen oder doch lieber gleich nach São Vicente übersetzen und dann weiterreisen mit der Fähre nach São Nicolau. Waren Sie schon einmal im Südwesten? Entspricht die Gegend den Beschreibungen der Reiseführer und lohnt sich ein Abstecher? Fahren Sie vielleicht auch dorthin?«

»Oh, da kann ich Ihnen gar keinen Rat geben. Ich war vor drei Jahren einmal hier auf der Insel. Aber nicht sehr lange. Tut mir leid.« Der Tonfall geriet mir zu harsch. Ich sehe es an seinem stechenden Blick. Schnell setze ich ein scheinheiliges Gesicht auf und ziehe bedauernd Stirn und Schultern hoch. Er soll nicht den Eindruck bekommen, als habe meine abweisende Art etwas mit Arroganz und Antipathie zu tun, auch wenn dem so ist. Die Bedienung tritt an meinen Tisch, nimmt wortlos den vollen Teller, stellt ihn auf ihr bereits beladenes Tablett und schaut fragend auf meine halbleere Kaffeetasse. Vermutlich ist sie Meisterin im Balancieren von Geschirrbergen. Denn ohne eine Antwort abzuwarten, stapelt sie die Tasse geschickt auf einen beachtlich hohen Porzellanturm. Das ist *die* Gelegenheit für einen Ortswechsel.

»Bezahlen. A conta, faz favor«, murmele ich.

Es war nicht deutlich genug. Die Kellnerin wendet mir ihr Hinterteil zu und beschäftigt sich mit dem Nachbartisch. Das kann dauern, bis sie die umfangreiche Bestellung italienisch sprechender Rucksacktouristen aufgenommen hat. Rasch rechne ich den Betrag im Kopf zusammen, nestle meine Geldbörse aus der Hosentasche, zähle die Escudos auf den Tisch und verlasse die Terrasse des Hotels. Ich brauche ihn nicht mehr, den beliebten Treffpunkt der einheimischen Fahrer und der Touristen, zu dem sich das *O Atlantico* durch seine markante Lage unweit des Hafens entwickelt hat.

Hundert Meter weiter, an der Küste entlang in Richtung Innenstadt, gab es eine Reihe kleiner Bars. Die bestehen sicher immer noch. Auf dem Weg dorthin sind vielleicht ein paar schöne Ansichtskarten aufzutreiben. Mick und

Ole freuen sich immer sehr über Post. Und Karen auch. Wie lange das schon her ist, seit wir gemeinsam mit meiner besten Freundin hier Urlaub gemacht haben. Einerseits eine Ewigkeit, andererseits kommt mir alles sehr vertraut vor. Ich erkenne sogar das Schulgebäude wieder und die Kirche, deren Fassade mit grellen Farben herausgeputzt wurde. Dort irgendwo in einem Gässchen gab es einen kleinen Schreibwarenladen. Und unweit davon müsste das Postamt sein, wenn ich mich recht erinnere. Ich werde ein ruhiges Plätzchen suchen und schreiben. Postkarten. Und den Brief an Arne. Wenn die Zeit noch reicht. In einer Stunde wird mein Fahrer starten. Pünktlich um elf Uhr. Das hat er fest versprochen. Ich will ihm glauben und gehe an den Marktfrauen vorbei, die unter Bäumen sitzen und ihre Waren, Ziegenkäse, Gemüse und Trockenfisch, anbieten.

Aus einem Hinterhof dringt Musik. Eindringlich. Fremdartig. Zauberhaft. Kein Ghettoblaster oder Transistorradio kann solche Töne hervorbringen. Es ist Livemusik. Mitten am helllichten Vormittag ein Konzert. Der Gesang, die rasch wechselnden Trommelschläge, die Melodie ziehen mich magisch an. Ich schlendere an einer Wellblechgarage und einer improvisierten Autowerkstatt vorbei, immer der Laustärke nach. Was sich dort abspielt, gleicht keiner Probe, die ich von Bands aus Deutschland kenne. Drei junge, sehr schlanke Männer, ein altes Bandoneon, ein umgedrehter Plastikeimer und eine helle, ergreifende Stimme, sonst nichts. Der Sänger bewegt sich geschmeidig wie eine Gummipuppe, klatscht im Takt in die Hände und lacht mir ins Gesicht, während er seiner wunderbaren Stimme Raum gibt. Der Bandoneonspieler schaut mich ebenfalls mit einer Selbstverständlichkeit an, als wäre ich Teil der Kulisse. Nur der Drummer, der mangels Schlagzeug den Eimer traktiert, schaut kurz auf, runzelt die Stirn, ignoriert dann meine Anwesenheit und konzentriert sich auf das Spiel. Schweißperlen benetzten seine Haut. Das Achselshirt ist an manchen Stellen feucht, die Jeans zerschlissen.

Ich lehne an dem rostigen Wellblechverschlag und lasse mich beflügeln von diesen Liedern, die ganz anders sind als das, was ich bislang unter kapverdischer Musik verstanden habe. Nicht, dass ich mich für eine Expertin auf diesem Gebiet halte, eher für eine, die die Musik im Allgemeinen liebt. Nachdem ich so ziemlich alle verfügbaren CDs kapverdischer Interpreten besitze, glaubte ich, Bescheid zu wissen über die Musikszene dieses Archipels. Wie man sich doch irren kann. Auch über anderes wundere ich mich. Wie wenig manchmal notwendig ist, um Spannung zu erzeugen. Nicht nur in der bildenden Kunst, auch im Bereich der Musik. Talent, Begeisterung und Eifer können genügen, um das gewisse Etwas entstehen zu lassen, wonach pfiffige Musikproduzenten oft verzweifelt suchen: eine erfrischend neue, natürliche Stilrichtung. Vielleicht ist es auch diese originelle Mischung aus afrikanischen und brasilianischen Einflüssen, die unter die Haut geht. Jedenfalls ist diese Musik kraftvoll und sehr authentisch.

Wären der verwahrloste Platz und die Feuerstelle nicht, deren Glut mit alten Gummireifen und Plastikabfall am Leben gehalten wird, gäbe es den stinkenden Müllhaufen nicht, in dem ein halbnackter, abgemagerter Hund nach etwas Fressbarem wühlt, würde die Armut nicht an jeder Ecke so offensichtlich zutage treten, könnten beim Anblick dieser Musikprobe unter freiem Himmel beinahe romantische Gefühle entstehen. Die Perspektivlosigkeit mit Idylle zu verwechseln hat jedoch einen bitteren, beinahe zynischen Beigeschmack. Meine Kehle wird trocken. Plötzlich fühle ich mich unwohl, wie ein ungebetener Gast, ein Eindringling, eine Fremde, die Zeugin einer sehr privaten Angelegenheit wird. Wie eine voyeuristische, unsensible Europäerin komme ich mir vor. Fehlt nur noch die Kamera. Ich habe hier nichts verloren, störe durch meine Anwesenheit. Am liebsten würde ich eine Tarnkappe überziehen oder mich in Luft auflösen. So unauffällig wie möglich verlasse ich diesen Ort und stürze mich ins Getriebe der Stadt.

Keine Wolke am Himmel. Die Wirkung der Sonne auf diesem Breitengrad habe ich unterschätzt, dabei hätte ich wissen müssen, dass der Lichteinfall frühmorgens schon stark ist. Meine helle Haut beginnt sich auf den Handrücken und Unterarmen bereits zu röten. Ich muss dringend noch eine Crème mit hohem Lichtschutzfaktor auftragen und den Hals schützen, bevor es auf der Ladefläche des Jeeps gleich hoch hinauf in die Berge geht. Beides befindet sich in einem der vielen Fächer des neuen Rucksacks. Ich finde die Tube und das Halstuch tatsächlich auf Anhieb. Mein Blick fällt auf die Armbanduhr. Zehn vor elf. Es scheint, als verginge die Zeit hier schneller als andernorts. Oder es liegt an den räumlichen Entfernungen der verschiedenen Geschäfte, die ich zu Fuß abgeklappert habe, auf der Suche nach Postkarten und einem zweckmäßigen Mitbringsel für Amelie. Zum Schreiben blieb keine Muße mehr, denn wir starten überpünktlich. Damit hatte ich wirklich nicht gerechnet. Mit lautem Hupen, das mich beinahe zu Tode erschreckt hätte, und einem Pfiff, der durch Mark und Bein ging, ließ der Fahrer des Sammeltaxis keinen Zweifel daran, dass ich zu seiner Fracht zähle. Dabei hatte ich mich gerade gemütlich auf einen der Hocker vor der Bar in der Nähe des Hafens gesetzt und auf meinen Kaffee gewartet. Aus dem Kaffeegenuss wurde leider nichts mehr. Zum zweiten Mal an diesem Tag ging ich leer aus. Nun stehe ich parat und schaue beim Verladen der Rucksäcke, Taschen, Kisten, Kartons, Gasflaschen und Plastiksäcke zu, die neben Touristen und Einheimischen irgendwo Platz auf dem Allradfahrzeug finden. Soll ich da wirklich auch noch dazwischen passen? Und ob. Der Fahrer, der zwischen vierzig und fünfzig ist und einen konzentrierten Eindruck macht, schafft flugs eine Lücke und bugsiert mich hinauf.

Ein älteres französisches Paar, das vorübergeht und mit einem freundlichen »Bonjour« grüßt, scheint fasziniert von der enormen Menge und der bunten Vielfalt an Frachtgut. Die beiden postieren sich in zwei Metern Entfernung auf dem Gehweg und stellen ihre Einkaufstüten an der Hausfassade ab. Er bückt sich, öffnet eine Fototasche, zieht eine Kamera heraus, schraubt ein Objektiv auf und beginnt zu fotografieren. Es scheint, als nehme er jedes Detail ins Visier. Ob er später zu Hause die Bilder seinen Freunden zeigt? Was darauf wohl zu sehen ist und was er dabei empfindet?

Es gibt Momente im Leben, manchmal nur ein ganz banales Ereignis, in denen sich die Perspektive, die Sichtweise ganz plötzlich verändert und Fragen auftauchen, wie aus dem Nichts. Die Linse, die jetzt auf mich gerichtet wird, löst solche Gedanken aus. Niemals haben wir dieselbe Sicht auf die Dinge, wenn wir dasselbe sehen. Wahrnehmung ist stets individuell. Ziemlich sicher ist auch, dass sich die Realität oder das, was wir dafür halten, durch die Kamera betrachtet, verändert darstellt. Sie rückt in die Ferne. Es ist, als lege man einen Filter zwischen sich selbst und die Welt. Als sei man gar nicht Teil der Szene, sondern befinde sich außerhalb, getrennt vom Ganzen. Und auch das Motiv, das menschliche Wesen, verändert sich, sobald eine Kamera darauf gerichtet wird.

Vielleicht habe ich auch deshalb ein gespaltenes Verhältnis zum Fotografieren.

Einerseits stellen sich mit dem späteren Betrachten der Bilder die Erinnerungen an Situationen und Menschen ein. Empfindungen entstehen dabei, vielleicht glückliche, wehmütige, traurige oder heitere. Andererseits verändert sich die Stimmung just in dem Moment, in dem man ans Fotografieren denkt. Ob es wohl Menschen gibt, die diese Empfindungen teilen? Ich weiß es nicht. Auf mich wirken diese Alltagsszenen jedenfalls bereits ganz ohne Filter irreal.

Das dumpfe Gefühl, als sei ich noch nicht richtig angekommen, als umgebe mich ein Dunstschleier wie nach einer durchzechten Nacht, verlässt mich nicht. Vermutlich liegt es an der Grippe, die meinen Körper viel stärker geschwächt hatte, als ich wahrhaben wollte, und von der ich mich noch nicht restlos erholt habe. Die Schweißausbrüche und Schwindelanfälle, die von Zeit zu Zeit auftreten, sind wohl Anzeichen dafür, noch nicht vollständig gesund zu sein. Zum Nachdenken bleibt aber keine Zeit mehr. Unser Fahrer scheint es eilig zu haben. Im Handumdrehen sind alle Gegenstände verstaut und mit Seilen gesichert. Die Passagiere sitzen gut eingebettet zwischen Reisetaschen und Kartons und halten sich irgendwo fest. Der Motor wird gestartet. Musik dringt aus dem Wageninnern. Es geht los, kreuz und quer durch die Stadt zunächst, über breite Straßen mit Pflastersteinen und durch schmale Gässchen mit tiefen Mulden. Dann hinaus, auf der geraden Landstraße durch vegetationsarmes Gelände und hinauf in die faszinierende Bergwelt mit ihren rasch wechselnden Formen und Farben. Es muss viel geregnet haben. Ein moosgrüner Teppich überzieht die Hügel und verleiht diesem kargen Teil der Insel einen mystischen Charakter. In den tiefen Schluchten, die das Wasser im Laufe der Jahre gegraben hat, stehen vereinzelt Pfützen. Weiter oben blühen gelbe und violette Blumen. Ziegenherden ziehen über einen satten Weidegrund. Immer wieder sieht man ein paar Esel oder eine schwarz-weiß gefleckte Kuh. Ein buntes, friedliches Bild.

III

Dort oben liegt es. Das Haus von Amelie. Ziemlich sicher. Fragmente meines Traums blitzen auf. Danach müsste das Anwesen viel größer sein. Was hatte meine Schwester gestern Abend gesagt, als ich sie endlich ein paar Sekunden lang am Telefon hatte, nachdem die Leitung zuvor mehrfach unterbrochen worden war? Sie hatte laut und deutlich gesprochen. Ich habe ihre Worte noch im Ohr: »Wenn ihr von den Bergen kommt und die Sandpiste erreicht, die unten an der Bucht entlang in Richtung Dorf führt, erkennst du es gleich. Es ist das einzige Gebäude oberhalb der Siedlung, das man von dort aus sieht. Melde Dich, wenn ...«

Sie konnte den Satz nicht vollenden. Die Verbindung war wieder zusammengebrochen. Aber es war ja auch alles gesagt. Die Lage des Domizils ist markant. Außerdem könnte ich jeden Dorfbewohner danach fragen. Es besteht überhaupt kein Zweifel. So hoch erhaben am Ende des Dorfs liegt nur ein einziges Gebäude. Das muss es also sein.

Der Wind weht stark heute. Mit voller Wucht peitscht er die Wassermassen gegen die Felsen. Weiter draußen auf dem tiefblauen Ozean blitzen weiße Schaumkronen auf. Kein

Fischerboot ist dort zu sehen. Sie hängen an Bojen oder liegen auf dem Trockenen. Nur am Horizont ist ein Schiff zu erkennen. Schwach zeichnen sich dort die Konturen eines Frachters ab. In Ufernähe bäumen sich mächtige Wellen auf. Sie erreichen eine Höhe von drei, vier Metern, bevor ihr Wellenkamm mit einem lauten Zischen bricht und die weiße Gischt an den Strand donnert. Ein gewaltiges Naturschauspiel, diese Brandung. Unseren Fahrer scheint dies anzuspornen. Er zeigt, was in seinem Wagen steckt, nachdem er bislang im zweiten Gang über die holperige, steinige Fahrbahn geschaukelt war. Es staubt derart hinter uns, dass es aussehen muss, als ob ein Sandsturm auf das Fischerdorf zurast. Wer die Fahrt bislang einigermaßen unbeschadet überstanden hat, dessen Sitzfleisch wird spätestens jetzt auf eine harte Probe gestellt. Denn selbst die gerade, sandige Piste birgt tiefe Mulden und Schlaglöcher. Kein Wunder, dass die Stoßdämpfer abgenutzt sind. Plötzlich wird der Jeep so scharf abgebremst, dass er zum Stehen kommt. Die Frau, die neben mir sitzt, prallt unsanft gegen das Fahrerhaus. Hühner flattern aufgeregt in einen Graben neben der Fahrbahn, gefolgt von einem kleinen Ferkel. Mit seinen schwarzen und braunen Punkten auf dem borstigen Fell sieht es aus wie ein Wildschwein, das in einen Farbeimer gefallen ist. Es läuft quiekend zu seiner Familie, die unter hohen Akazien neben Steinhäufen und provisorischen Ställen döst. Glücklicherweise gab es keinen Aufprall. Die Tiere sind unverletzt. Unser Fahrer verfügt über ein gutes Reaktionsvermögen. Er gehört zu der Sorte Mensch, der man blind vertraut. Schwer zu sagen, weshalb. Manchmal sind es nur Kleinigkeiten, die Sicherheit vermitteln. Vor der Abfahrt fiel mir auf, wie behutsam er mit einem kleinen Kind umging. Er hob es wie ein rohes Ei ins Wageninnere. Danach kümmerte er sich rührend um dessen schwangere Mutter, für die er auf dem Beifahrersitz Platz schuf. Gleichzeitig packte er beim Verladen der schweren Ware zu als wäre es ein Kinderspiel. Ich hatte ein gutes Gefühl. Er würde mit jeder Situation fertig werden und uns heil ans Ziel bringen. Nun gibt er wieder Gas. Hundert Meter weiter dann der nächste abrupte Stopp. Wir sind da. Endstation. Für ein paar Touristen zumindest.

In Zeitlupe werden Gliedmaßen gedehnt und gestreckt, die Körper mühsam bewegt. Ich fühle mich um Jahre gealtert. Der Fahrer ist bereits aus dem Wagen gesprungen. Von Erschöpfung keine Spur. Beschwingt geht er um den Wagen herum und lässt die Klappe an der Ladefläche des Jeeps herunter. Ich bleibe sitzen und schaue ihm zu, wie er mit einem dynamischen Sprung auf dem Blech landet und beginnt, die Knoten aus den Seilen zu lösen. Er pfeift ein Liedchen, während er sein Fahrzeug von einem beträchtlichen Teil der Last befreit. Nun bedeutet er uns Passagieren, hinabzuspringen. Ungelenk setze ich mich auf den Rand des Fahrzeugs und lasse mich auf die Erde hinabgleiten. Der Boden schwankt unter meinen Füßen wie nach einer Schifffahrt. Nun landet mein Rucksack in hohem Bogen im Dreck. War er einmal schwarz? Hatte ich nicht ein schickes, edles Stück angeschafft? Weshalb nur? Der Rucksack sieht jetzt meinem alten ziemlich ähnlich. Er ist über und über von braunrotem Sand überzogen, wie jedes der anderen Gepäckstücke auch und wie wir selbst. Ein guter Sonnenschutz zumindest. Ich gebe den halbherzigen Versuch gleich wieder auf, durch Klopfen und Wischen den Schmutz von den Ärmeln meiner Bluse zu bekommen. Es ist zwecklos. Die feinen Staubpartikel haben sich tief in Gewebe und Poren gesetzt. Außerdem ist etwas anderes viel spannender.

Es strömen immer mehr Menschen zusammen. Aber nicht unseretwegen. Ein Wagen voller weißhäutiger Ankömmlinge scheint keine große Attraktion darzustellen. Am Ufer, unmittelbar hinter einer Gruppe knorriger Akazien, bildet sich neben einem Wall aus großen Lavablöcken ein Menschenauflauf. Dort muss sich irgendetwas Sensationelles abspielen. Ich setze meine Sonnenbrille ab und wische mit dem Zipfel meiner Bluse über die Gläser, um einen besseren Durchblick zu bekommen. Es gelingt mehr schlecht als recht. Der Stoff bündelt den Schmutz zu einem schmierigen Film.

»Hallo! Ihr da!«, ruft jemand hinter mir laut. Da er meine Landessprache benutzt, geht er offenbar davon aus, dass alle Neuankömmlinge Deutsche sind. Dabei bin ich die Einzige.

»Schaut mal! Die haben einen Riesenfisch gefangen.«

Ich drehe mich in Richtung der Pension um. Ein rotgesichtiger Mann in verwaschenen Shorts, löcherigem Shirt, Bierflasche in der einen Hand, deutet mit der anderen Hand in Richtung Meer. Er schaut mich direkt an und meint:

»Nicht hier, bei mir. Dort, am Strand!«

Um ihn nicht zu verärgern, wende ich flugs den Kopf, blinzle angestrengt, setze die Brille wieder auf und erkenne ein Dutzend Männer, vielleicht auch ein paar mehr, die mit der Ladung zweier Holzboote am steinigen Strand beschäftigt sind. Einige sieht man nur von hinten. Ihre Rücken sind über den Rand des Schiffs gebeugt. Zwei von ihnen stehen aufrecht am Heck des Bootes und halten mit beiden Händen die Schwanzflosse eines Fischs in die Höhe. Knapp die Hälfte des Rumpfs liegt noch im Schiff. Das Tier muss eine Länge von rund drei Metern haben.

Jetzt stockt mir der Atem. Drei der Männer springen über die Steine, direkt auf die Fluten zu. Bis gerade eben standen sie unbeweglich am Strand, dann zogen sie blitzartig ihr Shirt über den Kopf, warfen es auf die Erde und rannten los. Das Wasser reicht ihnen jetzt bis zum Bauch. Vor ihnen türmt sich bereits eine Riesenwelle auf. Mit einem Hechtsprung tauchen sie beinahe zeitgleich durch die Wassermasse, bevor der Kamm mit lautem Getöse bricht. Die Drei haben exakt den passenden Moment abgewartet. Sie kennen sie ganz genau, die Abfolge der Wellen, die Strömung, die Gezeiten, schließlich hängt ihr Leben davon ab.

Die Dünung ist so stark, dass man die Schwimmenden nur schlecht in den Wellentälern ausmachen kann. Außerdem ist das Wasser stark aufgewühlt. Hier und da tauchen Arme und ein Kopf auf. Weiter draußen schaukelt ein alter Fischtrawler an einer gelben Boje. Wenn ich richtig sehe, ist ein kleineres Fischerboot an einer Leine daran festgemacht. Mit kräftigen Kraulzügen erreichen die Fischer nun den Holzkahn. Einer schwingt sich hinein, die anderen beiden hantieren im Heckbereich. Man kann nicht viel erkennen. Der Mann im Boot beginnt nun zu rudern, seine Kollegen im Schlepptau.

»Oh, là là«, meint die Dame, die neben mir auf dem Jeep saß und nun ebenso angestrengt aufs Meer blickt wie ich. Wer diese Szenen miterlebt, wird seinen Fisch auf dem Teller sicher künftig mit gebührendem Respekt verspeisen. Mit vereinten Kräften und starken Seilen, vom Wasser und vom Land aus, schaffen sie es schließlich, das Boot an den Strand und weiter hinauf auf die Steine zu ziehen. Alle helfen mit. Ein gefährliches Unterfangen. Doch es geht gut aus. Und die Ausbeute ist immens. Stolz wird ein weiterer riesiger Fisch hochgehoben.

»Ein Hai!«, kreischt eine junge Frau und eilt in einem geblümten, weit flatternden Kleid, mit einem bunt gemusterten Seidenschal um den Kopf, eine Fotokamera in der Hand schwenkend, an mir vorüber. Dicht hinter ihr ein Herr im Safari-Look, vermutlich ebenfalls Gast der Pension. Im Vorübergehen wendet er sich uns zu und erklärt fachmännisch: »Es ist ein Thunfisch. Die Saison hat soeben begonnen. Und das ist ein besonders schönes Exemplar. Von Hand geangelt.«

Was für die Touristen ein besonderes Fotomotiv darstellt, zieht auch die Dorfbewohner an. Eine Horde Kinder, Mütter und selbst alte, gebrechliche Menschen bestaunen den Fang. Offenbar gibt es nicht alle Tage ausreichend Fisch. Sogar die beiden Frauen, die auf der Dorfstraße geradewegs auf uns zukommen und große, schwere Kübel auf dem Kopf balancieren, drehen ihren Oberkörper langsam und synchron ebenfalls in Richtung der Fischer. Sie verändern dabei weder den Rhythmus ihres Gangs, noch verlieren sie etwas von ihrer Last. Kein Tropfen des schwimmenden Inhalts, den die Schweine in den Ställen außerhalb des Dorfs bekommen, schwappt aus den Tonnen. Diese fließenden, kraftvollen und anmutigen Bewegungen und das Körpergefühl dieser Menschen versetzen mich immer wieder ins Staunen. Eine der beiden Frauen ist eine auffallende Erscheinung. Sie ist beinahe noch ein Mädchen, vielleicht dreizehn, höchstens fünfzehn Jahre alt. Anders als alle anderen weiblichen Einheimischen, die ich bislang gesehen habe, trägt sie ihre Haare offen. Auch die Farbe von Haut und Haaren unterscheidet sich deutlich von anderen. Sie sind viel heller. Ein ganzes Meer aus goldblonden, dichten Locken quillt unter dem randvollen Plastikkübel hervor und fällt über ihre zarten Schultern. Sie sieht aus wie ein gestrandeter Engel. Ihr hellblaues Kleid ist kurz. Es reicht gerade bis zu den Oberschenkeln. Beim näheren Betrachten fällt auf, wie kräftig diese schlanken Beine sind. Die Muskeln, Sehnen, Bänder müssen gut trainiert sein, denn die Körper dieser Frauen halten extremen Belastungen stand. Die jahrelangen körperlichen Schindereien, die Arbeiten im Land- und Ackerbau, das Tragen von bis zu fünfzig Kilogramm schweren Lasten, das Waschen der Wäsche von Hand, und vieles mehr fordern aber auch ihren Tribut. Gerne würde ich sie danach fragen, wie es ihnen geht mit diesem einfachen, harten Leben, ob sie zufrieden sind in ihrem kleinen Dorf, oder ob sie sich weit weg sehnen, vielleicht nach Europa, wie so viele.

Die beiden unterhalten sich. Sie sind jetzt beinahe auf meiner Höhe angelangt. Ich schaue der Jüngeren ins Gesicht. Einen Engel stellt man sich anders vor. Sie hat hohe Backenknochen, eine schmale Nase und große, wassergrüne Augen mit einem wilden, misstrauischen Ausdruck. Ich kenne diesen Blick, der einem Raubtier gleicht. Es muss das Mädchen sein, in das sich Mick bei unserem Urlaub hier bis über beide Ohren verknallt hatte. Ich werde diese erste Verliebtheit meines Sohnes nie vergessen. Arne und ich hatten das Verhalten der Kinder im Stillen beobachtet, diese scheuen Annäherungsversuche, die Anziehungskraft dieser so gegensätzlichen Menschen. Damals arbeitete das Mädchen in der Küche der Pension. Und als wir wegen der Tsunami-Warnung vorsorglich evakuiert wurden, hatte sie sich um die Tiere gekümmert. Keiner hatte in der Aufregung daran gedacht, die Schweine, Ziegen, Hühner und Esel und was es sonst noch gab, aus den Ställen zu lassen, nur dieses eigenwillige Kind. Wir hatten sie wegen ihrer besonderen Ausstrahlung Momo genannt, bis Mick ihren wahren Namen erfuhr. Wie hieß sie gleich? Tâmbra. Den Namen eines Dattelbaums hatte man ihr gegeben. Irgendwie fanden wir das auch passend, so rank und schlank, wie sie gebaut ist. Auch ihre geschmeidige Art zu gehen und die wilden Zottelhaare, die wie Wedel vom Kopf abstehen, erinnern an eine Palme. Ich lache sie an und sage:

»Bom dia.«

Sie schaut mir jetzt direkt in die Augen, ohne mit der Wimper zu zucken, und geht wortlos vorüber. Dann dreht sie ihren Kopf ganz langsam in meine Richtung und lächelt. Unmerklich beinahe. Nur ich sehe es.

Da nähert sich ein weiteres bekanntes Gesicht. Filipa. Sie kommt in einer roten Rüschenschürze über einem blaugetupften Kleid direkt auf mich zu und zeigt ihre strahlend weißen Zähne. Freude steigt in mir auf. Es ist ein so gutes Gefühl, willkommen zu sein. Ungeachtet meines ungepflegten Äußeren schließt sie mich fest in die Arme, beinahe so als wäre ich ihre beste Freundin oder eine enge Verwandte. Sie riecht nach Veilchen, genau wie damals. Ich kann mich an den süßlichen Duft sehr gut erinnern. Diese Nähe ist mir jetzt allerdings etwas peinlich. Ich habe stark geschwitzt und rieche sicherlich nicht gerade angenehm. Am liebsten wäre mir jetzt eine Dusche. Filipa sind Äußerlichkeiten aber nicht wichtig. Sie sieht mit dem Herzen. So fest, dass ich kaum Luft bekomme, drückt sie mich an ihre weiche Brust. Nach dieser innigen Begrüßungszeremonie heißt die gute Seele der Pension die anderen Gäste der Reihe nach per Handschlag willkommen. Mit einem breiten Lächeln und einem aufmunternden Kopfnicken bedeutet sie uns, ihr zu folgen. Das lasse ich mir nicht zweimal sagen, schultere meinen schmutzigen Sandsack, nehme die Reisetasche in die Hand und betrete die grüne Oase.

Es hat sich viel verändert seit meinem letzten Besuch hier. Die Bananenplantage, durch die sich der Kiesweg schlängelt, ist erweitert worden. Die Gewächse sind noch höher und üppiger, die Blätter ausladend. Es hängen kleinwüchsige Stauden und schöne Fruchtstände daran. Vor drei Jahren gab es hier noch keine einzige reife Frucht. Auch der übrige Bewuchs, die Wandelröschen, die Bougainvilleas, die Kakteen, Gräser und Kräuter habe ich kleiner in Erinnerung. Durch die intensive Bepflanzung, die vermutlich viel Pflege und vor allem reichlich Wasser benötigt, sind die Gäste-Bungalows nur schemenhaft auszumachen. Ich schaue mich genau um, aber weder das Häuschen, das Karen mit den Kindern bewohnte, noch der Bungalow von Arne und mir ist zu sehen. Dafür entdecke ich eine große, gemauerte Grillstelle, die es damals noch nicht gab.

Neu ist auch ein unverputzter, kleiner Flachdachbau neben dem Haupthaus der Anlage. Davor baumelt eine Hängematte, die am Stamm von zwei Mangobäumen befestigt wurde. Zwei kleine Kinder benutzen sie als Schaukel. Sie jauchzen vor Vergnügen. Im Schatten eines Wellblechverschlags döst ein langbeiniger, kurzhaariger Hund, der keine Notiz von uns nimmt. Unweit davon läuft ein dünner Wasserstrahl aus einem Schlauch, der einen kleinen See entstehen lässt. Nicht mehr lange und das kühle Nass holt den schlafenden Hund aus seinen Träumen.

Wir wandern gemächlich im Gänsemarsch hintereinander her und erreichen durch diesen dichten Blätterwald eine teilweise überdachte Terrasse, auf der quadratische Tische und einfache Holzstühle stehen. Bunte Plastiktischdecken mit Kerzenhaltern darauf und Steinen, auf die Symbole und Zahlen gemalt wurden, dienen als Dekoration. Als Sichtschutz fungiert ein improvisiertes Gestell aus Bambusstangen, an dem Kletterpflanzen hinaufranken. Von der Decke baumeln zwischen Lichterketten hellgelbe und dunkelgrüne Maracujáfrüchte. Sie muten beinahe künstlich an, wie ausgefallene, hochglanzpolierte Christbaumkugeln. Am Rand der gepflasterten Terrasse prangt eine lange Tafel. Darauf stehen halbe Kokosnüsse, die als Aschenbecher dienen, mehrere Salz- und Pfefferstreuer, eine Schale mit Obst, mindestens ein Dutzend Gläser und drei große Glaskaraffen mit ockerfarbenem Inhalt. Filipa bleibt davor stehen, schenkt die Gläser voll und deutet strahlend darauf, was einer Einladung zum Trinken gleichkommt. Dankbar nehme ich ein Glas. Es ist frisch gepresster Fruchtsaft, vermutlich ein Mix aus Banane, Orange, Zitrone, Maracujá. Nach der anstrengenden Fahrt eine richtige Wohltat. Ich fühle mich mit jedem Schluck besser. Die richtige Grundlage für einen Strandspaziergang, bevor ich mich aufmachen werde, zur nächsten Etappe, zum Haus meiner Schwester.

IV

Nichts bleibt, wie es ist. Selbst hier, an diesem entlegenen Ort, auf der kleinen Insel mitten im Atlantik, hat der Fortschritt Einzug gehalten. Wenn auch verhalten. Dennoch. Gleich beim Dorfeingang, im Anschluss an das staubtrockene Feld, das als Fußballplatz dient, hat Monica ihre kleine Bar erweitert, in der die Fischer schon bei Sonnenaufgang den Tag mit Grogue willkommen heißen. Unter einer überdachten Terrasse laden jetzt Tische und Stühle zum Verweilen ein. Neben landestypischen Produkten wie Ziegenjoghurt in verschiedenen Variationen kann man dort auch kreolische Gerichte genießen und Handykarten aufladen lassen. So steht es auf einem großen Schild, das an der Hausfassade lehnt. Das absolute Highlight scheint jedoch der Fernseher über der Theke zu sein, zumindest für die Einheimischen. Zu Dutzenden versammeln sie sich dort jetzt vor dem Tresen. Public Viewing. Wie bei uns vor fünfzig Jahren und neuerdings wieder, als Massenevents. Auf meiner Wanderung durch das Achthundertseelendorf entdecke ich neben den acht bestehenden kleinen Einkaufsläden zwei weitere, die hinzugekommen sind.

»Maria hat eine Filiale eröffnet, auf der anderen Seite des Flussbetts«, erzählte Filipa stolz. Mit dieser sind es dann mindestens elf Geschäfte. Neu sind auch zwei kleine, familiäre Pensionen und ein Restaurant mit regionaler Hausmannskost, vor dessen Eingang ich jetzt auf einem Mäuerchen sitze und über die Entwicklung dieser Inseln nachdenke. Die Einheimischen werben mit bescheidenen Mitteln um die Gunst der Gäste und haben durchaus Erfolg damit. Auch Filipa denkt bereits darüber nach, ein Gästezimmer in ihrem kleinen Haus einzurichten. Die Leute sind einfallsreich und der beschauliche Charakter des Dorfes, die Freundlichkeit und Gelassenheit seiner Bewohner scheinen gut anzukommen bei Touristen aus aller Welt. Zudem wird die Piste, die von der Stadt in das Dorf führt, nun ausgebaut und gepflastert. Es wird also bald eine bequeme Straße über die Berge führen, was die Gästezahlen erheblich steigern wird, erfahre ich.

Ruben zieht mich am Ärmel meiner Bluse. Er gönnt mir keine Verschnaufpause.

»Bej! Bej!« Los, komm, meint der Knirps. Er will mich davon überzeugen, dass es noch irgendwo einen weiteren kleinen Miniladen gibt, der eher einer Abstellkammer gleicht, aber ganz sicher Süßigkeiten birgt. Keine fünf Meter von der Pension entfernt bin ich seinem kindlichen Charme erlegen und wenige Sekunden später wuchs die Kinderschar und wuchs und wuchs. Vermutlich die Hälfte der kleinen Mädchen und Jungen des Dorfs sind mittlerweile hier versammelt. Zwei besonders pfiffige, etwa sechsjährige Steppke führen fröhlich hüpfend unseren bunten Umzug an. Das gibt es nicht alle Tage, dass sich eine Touristin von der Vielseitigkeit des Süßwarenangebots überzeugen lässt. Unwiderstehlich, die Bonbons, Lutscher, Kaugummis, Drops, Brause … . Unwiderstehlich, die Freude der Kinder und ihr Eifer beim Feilschen, wer was bekommt. Aber jetzt möchte ich gerne alleine weiterziehen, den Weg hinauf, zum Haus meiner Schwester. Ich versuche es mit einem Deal, drücke Ruben ein paar Escudos in die Hand und erkläre ihm, dass er Malstifte für alle in Marias Laden auf der entgegengesetzten Seite des Dorfs kaufen soll. Es klappt. Im Nu bin ich die Kinder los und obendrein mein schlechtes Gewissen, bei den Süßigkeiten nachgegeben zu haben. Schulmaterial fehlt immer. Der Jubel der Kinder, die sich sofort grölend aus dem Staub machen, gibt mir Recht.

Die Serpentine, vorbei an blühenden Zuckerrohr- und Maisfeldern rechts des Pfads, steigt steil an. Links an den Hang schmiegen sich schön angelegte Gärten in schmalen Terrassen. Kleine rote Strauchtomaten, Zwiebeln, Okrapflanzen und gelbe Schoten, die ich nicht kenne, wachsen dort. Jedes Fleckchen Erde wird hier genutzt. Durch die intensive Bewässerung mithilfe der *Levadas* gedeihen die Früchte ausgezeichnet. Wenige Schritte noch, dann erreiche ich ein Wasserauffangbecken, in das aus einem dicken Rohr Bergwasser schießt. Ich bin jetzt sicher schon fünfhundert Meter vom letzten Dorfhaus entfernt und habe achtzig bis hundert Höhenmeter zurückgelegt. Es ist sehr warm. Ich schwitze. Eine Abkühlung mit dem erfrischenden Nass täte gut. Um an das Wasserrohr zu gelangen, müsste ich durch dichtes Gestrüpp steigen. Das Becken selbst ist noch ziemlich leer. Auf dem Betonboden hat sich eine dicke Schlammschicht gebildet. Eine tote Kröte und Plastikmüll schwimmen darin. Nicht gerade einladend. Ich beschließe, weiterzugehen. Nach einer weiteren Biegung taucht in einiger Entfernung eine Mauer auf, davor steht ein Riese von Baum und dahinter ein Haus. Es ist aus Natursteinen gebaut. Genau kann ich es nicht erkennen. Die Entfernung ist noch zu groß. Ich bleibe stehen, stelle die Tasche ab, die mit jedem Meter schwerer wird, und wische mir den Schweiß von der Stirn. Hundegebell, ziemlich laut. Ich sehe zwei Vierbeiner, die sich kläffend nähern, und eine schmale Gestalt, die ihnen folgt.

»Zappa! Jule! Hierher!« Amelie. Das ist die Stimme meiner Schwester. Die Tiere verringern ihr Tempo und wirbeln dabei viel Staub auf. Beinahe hätte ich meine Schwester aus der Entfernung nicht erkannt. Sie ist schlanker geworden, trägt ein wadenlanges Kleid, das bei jedem Schritt im Wind weht, und wirkt größer, was an der Perspektive liegen muss. Sie läuft den Berg herab auf mich zu. Die Hunde sind schneller. Sie umkreisen mich schwanzwedelnd. Der größere Dunkelbraune schnüffelt an meiner Tasche, vielleicht riecht er Bambou, unseren betagten Hund, was ihn hoffentlich freundlich stimmt. Ich stehe unbeweglich da und halte die Arme hoch. Fremden Tieren gegenüber bin ich immer etwas zurückhaltend und vorsichtig. Den Kleineren scheint dies nicht zu beeindrucken. Er springt ungestüm an mir hoch und will spielen. Ich versuche, ihn abzuwehren.

»Jule. Nicht so stürmisch! Nein, Jule, nein.« Amelie zieht den Hund am Halsband weg. Wir nehmen uns in die Arme, ganz kurz. Sie riecht gut. Ein herb-frischer Duft, der Hauch eines Parfums. Vertraut und dennoch fremd. Meine Schwester.

»Das ist eine stürmische Begrüßung, nicht? Sie lieben dich, Franka. Und ich freue mich sehr, dass du da bist. Ging alles gut? Ich habe immer wieder Ausschau nach dir gehalten. Aber lass uns erst mal nach oben gehen.« Amelie nimmt meine Reisetasche in die Hand. Gemeinsam legen wir die letzten Meter zu ihrem Haus zurück.

Es ist anders, als ich es mir vorgestellt hatte. Ein schlichtes, rechteckiges Gebäude. Die Wände sind vollständig aus Natursteinblöcken gebaut. Dabei reichen die Farbnuancen von Schiefergrau über Tannengrün bis zu Maisgelb. Einen deutlichen Kontrast dazu bilden die Fensterläden aus Holz und die Eingangstür, die in einem satten Kornblumenblau gestrichen wurden. Überhaupt ergibt das ganze Ensemble ein buntes Bild. Das Dach des Gebäudes besteht nicht aus Stroh oder Wellblech. Es wurde mit roten Ziegeln gedeckt. Für die kleine Überdachung vor dem Portal wurden Palmblätter benutzt. Links und rechts des Eingangs sitzen Rosmarinsträucher, die schwach blauviolett blühen. An der linken Hausfassade rankt eine rote Bougainvillea hinauf. Sie überwuchert eine hohe Mauer, die sich an das Haus anschließt. Dahinter ist die mächtige Krone eines Mangobaumes zu erkennen, in der unzählige Vögel zwitschern. Mit der rechten Ecke grenzt das Haus an einen Fels, der aus dem Bergmassiv herausragt. Von dort aus fällt das Gelände steil ab. Ich lasse den Blick schweifen, widerstehe aber der Versuchung, an den Rand des Plateaus zu treten, von wo aus die Sicht auf das Meer sicher atemberaubend ist. Das kann warten. Einen interessanten Schattenwurf zaubert der Baum, unter dem wir jetzt angekommen sind. Es sind die ausladenden Äste eines prächtigen Brotfruchtbaums, dessen gezackte Blätter aussehen wie übergroße Hände und die laut rascheln im Wind. Grasgrüne kugelrunde Früchte, so groß wie Kokosnüsse, baumeln herab.

Meine Schwester schließt die Haustüre auf, lässt die Hunde hinein und fordert mich durch eine galante Handbewegung zum Eintreten auf. Ich nehme den Rucksack von den Schultern, klopfe meine Schuhe auf einem Gitterrost ab, trete über die Schwelle und stehe in einem einzigen großen Raum, der bis zum Giebel hinauf offen ist. Es ist angenehm kühl hier drinnen. Durch die beträchtliche Raumhöhe und die Grundfläche von rund hundert Quadratmetern bekommt das Haus etwas Großzügiges, obwohl es von außen betrachtet eher klein wirkte. Die Einrichtung ist sehr geschmackvoll und behaglich. Ein schmaler, eleganter Schrank aus Mahagoniholz, ein langer Tisch mit gedrechselten Beinen, sechs Stühle mit hohen Lehnen, ebenfalls aus rötlichem Vollholz, eine historische Truhe, ein Bücherregal und eine Sitzgarnitur aus geblümtem Stoff vor einem offenen Kamin. Unverwechselbar die Handschrift meiner Schwester, der Innenarchitektin.

»Beeindruckend. Absolut stilvoll«, sage ich anerkennend.

»Schön, dass es dir gefällt. Es ist ein sehr altes Haus, das einer einheimischen Großfamilie gehörte. Vor über hundert Jahren wurde es erbaut. Solide, traditionell und landestypisch. Da die Räume sehr klein und niedrig waren und Teile der Decken herunterbrachen, habe ich es grundsanieren lassen. Den Baustil wollte ich jedoch erhalten. Zudem sorgen die massiven Natursteine für ein gutes Raumklima. Die Zwischenwände wurden herausgenommen, nur die tragenden Außenwände blieben stehen.« Sie streicht mit der rechten Hand über einen schiefergrauen Lavastein an der Wand. Dann deutet sie mit dem Zeigefinger nach oben.

»Auch das Dach musste komplett erneuert werden. In diesem Zug habe ich es gleich einen Meter höher setzen lassen. Die Dachbalken sind zum größten Teil alt, deshalb deren eigenwillige Struktur, siehst du? Alle brauchbaren Teile haben wir wieder verwendet. Aber nun komm, Du bist sicher durstig.«

Amelie geht in ihrer typischen leicht wippenden Art voran. Von hinten betrachtet gleicht sie einem jungen Mädchen. Die Sohlen ihrer Sandalen klappern auf den Natursteinplatten. Ein rhythmisches Geräusch, das im Raum widerhallt. Klack, klack, klack. Irgendwie vertraut. Ich folge ihr wortlos. Sie öffnet eine zweiflügelige, massive Holztür, die dem Portal schräg gegenüberliegt und aussieht, als stamme sie aus einer Burg. Die Beschläge sind aus geschmiedetem Eisen. Im Schloss steckt ein großer Schlüssel. Ein Schwall warmer Luft schlägt uns entgegen. Die Hitze muss sich davor gestaut haben. Nun sehe ich, weshalb. Der Weg führt nicht ins Freie hinaus, sondern geht in einen verglasten Durchgang über. Mit diesem Baukörper, der das alte Haus mit einem modernen Gebäudekomplex verbindet, hätte ich nicht gerechnet. Schweigend gehen wir durch diesen gläsernen Raum, der den Blick nach rechts auf den weiten, azurblauen Ozean tief unter uns und nach links auf das üppige Grün des Gartens freigibt. Amelie schüttelt mit einer energischen Kopfbewegung ihre Locken in den Nacken, zieht einen leichten, hellgemusterten Vorhang im Türrahmen zurück und wendet sich mir lächelnd zu.

»Man erwartet nicht unbedingt einen Neubau, wenn man vor dem Haus steht, nicht wahr?«, sagt sie in einem Tonfall, der mehr einer Aussage, als einer Frage gleicht, als ob sie meine Gedanken lesen könnte. Dann fährt sie fort, während sie meine Reisetasche auf die stahlblauen Bodenfliesen stellt, und ich mich in der weiträumigen Eingangshalle umsehe, die als Wohnraum dient:

»Es bot sich einfach an, diesen modernen Korpus anzuschließen. Und der Glasbau dazwischen ist ein guter Windschutz. Zudem büßt man die Sicht auf das Meer nicht ein.«

Amelie deutet nach links.

»Schau. Hier ist die Küche, die direkt in den Garten führt.«

Zaghaft betrete ich diesen lichtdurchfluteten, rechteckigen Raum, der mit glänzenden Edelstahlmöbeln, einem neu aussehenden Gasherd und einem mannshohen Kühlschrank ausgestattet ist. Die maisgelbe Wandfarbe, der Terrakottaboden und ein paar schöne nostalgisch anmutende Details heben die sterile Ausstrahlung der Küchengeräte etwas auf. In der Mitte steht ein alter Tisch mit starker Maserung und Gebrauchsspuren. Er ist aus rötlich braunem Holz, vermutlich Mahagoni. Ein aschgrauer, poröser Steinmörser, Töpfe und Pfannen aus Kupfer sind dekorativ auf einem Regal angeordnet. Darunter hängen verschiedene Kräutersträuße, vermutlich zum Trocknen. Südliches Flair und Modernität treffen hier aufeinander. Vielleicht ist es das abendliche milde Sonnenlicht und die üppige Bepflanzung, die man durch die geöffnete Türe und durch das breite Fensterband sieht. Es könnte sein, dass die ausladenden Äste und die filigranen, silbern glänzenden Blätter zu einem Olivenbaum gehören. Das Ambiente erinnert mich jedenfalls an ein Haus in der Toskana, in dem wir als Kinder einmal unseren Sommerurlaub verbracht hatten.

»Erinnerst du dich noch an Massa Marittima?«

»Und ob. Nebenan wohnten die Besitzer und die hatten einen halbwüchsigen, bildhübschen Sohn, in den ich mich verguckt hatte. Giorgio oder Giovanni oder so hieß er.«

»Davon weiß ich ja gar nichts«, rutscht mir heraus, was ich gerade denke.

»Du warst auch noch ein Kind, damals. Ach, Franka, wie die Zeit vergeht. Ein halbes Jahrhundert ist vorbei und es ist so viel geschehen.« Sie lehnt gedankenverloren im Türrahmen, knetet ihre Finger und blickt mit ernster Miene in die Ferne. Nach einer Weile schaut sie mich plötzlich mit großen Augen an, gerade so als wäre sie aus einem Traum erwacht.

»Wenn du möchtest, zeige ich dir jetzt den Garten.« Ihre Stimme klingt ganz hell. Meine Schwester strahlt plötzlich wieder eine innere Freude, vielleicht auch eine Spur von Stolz aus. Beschwingt geht sie hinaus, ohne auf eine Antwort zu warten. Und ich folge ihr und komme aus dem Staunen nicht heraus.

Es wirkt alles beinahe verschwenderisch. Die Natur, sofern sie mit Wasser versorgt wird, entfaltet auf diesem Landstrich ihre volle Pracht. Und an Wasser mangelt es hier wohl nicht. Überall blüht und duftet, summt und zirpt es. Wie im Paradies. Es betört die Sinne. Ich muss kurz innehalten und lehne mich im Halbschatten an den mächtigen Stamm eines Gummibaums. Solch ein riesiges Exemplar habe ich noch nie gesehen. Oder doch? Irgendwie kommt mir dieser ungewöhnliche Baum bekannt vor. Ich kann mich nicht erinnern, woher. Meine Gedanken geraten durcheinander. Die vielen, neuen Eindrücke müssen sich erst setzen. Amelies Worte rauschen an mir vorüber wie das Plätschern des Wasserstrahls in dem gemauerten Steinbecken neben der Terrasse. Sie erzählt von Dürrekatastrophen vergangener Zeiten, Entsalzungsanlagen in Touristenzentren, Wasserknappheit. Hier komme es aus den Tiefen des Gesteins, sagt sie. Die Quellen sprudelten zwar noch reichlich, wie lange die Vorräte allerdings ausreichten, könne niemand vorhersagen. Man müsse behutsam mit dem lebenswichtigen Gut Wasser umgehen.

»Ist das hier trinkbar?« Ich deute auf das Becken. Mir trocknet beim Thema Wasser langsam aber sicher die Kehle aus. Amelie versteht. Sie eilt in die Küche und kommt mit einem Krug Saft und Gläsern zurück. Ihre Bewegungen sind geschmeidig und anmutig. Sie wirkt gerade so, als wäre sie ein Teil des Ganzen hier, als hätte sie nie woanders gelebt.

V

Vögel zwitschern. Schrill und durchdringend. Irgendwo bellt ein Hund. Ich schlage die Augen auf. Zarte Vorhänge flattern im Wind. Von der mattweißen Decke baumelt eine Lampe im Kolonialstil. Die Wände sind hellgrün. Das Gästezimmer. Im Haus meiner Schwester. Ich liege im Bett. Mein Magen knurrt und der Kopf schmerzt. Der Weißwein tat nur meiner Seele gut. Es war vielleicht ein Glas zu viel gewesen gestern Abend. Außerdem hatte ich den ganzen Tag über nichts gegessen. Dazu kamen die Wärme, die klimatische Umstellung und meine rasch wechselnde Gemütsverfassung. Es gab Momente, in denen Amelie mir sehr nahe war. Es war, als hätten wir uns nie voneinander entfernt. Sie hatte mir das Haus gezeigt und den gigantischen Ausblick auf Berge und Meer. Dann saßen wir auf der herrlichen Terrasse. Wir aßen Reis, Fisch und Gemüse, und sie erzählte von ihrem Kapverdenhaus, von der Aura, die es besitze, von den Menschen, die es bewohnten, von deren Schicksalen und Erlebnissen, von der Ausstrahlung dieses Fleckchens Erde, von diesem kleinen, abgeschiedenen Dorf. Später fragte sie nach meiner Familie und meinen Projekten. Und ich plauderte von Arne, den Kindern, dem Alltag und wartete darauf, dass sie beginnen würde, vom Grund ihres Umzugs zu sprechen. Doch sie ließ sich

Zeit, öffnete die zweite Flasche des schweren Fogo-Weins und schlug vor, am nächsten Tag einen kleinen Segeltörn zu unternehmen.

»Du liebst doch das Wasser, Franka. Ich habe Jorge gebeten, mit uns eine Schiffsfahrt zu machen, sofern das Wetter günstig ist und du Lust hast«, sagte sie.

Ich stimmte zu. Unvermittelt wechselte sie danach das Thema. Amelie begann, von unserer Mutter zu sprechen und es schmerzte plötzlich. Schlagartig. Ein starker Druck, mitten auf der Brust, verdarb mir die Laune. Ich begann zu frösteln in dieser sommerwarmen Nacht unter dem sternenklaren, funkelnden Firmament. Kindheitserinnerungen tauchten auf und sie ließen sich nicht vertreiben. Ich schaffte es nicht, die Geister aus der Vergangenheit zu besiegen. Sie waren plötzlich alle wieder da, die Dämonen, die mich im Keller unseres Hauses heimsuchten und das Gespenst, das nachts kam und mich quälte in meinem Bett.

Ich trank das Glas in einem Zug leer. Augenblicklich wurde mir schwindelig zumute. Ich erinnere mich, wie meine Schwester mich in mein Zimmer begleitete. Sie sprach tröstende Worte. Wie damals. Manchmal.

Der Zeiger der Armbanduhr geht schon auf neun Uhr zu. Zeit, aufzustehen. In meinem knappen Shirt und barfuß tappe ich ans Fenster und schaue hinaus auf das üppige Grün, diese exotische Vegetation, die nicht das Geringste mit der toskanischen Flora und Fauna gemeinsam hat. So wenig, wie das Haus mit dem italienischen Baustil vergleichbar ist. Durch die Spitzen des Zitronengrasstrauchs hindurch sehe ich direkt auf die Terrasse und den bereits gedeckten Tisch. Die Kräuter sind hier so hoch, dass man sie vom Zimmerfenster aus pflücken könnte. Man müsste nur die Hand ausstrecken. Es riecht herrlich. Ein süßliches Duftgemisch, das vom verlockenden Geruch frisch gebrühten Kaffees überlagert wird. Das weckt meine Lebensenergie. Rasch öffne ich die staubige Reisetasche, die noch genauso in der Ecke steht, wie Amelie sie gestern Abend abgestellt hat, und suche einen Bikini, Shorts und eine leichte Bluse heraus. Mit dem Kulturbeutel, einem Handtuch und der Kleidung im Arm verlasse ich den Raum. Die Sonne scheint ungehindert vom blassblauen Himmel. Es hat sicher bereits um die fünfundzwanzig Grad und es weht kein Lüftchen.

»Na, gut geschlafen?« Meine Schwester kommt aus der Küche und lächelt. Sie wirkt etwas blass und müde. Um den Haaransatz trägt sie ein breites Seidentuch, das ihre Locken bändigt und die Stirn freigibt. Erst jetzt bemerke ich eine tiefe Falte zwischen ihre dichten Augenbrauen. Die Zeit ist auch nicht spurlos an ihr vorübergegangen, denke ich und räuspere mich.

»Herrlich. Hier ist es ja noch stiller, als bei uns zu Hause, im beschaulichen Odenwald.«

»Wenn das Meer zahm ist und der Wind nicht heult, trifft das sicher zu. Apropos. Jorge hat vor ein paar Minuten angerufen. Das Wetter bleibt stabil und der Seegang ist günstig. Sollen wir segeln gehen? Nachher, wenn du geduscht hast und wir gefrühstückt haben, könnten wir starten. Was meinst du?«, fragt sie.

»Prima Idee«, gebe ich zurück und vergesse meinen Brummschädel augenblicklich. Das klare Wasser und die frische Seeluft werden mir guttun.

Beim Anblick der Auswahl an frischen Früchten fällt mir Karen ein. Seit einem Jahr schwört sie auf vegane Ernährung. Und hier gibt es all die schmackhaften Leckerbissen frisch vom Baum oder Strauch. In der Obstschale auf dem Tisch hat man die Wahl zwischen Bananen, Trauben, Maracujás, Papaya, Orangen und Mangos.

»Alles aus heimischem Anbau.« Amelie lacht zufrieden und ich beginne, sie allmählich um diesen Garten Eden zu beneiden. Bei uns wachsen gerade mal Äpfel und Birnen auf der heimischen Wiese hinter dem Haus.

Wir frühstücken ausgiebig und ich bin froh, keine Veganerin zu sein. Auf den Genuss des kräuterummantelten Ziegenkäses und des geräucherten Fischs möchte ich wirklich nicht verzichten. Noch einen Espresso zum Abschluss, dann kann es losgehen.

Fünf Minuten später verlassen wir das Haus und gehen schweigsam nebeneinander her in Richtung Dorf. Der Weg ist recht steil. Ich muss mich konzentrieren, die Balance zu halten und nicht auf dem losen Gestein auszurutschen. Dabei möchte ich die Aussicht genießen. Amelie geht in ihren Flip Flops mit einer Leichtigkeit über die Erde, als schwebe sie. Alle paar Meter bleibe ich stehen. Der freie Blick über die Gärten, die unterschiedlichen Anpflanzungen und blühenden Zuckerrohrfelder hinweg auf die Bucht mit dem schwarzen Sand und dem weiten Meer, das mit dem Himmelsblau am diffusen Horizont verschmilzt, ist unvergleichlich. Es gibt weder störende Hotelbetonklötze noch Sonnenschirme und Liegestühle am Strand, die die Einflüsse des Tourismus vor Augen führen. Nichts dergleichen. Kleine Fischerboote, die in der Ferne dümpeln, und ein paar Landarbeiter ganz nah. Mit gekrümmten Rücken und kleinen Hacken beackern sie die Erde. Sie grüßen freundlich. Kinder überholen uns in ihren himmelblauen und rosaroten Schuluniformen. Sie rennen mit ihren übergroßen Schulranzen auf dem Rücken fröhlich grölend zur Schule, als gäbe es dort Zuckerzeug. Der unebene Pfad bremst ihren Tatendrang kein bisschen ab. In rasanter Geschwindigkeit düsen sie den Weg hinab und winken uns eilig zu. Dort, wo die ersten Dorfhäuser und Schuppen stehen, wird die staubige Piste flacher. Sie geht in eine ehemals gepflasterte, breitere Straße über. Nur noch kleine Inseln aus Pflastersteinen halten der Belastung durch die schweren Allradfahrzeuge stand. Vor den Häusern sind ein paar Frauen damit beschäftigt, Blätter, Steinchen und Papierabfall zusammenzufegen. Als wir vorübergehen, schauen sie auf und murmeln ein »Bom dia«. Es wirkt alles so friedlich, natürlich und selbstverständlich, dass ich beinahe vergesse, dass ich gestern erst angekommen bin. Ich fühle mich auf unerklärbare Weise dazugehörig. Selbst die Hautfarbe scheint keinen großen Unterschied mehr zu machen, dabei bin ich so weiß, dass es den Einheimischen hier in den Augen schmerzen muss.

»Lass uns noch ein paar Getränke mitnehmen«, sagt Amelie und steigt die Stufen zur *Mercearia Ana* hinauf. Ich betrete dicht hinter ihr den kleinen Raum. Meine Augen brauchen ein paar Sekunden, um sich an die Dunkelheit zu gewöhnen. Es ist noch nicht elf Uhr. Also gibt es keinen Strom. Links im Eingangsbereich sitzt eine wohlbeleibte Dame mittleren Alters hinter einem niederen Tischchen, das mit allerlei Süßigkeiten, einem Korb voller Brötchen, einem Taschenrechner und einer Kasse überfüllt ist. Es ist die Besitzerin, denn Amelie nennt sie Ana. Sie bückt sich über einen Plastikeimer und schöpft etwas heraus. Es sind Bohnen, die sie in kleine Tüten abfüllt. Ana grinst mich breit an. Sie scheint mich noch von meinem Kurzbesuch gestern zu kennen. Hier erstand ich eine Handvoll der zitronengelben Lutscher, deren Plastikhüllen zwei Minuten später auf der Straße landeten. Ein strafender Blick meinerseits auf den Müll genügte und Ruben verzog das Gesicht schuldbewusst. Die Kinder sammelten die Papierchen tatsächlich auf. Möglich, dass sie den Müll, der sich in ihren Hosentaschen sammelte, später in den nächstbesten Straßengraben warfen. Aber ich hatte zumindest das gute Gefühl, eine kleine erzieherische Maßnahme ergriffen zu haben.

Amelie steht vor dem vollen Spirituosenregal. Die Auswahl an Alkoholika, vor allem Wein, überrascht mich. Gleich daneben sind Waschmittel, Babywindeln, Körperhygieneartikel, Milchpulver, Nudeln und allerlei Konserven bis unter die Decke gestapelt. Mitten im Raum belagern große, weiße Nylonsäcke mit Reis aus China, Bohnen, Mais und Linsen den Fußboden. Auf einem schmalen Metallregal türmen sich Geschirr, schlichte, bunte Gläser und Aluminiumtöpfe verschiedener Größe. Jede freie Fläche wird genutzt. Selbst an der Wand unter den Regalen stehen ein paar Kisten mit verschrumpelten Karotten, Kartoffeln, kleinen Knoblauchknollen und Zwiebeln. Eine magere, alte Frau mit einem faltigen, lieben Gesicht und Kopftuch betritt das kapverdische Geschäft. In der Hand hält sie eine Tüte, die sie schüchtern Ana über den Ladentisch reicht. Wortlos nimmt Ana den Beutel, bettet ihn auf ihren Schoß und leert den Inhalt. Heraus kommt Grünzeug. Es sind Korianderstängel mit Blättern daran, die aussehen wie römische Petersilie, und Eier, die in Europa durch jedes Normmaß fallen würden, aber fantastisch schmecken. Vor einer Stunde konnte ich mich von der Qualität dieser frischen Landeier überzeugen. Wie gerne würde ich dieser hageren Bäuerin, die jetzt drei Tassen Reis in ein Plastikbeutelchen schöpft, ihre heimischen Produkte abkaufen. Ich drücke mich vorsichtig an das Regal, um den

Weg freizumachen für meine Schwester. Sie hat drei Flaschen im Arm und zwei Rollen Kekse, die sie nun etwas umständlich Ana zeigt. Es gibt kaum Platz auf dem Tisch, die Ware abzustellen. Ana überlegt eine Weile, tippt dann die Preise in den Taschenrechner und Amelie verstaut die Sachen in ihrem Rucksack. Jetzt sehe ich, dass es zwei Flaschen Sekt und eine Flasche Mineralwasser sind.

»Wir haben doch etwas zu feiern«, meint sie zu mir gewandt, während sie den Rucksack verschließt.

Ana tippt nochmals und nochmals. Schließlich nuschelt sie den Betrag auf Kreol und dreht das Display der Rechenmaschine in meine Richtung. Dabei blickt sie mich unverwandt an. Vielleicht schließt sie von gestern auf heute. Noch bevor ich einen sinnvollen Satz auf Portugiesisch bilden kann, antwortet meine Schwester etwas mir Unverständliches und zählt die Scheine auf den Tisch. Es klingt, als habe sie einen Kaugummi zwischen den Zähnen. Jedenfalls scheint sie die Sprache der Einheimischen perfekt zu beherrschen. Auch der Tonfall und ihre Mimik verändern sich dabei. Wir treten wieder auf die Straße hinaus, wo das Sonnenlicht die Augen blendet. Dort steht ein junger Mann in dunkler Latzhose. Er scherzt mit meiner Schwester. Und Amelie antwortet, lacht und gestikuliert in einer Art, wie ich es noch nie zuvor gesehen habe.

»Das war der Halbbruder meiner Hausfee. Er ist Maurer und hat schon für mich gearbeitet. Demnächst hat er keinen Job mehr. Das ist ein Problem hier. Die Hälfte der

Menschen ist arbeitslos und lebt von der Hand in den Mund«, klärt sie mich auf.

Amelie beschleunigt ihren Schritt. Das ist gut so, denn sie scheint jede und jeden in diesem Dorf zu kennen. Kaum ein Haus links und rechts des Weges, vor dem nicht irgendjemand steht und ein Gespräch beginnt. Meine Schwester stoppt und spricht, stellt mich vor, wir schütteln Hände und gehen weiter.

Endlich erreichen wir die Uferstraße. Linksseitig stehen bunte, kleine Fischerhäuschen, zum Teil mit Mauern davor, die vor der allzu heftigen Brandung schützen sollen. Manche der Behausungen machen einen verlassenen Eindruck. Die Dächer sind notdürftig mit rostigem Wellblech gedeckt, die Fensteröffnungen mit Brettern verschlossen. Rechts des Weges vereinzelt Akazien und Ansammlungen von Steinen und Geröll, Ästen und Treibgut. Auf großen Lavablöcken liegt gesalzener Fisch zum Trocknen aus. Möglicherweise landet so mancher als Bacalhau auf dem Teller eines Gourmets. Angeblich soll es in Portugal dreihundertfünfundsechzig Rezepte für die Zubereitung des Stockfischs geben. Für jeden Tag eine andere Art. Bei der Auswahl an Fisch hier würde ich eher eine andere Sorte wählen. Zum Beispiel die rot schillernden dort, die zwei Fischer gerade auf einem Holzbrett auf der Erde im Akkord schuppen und in einen Eimer werfen.

Keine zwanzig Meter von uns entfernt rauschen die Wellen des Ozeans an Land. Heute sind sie flach und sanft. Vereinzelt liegen Fischerboote am Strand. Salzwasser und Sonne haben die Farbe auf den Holzplanken stark angegriffen. Nur eines sticht heraus. Es ist größer und neuer als die anderen. Dort spielen Kinder das nach, was sie täglich sehen, das Leben als Fischer. Mit langen Stecken angeln sie auf dem Trockenen. Ein paar Holzboote schaukeln an Bojen auf dem Wasser. Drei Segelboote ankern unweit davon. Weiter draußen könnten die Boote gar nicht festmachen. Der flache Strand fällt im Wasser bereits nach wenigen Metern steil ab. In diesem Archipel gibt es Meerestiefen von dreieinhalbtausend Metern. Vielleicht tummeln sich deshalb Wale und andere große Säugetiere so gerne in diesem Gebiet. Jemand hat einmal erzählt, die Meerestiefe und die heftige Brandung seien auch der Grund dafür, dass es hier keinen Steg gibt, über den man bequem zu den Booten gelangen könnte. Zu den Dürrezeiten, als große Tankschiffe Wasser aus diesem Tal nach São Vicente brachten, wurde mit immensem Aufwand gebaut. Lediglich ein paar klägliche Reste aus Beton sind davon noch zu sehen. Ob wir schwimmen müssen?

»Olá!« Jemand umfasst die Taille meiner Schwester von hinten. Wir drehen uns beinahe gleichzeitig um. Jorge. Er umarmt zunächst Amelie innig, so als hätten sie sich lange nicht gesehen. Dann schüttelt er mir kräftig die Hand, küsst mich auf beide Wangen und sagt mit einem charmanten Lächeln:

»Franka, die schöne Schwester der wunderbaren Amelie. Herzlich willkommen in unserem Dorf.«

Sein Deutsch klingt beinahe akzentfrei und er sieht blendend aus, wenn man Männer wie Tom Selleck mag. In seinem weißen Shirt, den weißen Shorts, dem blauweiß gestreiften Cap, der Goldkette um den Hals und dem strahlenden, spitzbübischen Lachen muss ich unwillkürlich an den Schauspieler der Kultserie *Magnum* denken.

»Das Wetter ist perfekt. Es hat gerade mal zwei Windstärken.« Während Jorge spricht, nimmt er Amelie den Rucksack von den Schultern. Mit ausladenden Schritten marschiert er voraus, verlässt den Weg kurz darauf und geht in Richtung Strand. Amelie folgt ihm in zwei, drei Metern Abstand, dann ich. Die Sandalen erschweren das zügige Gehen auf den Steinen. Immer wieder rutsche ich ab. Jorge ist bereits bei dem neuen Holzkahn angekommen. Wir müssen also nicht schwimmen. Er pfeift mit zwei Fingern durch den Mund und kurz darauf kommen fünf halbwüchsige Jungen herbeigesprungen. Mit einer galanten Handbewegung bedeutet uns Jorge, in das Boot zu steigen. Da der Fischerkahn aber noch an Land liegt, zögere ich. Amelie schaut mich aufmunternd an und meint:

»Das ist hier so üblich. Wir als Damen werden gefahren. Also setz dich hinein.«

Ich steige etwas umständlich über die Holzwand in das Boot und setze mich auf das Brett am Bug, gefolgt von meiner Schwester. Jorge wirft seine Schlappen hinein. Dann schieben die Männer das schwere Boot ins Wasser und ich fühle mich wie in einer Sänfte. Mit einem kräftigen Satz springt unser Begleiter hinter die Sitzbank in der Mitte. Es schaukelt heftig. Wie gut, dass kein hoher Wellengang herrscht. Routiniert ergreift Jorge die Holzpaddel und beginnt zu rudern. Ich erinnere mich, dass er einst zur See fuhr, bevor er sesshaft wurde und die Pension eröffnete. Mit wenigen kräftigen Ruderschlägen sind wir an der Yacht angekommen. Die anderen beiden Segelboote sind wesentlich größer und moderner. Eines davon ist ein Katamaran, was ich aus der Ferne gar nicht gesehen habe, denn die Kufen standen quer zum Ufer.

»Das Chartern von Schiffen ist hier sehr beliebt«, erklärt Amelie.

»Bei Touristen«, setzt sie hinzu.

»Jorge teilt sich das Boot mit zwei Schweizer Seglern. Es ist schon alt, aber absolut seetüchtig. Er versteht etwas vom Segeln und ist handwerklich sehr talentiert.«

Auch sonst scheint er nicht ungeschickt zu sein, denke ich, während er die Leiter am Heck der Yacht mit der einen Hand umfasst und uns mit der anderen Hand beim Umsteigen hilft. Amelie ist nicht zum ersten Mal auf diesem Schiff. Sie schultert ihren Rucksack und geht leichtfüßig über die Holzplanken, gerade so, als bewege sie sich auf einem Tanzparkett, steigt dabei selbstverständlich über Leinen, ohne zu Boden zu schauen und prüft mit fachkundigem Blick Schekel und Ösen. Jetzt öffnet sie die Türe zur Kajüte und geht die Stufen hinab. Um niemanden zu behindern, setze ich mich auf die Bank aus verblasstem Teakholz, warte einfach ab und bewundere die Flugkünste der Seeadler über uns.

Die beiden sind ein eingespieltes Team. Amelie fragt kurz etwas auf Kreol und Jorge gibt ein »Sim« von sich. Meine Schwester weiß genau, was zu tun ist. Das Segeln hat sie von unserem Vater gelernt, so wie ich auch. Aber die Gedanken an Kindheitserlebnisse will ich lieber nicht aufkommen lassen. Sie geht nach vorne zum Bug und lichtet den Anker. Wenig später startet Jorge den Motor und wir verlassen die Bucht. Die Lichtreflexe, die auf dem Ozean tanzen, der warme Fahrtwind, der uns um die Nase weht, und das gleichmäßige Rauschen, das der Bug der Yacht erzeugt, wenn er ins Wasser taucht, streicheln die Seele. Ich könnte stundenlang so dasitzen. Dieses unbeschreibliche Gefühl des Glücks und der Freiheit, das ich auf dem Wasser empfinde, erfüllt mich ganz. Amelie und Jorge scheint es ähnlich zu gehen. Mit einem zufriedenen, entspannten Gesichtsausdruck blicken die beiden zurück auf die Bucht, die ihre Konturen allmählich verliert. Auch die dunklen, schroffen Berge verändern aus der Entfernung ihre Wirkung. Genauso wie die unendliche Weite des Atlantiks.

Zunächst steuerte Jorge aufs offene Meer hinaus. Jetzt ändert er den Kurs in Richtung Westen. Die nächste große menschenleere Bucht nähert sich allmählich. Die Berge fallen steil ab, lassen keinen Raum für einen Strand. Auch die Vegetation ist karg. Ich sehe einen Schwarm fliegender

Fische. Mick und Ole fallen mir ein, die jetzt begeistert wären.

»Dort drüben ankern wir. Das ist ein guter Ort zum Schwimmen. Das Wasser ist klar und gar nicht kühl«, sagt Amelie setzt sich dicht neben mich.

Wir schweigen eine Weile. Dann geht Jorge nach vorne und setzt den Anker. Meine Schwester legt den Arm um mich und meint:

»Was meinst Du? Sollen wir uns nachher auch an den Bug setzen und ein Gläschen zusammen trinken? Schwimmen können wir auch später noch.«

In Erwartung, dass sie mir dort vielleicht vom Grund ihres Umzugs erzählt, stimme ich sofort zu. Ich nehme das Handtuch und gehe an der Reling entlang zur Spitze des Schiffs. Im Takt der Wellen schaukelt das Boot sanft. Ein gleichmäßiger, beruhigender Rhythmus. Ich setze mich, lehne den Rücken an die Wand der Kajüte und fühle mich behaglich. Amelie kommt mit zwei halbvollen Saftgläsern in der Hand und setzt sich neben mich auf die warmen Holzplanken.

»Prost. Auf uns.«

Es ist kein Saft, vielmehr Sekt, der auf der Zunge prickelt und erstaunlich kühl ist.

»Ich weiß nicht so recht, wo ich beginnen soll«, sagt sie und wackelt dabei mit den Zehen, wie sie es immer macht, wenn sie unsicher ist. Ich habe mich also nicht getäuscht. Meine Schwester sucht nach dem passenden Moment und den richtigen Worten.

»Franka. Du musst mir versprechen, ganz ruhig zu bleiben. Denn es ist nicht leicht zu verdauen, was ich dir jetzt sagen werde.«

Mir pocht das Herz bis zum Hals. Rasch nehme ich noch einen kräftigen Schluck. Amelie räuspert sich.

»Ich bin nicht ganz deine Schwester. Also, nur zur Hälfte. Deine Halbschwester, sozusagen.«

Teile meines Traumes blitzen auf. Also doch, ich hatte eine Vorsehung.

»Im Testament unserer Mutter lag ein Brief an mich. Darin teilte sie mir mit, dass Papa gar nicht mein leiblicher Vater ist. Sie hatte nicht den Mut, mir das ins Gesicht zu sagen. Sie hat uns alle belogen. Ein Leben lang.«

Amelie macht eine Pause, trinkt und spricht hastig weiter:

»Meinen leiblichen Vater hatte sie gleich nach ihrer Ankunft in Hamburg kennengelernt. Er ist kapverdischer Abstammung. Mutter hatte sich in ihn verliebt und wurde schwanger. Mit mir. Anstatt es ihm zu sagen, stürzte sie sich in die Heirat mit einem für sie adäquaten Mann. Ihr Geliebter war Arbeiter. Außerdem hatte er eine dunkle Hautfarbe und eine Herkunft, die sie lieber verschwieg. Sie hatte sich von ihm getrennt, ohne ihm etwas von ihrer Schwangerschaft zu sagen. Er hat nie erfahren, dass es mich gibt.«

Amelie stockt. Sie reibt sich mit dem Handrücken über das feuchte Gesicht. Dann fährt sie mit festerer Stimme fort.

»Dabei war Mutter so bigott, dass es kaum auszuhalten war. Wie konnte sie ihr Handeln nur mit dem fünften Gebot ›Du sollst nicht lügen‹ und mit ihrer katholischen Erziehung vereinbaren? Wie konnte sie mir das antun? Ich hatte nicht die leiseste Ahnung.«

In meinem Magen brodelt es. Es fühlt sich an, als lodere in meinem Innern ein Feuer. Amelie muss es ebenso gehen. Sie legt beide Hände auf den Bauch und sagt:

»Ich habe immer wieder in den Spiegel geschaut, als ob meine Gesichtszüge mir etwas über meine Herkunft verraten könnten. Die Farbe meiner Augen, meine Stimme, meine Gestik und Mimik, meine Gefühle. Gleichen sie denen meines Vaters? Oder haben mich die Erziehung und die Gene mütterlicherseits stärker geprägt, geformt? Ich fand keine Antwort auf meine Fragen und konnte mit niemandem darüber sprechen. Auch mit Wolfram nicht. Alle Menschen um mich herum waren mir so fremd geworden.«

Sie blickt weg in Richtung Küste.

Ich suche vergeblich nach einem tröstenden Satz. Aber Worte sind gefährlich. Sie müssen wohl bedacht sein. Sie sollten weder banal, noch pathetisch klingen. Manchmal ist es besser zu schweigen, denke ich und Amelie seufzt tief, so als falle auch ihr das Sprechen schwer.

»Das ist noch nicht alles. Nur wenige Tage nachdem unsere Mutter gestorben war, habe ich rein zufällig erfahren, dass Wolfram seit eineinhalb Jahren eine Geliebte hat. Er hatte eigens für sie eine Wohnung in Schwabing gemietet und ein Auto finanziert. Sie ist Studentin und kaum älter als unsere Tochter. Wie peinlich. Wie billig. Wolfram entsprach dem Klischee des erfolgreichen Mannes in der Midlife-Crisis, der nach Bestätigung sucht. Und ich hatte nichts davon mitbekommen. Wir hatten uns bereits auseinandergelebt. Aber etwas in mir war plötzlich gestorben. Ich empfand weder Trauer noch Wut. Gleichgültig und rational begann ich zu handeln. Ähnlich skrupellos, wie Wolfram sich in all den Jahren verhalten hatte.«

Amelie zieht die Beine an, schlingt ihre Arme um die Knie und wendet mir ihr Gesicht zu. Zu ihrer Falte über der Nasenwurzel gesellen sich zwei weitere. Sie blickt mir tief in die Augen und sagt mit gesenkter Stimme, beinahe im Flüsterton:

»Wolfram hatte unter anderem Steuern im großen Stil hinterzogen. Durch dubiose Transaktionen ließ er beträchtliche Summen auf eines meiner Firmenkonten laufen. In dieser Hinsicht war er sehr geschickt. Aber nicht schlau genug. Nachdem ich damit rechnen musste, dass er mich von heute auf morgen verlässt und mit dem ganzen Geld und seiner jungen Gespielin ein neues Leben anfängt, gab es nur eine Lösung. Schließlich war ich auf heftige Art betrogen worden. Gleich doppelt. Von unserer Mutter und von meinem Mann. Das war ganz einfach zu viel. Ich musste den Spieß umdrehen, zumindest was Wolfram betraf. So habe ich von heute auf morgen meine

Konten geleert, auch das Nummernkonto in der Schweiz und in Liechtenstein. Zuvor verkaufte ich unser Elternhaus, aber das weißt du ja. Dann habe ich das ganze Vermögen auf verschiedene Auslandsdepots verteilt und bin um die halbe Welt gereist, nach Kanada zu einer Bekannten, dann nach Australien, wo eine Studienfreundin lebt, schließlich nach Dubai, bevor ich hier gelandet bin. Ich wollte ganz sicher gehen, dass Wolfram mich nicht findet.«

Sie nimmt einen kräftigen Schluck und schaut mich aus glasigen Augen an. Tränen sammeln sich und laufen über ihre Wangen. Mir fehlen immer noch die richtigen Worte. Mein Kopf ist leer. Anstatt weiter nach irgendeinem passenden Satz zu suchen, nehme ich meine Schwester in den Arm und spüre, wie sie zittert. Ihre Schultern sind kühl trotz der Wärme. Sie schluchzt leise. Vielleicht sollte ich ihr sagen, dass ich sie immer um ihre Bilderbuchehe beneidet habe und um ihre vorbildlichen Kinder. Aber das ist zweifellos wieder einmal der falsche Moment.

»Wie haben Patricia und Julian das alles aufgenommen?«, frage ich stattdessen nach einer Weile. Sie hustet ein wenig und tupft mit ihrem Handtuch die feuchten Stellen in ihrem Gesicht trocken. Sie lässt sich Zeit mit der Antwort.

»Die beiden führen schon lange ihr eigenes Leben. Patricia ist mit ihrem Freund zusammengezogen und Julian studiert in Amerika. Ich habe sie informiert. Aber sie wissen nicht, wo ich lebe. Noch nicht.«

Ihre Stimme hat einen harten Klang angenommen. Eine Spur Resignation, Bitterkeit und Trauer schwingt mit.

Mit dem Zeigefinger zeichnet sie Kreise auf die grauen Holzplanken und blickt in die Ferne. Ihre dunkel glänzenden Locken flattern im Wind, der unmerklich zugenommen hat. Das Boot schaukelt jetzt stärker auf und ab, auf und ab.

»Weißt du, Franka. Schon als Kind fühlte ich mich oftmals unwohl in meiner Haut. Fremd im eigenen Körper. Möglich, dass ich deshalb so häufig krank war. Und merkwürdig ist, dass ich vom ersten Augenblick an, als ich diese Inseln betrat, das Gefühl hatte, als gehöre ich hierher. Vielleicht liegen hier meine wahren Wurzeln. Und vielleicht finde ich auf diesem kleinen Eiland zu mir selbst. Kannst du das verstehen?«

»Oh, ja. Sehr gut!«, sage ich spontan. Wir schauen uns an und lächeln.

Die Erleichterung und Freude über Amelies Offenheit lassen die Worte plötzlich sprudeln.

»Und was ist mit der Heimat? Vermisst du die nicht? Immerhin hast du ein halbes Jahrhundert in Deutschland gelebt.«

»Für mich ist Heimat dort, wo man sich wohlfühlt. Das kann überall sein. Ein weiser Mann hat einmal gesagt, Heimat wohne in der Seele. Ich denke, er hat recht.«

Amelie spricht genau das aus, was mich seit Langem beschäftigt.

Auch ich verbinde Heimat nicht mit dem Ort, an dem man aufgewachsen ist.

»Halbschwester. Halbblut. Ich hole uns noch etwas zu trinken. Darauf müssen wir jetzt anstoßen. Auf das verlorene und das gefundene Glück. Auf unsere Seelenverwandtschaft.«

Ich stehe auf, taste mich an der Reling entlang und gehe die beiden Stufen hinab in die niedrige Kajüte. Der Raum ist klein. Gleich links neben dem Treppenabsatz steht die Flasche in einem Sektkühler auf dem Boden. Durch den gebogenen Boden gleicht der Edelstahlkühler die Schiffsbewegungen aus. Sicher hat Amelie diesen Gegenstand eingeführt. Kein Mensch hier käme auf die Idee, auf diese Weise Getränke zu kühlen. Jorge liegt auf dem Bett, das die ganze Breite des Raums einnimmt, und blättert in einer Zeitung. Er schaut kurz auf und grinst. Wortlos nehme ich die Flasche und gehe hinauf. Meine Gedanken kreisen um Wolfram, die Kinder, meine Mutter, meinen Vater. Das Boot schwankt und ich sehe, wie der Segelbaum umschlägt und auf mich zurast.

Tiefschwarz. Dann ein Meer aus Blitzen, funkelnden Sternen, Kreisen, Punkten. Es pocht in meinem Kopf. Tock. Tock. Tock. Ein stechender Schmerz zwischen den Schläfen. Nebelschwaden huschen von einer Ecke des Gehirns in eine andere. Eine gedämpfte Stimme.

Ich möchte die Augen öffnen. Es geht nicht. Sie sind geschwollen. Mein Gesicht schmerzt. Die Lider lassen sich minimal anheben. Amelie. Über mir. Der Stern des Südens. Die Stimme meiner Schwester.

»Franka. Gott sei Dank. Du lebst.«

Worterklärungen

Baffa	kleine Zwischenmahlzeit
Bruma secca	feiner Wüstensand
Cachupa	kapverdisches Nationalgericht, Eintopf aus Mais, Bohnen, Gemüse,Yams, Kartoffeln, z. T. mit Fisch, Fleisch oder Ei
Dwagar	Umgangssprache, abgeleitet vom Portugiesischen devagar, bedeutet langsam
Fado	portugiesischer Musikstil (wörtlich: Schicksal)
Lavadera	Kuhreiher
Levada	auch Lavada genannt, gemauerte Wasserkanäle zur Bewässerung in der Landwirtschaft
Mercearia	Gemischtwarenladen
Morabeza	Gastfreundschaft
Morna	Lied und Tanz aus der Sklavenzeit, melancholischer Rhythmus und Inhalt
Ouril	afrikanisches Brettspiel, zählt zu den Mancala-Spielen
Pasteis	gefüllte Teigtaschen
Residencial	Familienhotel, Pension
Saúde	Prosit (wörtlich: Gesundheit)
Sim	ja

Geografische Lage Kapverden

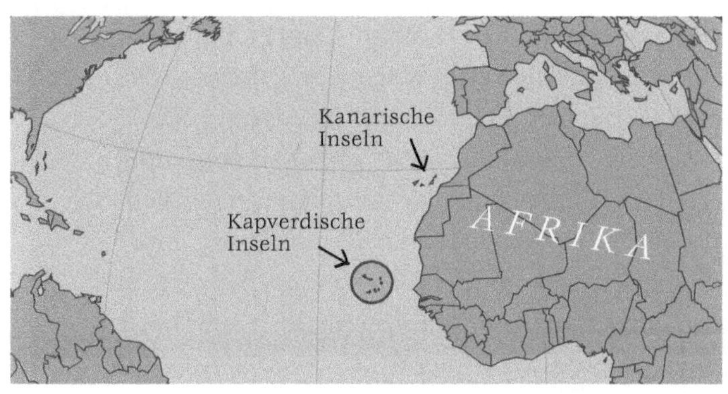

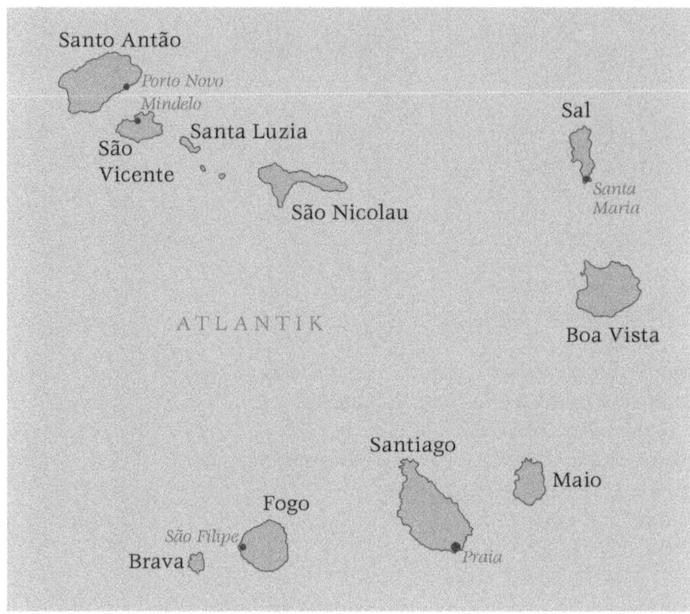

Dank

Die Autorin dankt Petra Wägenbaur in mehrfacher Hinsicht: Für die akribisch genaue Durchsicht des Manuskripts, ihre bereitwillige Begleitung des Projekts und ihren freundschaftlichen Beistand.
Ein weiterer Dank gilt der Botschafterin der Republik Kapverde Jaqueline Maria Duarte Pires Ferreira Rodrigues Pires für deren Unterstützung sowie all denjenigen, die zum Gelingen dieses Buchs beigetragen haben.

3. Auflage
Motiv Titelseite: iStockphoto/Peeter Viisimaa
Motiv Rückseite: fotolia/Jörg Hackemann
Lektorat: Petra Wägenbaur, Tübingen
Gestaltung und Herstellung: Swabianmedia, Stuttgart
Druck: GGP Media GmbH, Pößneck
Printed in Germany
ISBN: 978-3-944856-15-5

Sie finden den Verlag im Internet: www.albas-literatur.de

Skandalöse Vorgänge …

… in einer großen, deutschen Sozialeinrichtung wecken die Neugier der Journalistin Franka Maas. Sie lässt sich auf ein riskantes Abenteuer ein und stößt in diesem »sozialen« Verein auf Machenschaften unter dem Deckmantel der Menschlichkeit, die vom skrupellosen Umgang mit wehrlosen Menschen, der Verschwendung von öffentlichen Finanzmitteln und Spenden bis hin zu sexuellem Missbrauch reichen.

»Ursa Koch fasst ein heißes Eisen an. Den Roman legt man nicht mehr aus der Hand.«
Helen Walter *Schwäbische Zeitung*

»Erfolgreichem Debüt als Buchautorin folgt Sozialkriminalroman: brisant, spannend, nachdenklich …«
Petra Kistler *Badische Zeitung*

»Hochaktuell und interessant verpackt: Ein wichtiges, fesselndes und temporeich geschriebenes Werk.«
Simone Ise *Südkurier*